UNE FAMILLE POUR NOËL

Une famille au pied du sapin

★

La magie de l'hiver

ALISON ROBERTS

Une famille au pied du sapin

Traduction française de
CÉCILE LOMBARD

HARLEQUIN

Titre originaL :
THEIR FIRST FAMILY CHRISTMAS

Ces romans ont déjà été publiés en 2017

HARPERCOLLINS FRANCE
83-85, boulevard Vincent-Auriol, 75646 PARIS CEDEX 13
Service Lectrices — Tél. : 01 45 82 47 47

www.harlequin.fr

ISBN 978-2-2804-4894-9

1

— Plus qu'une demi-heure, Emma ! annonça Caroline, l'infirmière de triage installée derrière le comptoir central du Glasgow's Eastern Infirmary.

Emma Matthews lui sourit.

— C'est vrai ! Je suis si impatiente de rentrer à la maison ! Qu'est-ce qui peut bien nous faire retrouver nos six ans le soir de Noël ?

Elle ne s'était pas sentie aussi gaie depuis longtemps. À vrai dire, elle n'imaginait pas en être capable, le jour anniversaire du tragique accident qui avait coûté la vie à son amie de toujours. Ces instants de joie qui avaient parsemé son long service étaient aussi précieux que des joyaux scintillants dans l'obscurité.

— Les cadeaux ? suggéra Caroline. Et pouvoir boire un verre en sachant qu'on a le lendemain pour récupérer. Au fait, tu nous accompagnes au pub, en sortant ?

— Impossible, j'ai un rendez-vous.

L'un des chefs de clinique, qui prenait un dossier sur le comptoir, arrêta son geste.

— Incroyable ! Ai-je bien entendu, docteur Matthews ? Vous avez un rendez-vous ?

— Oui, avec ma fille. N'allez pas répandre des rumeurs idiotes, Alistair !

Comme si elle avait le temps ou l'envie d'avoir d'autres genres de rendez-vous !

— Nous allons décorer le sapin et suspendre nos bas, mettre des carottes dans le jardin pour le renne, avec une part des biscuits que maman a préparés, et qui revient au Père Noël. Vous savez bien, tout ce qui est excitant…

Alistair leva les yeux au ciel, consulta le panneau d'affichage, s'empara du dossier et se dirigea vers l'un des box disposés de chaque côté du couloir.

— Ah, que c'est mignon ! soupira Caroline, visiblement plus intéressée que lui. Quel âge a Lily, maintenant ? Dix-huit mois ? C'est le bon âge pour commencer à profiter de Noël.

— Elle prononce « Noïel », répondit Emma en souriant. Et oui, elle est très mignonne.

Une nouvelle tradition était née, celle des « bisous de Noïel », et Emma était impatiente de sentir ces petits bras autour de son cou pour les recevoir.

Elle effaça un nom sur le tableau, dans l'espace réservé au box 7.

— Tu sais ce que ce petit Colin s'était enfilé dans le nez ?

Caroline esquissa une grimace en décrochant le téléphone qui sonnait.

— Je ne suis pas sûre de vouloir le savoir.

— Une petite boule de décoration de sapin. Un truc de ce style, poursuivit-elle en désignant l'arbre miniature illuminé à l'extrémité du comptoir, où de minuscules Pères Noël se balançaient avec des pompons blancs au bout de leur bonnet.

Mais, à l'évidence, Caroline ne l'entendait plus.

— Je vous ai dit que nous avions besoin d'un lit tout de suite ! répliquait-elle à son correspondant. Avec cette épidémie de grippe, nous sommes au complet. Nous n'avons nulle part où garder de nouveaux patients qui doivent être admis. Arrangez-vous comme vous voulez, mais trouvez-nous de la place !

Au moment où elle raccrochait, la radio se mit à crachoter.

— Secours 3 à Eastern Infirmary. Vous nous recevez ?

— J'écoute, secours 3.

— Urgence pédiatrique. Un enfant de six ans, crise d'épilepsie, constantes…

Emma, qui n'écoutait plus qu'à moitié, balaya le service du regard.

La grippe avait frappé la moitié de l'équipe, et elle était la seule spécialiste à travailler aujourd'hui. Assistée de deux chefs de clinique, trois médecins en formation, d'infirmières et de techniciens, bien entendu, mais qui terminaient tous leur service en même temps qu'elle. Il fallait qu'elle répertorie ceux qui seraient présents pour accompagner Stuart Cameron, son chef de service, qui venait la remplacer. Comme de coutume, il s'était porté volontaire pour travailler la nuit de Noël afin de permettre au plus grand nombre de ses collègues de passer le réveillon en famille.

Elle sentit sa gorge se serrer et une douce chaleur l'envahir.

Stuart Cameron aurait dû faire valoir ses droits à la

retraite depuis des années, sans doute même avant sa propre arrivée à l'Eastern Infirmary, où elle avait choisi de satisfaire sa passion pour la médecine d'urgence. Mais elle lui serait éternellement reconnaissante d'avoir trop aimé son métier pour avoir envie de se retirer. Il évoquait pour elle le père qu'elle avait perdu à l'âge de seize ans. Il n'était pas seulement le meilleur urgentiste qu'elle connaisse, mais aussi l'homme le plus gentil du monde. Sans lui, elle n'aurait pas réussi à émerger de cette année sombre, c'est sûr.

Elle tenait donc à s'assurer qu'elle lui passerait le relais dans de bonnes conditions. Oh ! et elle ne devait pas oublier d'aller chercher dans son casier le cadeau qu'elle lui destinait, une bouteille de son scotch de douze ans d'âge préféré. Elle avait confectionné le paquet hier soir, achevé par un magnifique nœud de tissu écossais.

— Temps d'arrivée de l'ambulance ?

La voix de Caroline la tira de ses pensées.

— Dix minutes. Une dernière précision : on n'a pas pu trouver de veine pour la perfusion.

— D'accord. Merci.

Emma eut un pincement au cœur. Le petit patient allait-il arriver avant Stuart ? Dans ce cas, elle devrait s'en charger. Par chance, les deux salles de réa étaient libres.

Elle se dirigea vers l'une d'elles et croisa le regard de son chef de clinique qui émergeait d'un box.

— Alistair, j'aurai peut-être besoin de vous dans quelques minutes. Un enfant de six ans, convulsions, pas d'accès pour la voie veineuse. Je vais chercher un kit intra-osseux, il lui faut une perfusion le plus vite possible.

En entendant le chuintement caractéristique des portes coulissantes, elle tourna vivement la tête.

Les secouristes étaient-ils en avance ?

Soulagée, elle vit entrer Stuart, emmitouflé comme s'il arrivait de l'Arctique, et elle en éprouva une nouvelle pointe d'excitation.

Était-il possible qu'ils aient de la neige à Noël ?

Pas dans la ville, bien entendu, ça ne se produisait plus. Mais autour, dans la campagne, où elle vivait avec sa mère dans un petit cottage blanchi à la chaux. Lily serait si heureuse !

Tout en avançant, Stuart se débarrassait de son écharpe et de son manteau. Lorsqu'il s'approcha d'elle en ôtant son chapeau, elle remarqua sa mine défaite et s'en inquiéta.

— Tu n'as pas l'air bien, Stuart.

— Je suis en pleine forme.

— Hum… Viens avec moi.

Elle le conduisit dans la salle de réa et désigna une chaise.

— Assieds-toi.

Il secoua la tête.

— Inutile. Ce que je veux, c'est que tu me passes le relais, que tu ailles retrouver Lily et…

Il se tut brusquement, et elle vit ses lèvres se pincer.

— Qu'est-ce qu'il se passe, Stuart ? murmura-t-elle.

— Ce n'est rien, dit-il en fermant les yeux. Un petit symptôme grippal, peut-être…

Tout en parlant, il leva la main et agrippa son autre bras.

— Tu as une douleur au bras gauche ? Et au thorax ?

Pas de réponse. Stuart pâlissait, des gouttes de sueur sourdaient de son front.

Elle le regarda, l'estomac noué par l'anxiété.

— Allonge-toi. Tu ne bouges plus jusqu'à ce que j'aie fait un électro à douze dérivations !

— Inutile de s'affoler, je vais juste m'asseoir un instant.

Il s'installa sur le bord du lit.

Elle se mordit la lèvre en constatant qu'il avait de visibles difficultés à respirer.

— Une ambulance vient d'arriver. On aura besoin de toi…

— Je suis là pour ça.

Elle fit un pas vers la porte et se pencha.

— Alistair ?

La tête de son chef de clinique surgit de derrière le rideau, et par l'ouverture, elle entrevit les secouristes qui poussaient un chariot.

— Chargez-vous du petit épileptique, je vais être occupée ici quelques minutes. Appelez-moi si nécessaire.

En se retournant, elle s'aperçut que Stuart avait suivi son conseil et s'était allongé sur le lit.

— Navré, murmura-t-il. Juste au moment où tu terminais ton service…

— Je ne partirai pas tranquille si tu n'es pas bien, tu le sais. Je reste tant que je n'ai pas découvert ce qu'il t'arrive.

Elle prit un masque en plastique et un tube qu'elle relia au poste à oxygène au-dessus du lit.

Une infirmière entra en trombe, visiblement envoyée

pour chercher du matériel, et s'arrêta net, les yeux ronds.

— Oh ! Que se passe-t-il ? Le Dr Cameron a un problème ?

— Aidez-moi à lui retirer sa chemise pour brancher les électrodes, je vais faire un électrocardiogramme à douze dérivations.

— Bien.

— Que vouliez-vous, au fait ?

— Une aiguille intra-osseuse pour le petit épileptique qu'on vient d'amener.

— Dans ce cas, prenez-la tout de suite dans le tiroir du haut et filez, je m'occupe du reste. Et n'allez pas raconter partout que le Dr Cameron est en salle de réa. Jusqu'à ce que j'en décide autrement, c'est une affaire privée.

Elle se mit à déboutonner la chemise de Stuart, qui, en dépit de ses yeux clos, paraissait un peu gêné.

— Ce n'est sans doute pas grand-chose, marmonna-t-il. Un peu d'indigestion…

Elle plaqua les ventouses sur ses épaules et juste au-dessus des hanches, attendit que l'interférence soit lisible sur le moniteur. Et son cœur chavira.

Stuart ouvrit les paupières et les referma aussitôt.

— Vu ta mine, ce n'est pas une indigestion.

— Non. Tu as une augmentation significative des enzymes dans les dérivations 2 et 3. Quand j'aurai fait les douze, on en saura plus, mais il semblerait que ce soit un infarctus inférieur. Tu as pris de l'aspirine, aujourd'hui ?

Il fit un signe de dénégation.

— Et je suppose que tu as besoin de morphine ?

Cette fois, il hocha légèrement la tête.

— Nous allons commencer par ça. Et des analyses de sang. Et je vais demander à quelqu'un d'appeler la cardio pour s'assurer que le labo de cathétérisme est disponible.

Pour déboucher les coronaires, il fallait à Stuart une angioplastie. Une procédure qui pouvait lui éviter de graves séquelles, voire lui sauver la vie. Pas question de l'abandonner en attendant. Si jamais il faisait un arrêt cardiaque… Elle se refusait à le confier à un autre médecin. Elle se chargerait des examens.

Stuart Cameron était la figure paternelle, le guide et l'ami proche. L'un des êtres qu'elle chérissait, et qui se comptaient sur les doigts de la main. Avec Lily, sa mère, Jack… et Sarah, bien sûr…

La pensée de son amie disparue accrut son angoisse : l'histoire se répétait-elle ? Allait-elle de nouveau perdre un ami très cher le soir de Noël, comme l'an dernier ?

Non, elle ne le permettrait pas.

C'était sans doute une chance que Stuart soit venu travailler sans faire cas des symptômes de son mal : il était à l'hôpital, et elle allait s'arranger pour qu'il soit soigné du mieux possible. Et vite. Inutile de cacher plus longtemps la situation au reste de l'équipe.

Stuart étant apprécié de tous, elle ne fut pas la seule à s'alarmer. Dès qu'elle eut annoncé son état, un technicien la rejoignit pour interpréter l'électrocardiogramme et une infirmière se précipita au labo pour porter les échantillons de sang. Elle avait administré elle-même les analgésiques et appelé la cardiologie. Et bien entendu, la spécialiste était descendue en personne au lieu d'envoyer son chef de clinique.

— Eh bien, Stuart ! Quelle surprise vous nous faites, pour Noël !

— Pas la meilleure, je sais, articula le chef de service avec un sourire d'excuse. Emma, il me semble que tu devrais appeler un autre médecin. Je n'ai pas l'impression que je vais pouvoir travailler ce soir.

— Ne t'inquiète pas de ça, c'est déjà prévu.

C'était un pieux mensonge. Comment joindre des gens qui, sachant qu'ils n'étaient pas de garde, avaient quitté la ville pour fêter Noël en famille ? Caroline avait déjà téléphoné partout sans succès…

— Voici le dernier électro, dit-elle en tendant les graphiques à la cardiologue. On dirait que ça évolue vers une extension latérale.

— On a les enzymes, ou pas encore ?

Elle lui tendit les feuilles de résultats pour éviter d'énoncer à voix haute des chiffres qui renseigneraient Stuart sur la gravité de son cas.

— Stuart, tout est prêt pour vous là-haut, dit la spécialiste. Je vous opère moi-même.

— Je parie que vous étiez sur le point de partir, vous aussi.

Elle se borna à sourire.

— Considérez ça comme mon cadeau de Noël. Je n'ai pas oublié votre gentillesse vis-à-vis de mon père, quand il a eu cette crise cardiaque.

Tandis que l'employé débloquait les freins du chariot et se préparait à le pousser vers la sortie, Emma prit la main de Stuart et la pressa un instant.

— Tout se passera bien. Je viendrai te voir dès qu'on t'aura transféré dans l'unité coronaire.

Il lui rendit sa pression.

— Pas question. À ce moment-là, tu seras chez toi, avec ta mère et Lily. Il ne faut pas que tu restes ici ce soir. J'imagine à quel point ça doit être pénible…

Elle retint ses larmes d'un clignement de paupières.

— Je vais beaucoup mieux, murmura-t-elle. Grâce à toi.

Elle aurait voulu ajouter tant de choses, au cas où elle n'en aurait plus jamais l'occasion… Mais le chariot sortait déjà.

La cardiologue la regarda et déclara avant de le suivre :

— Je vous appelle dès que j'ai terminé. Tâchez de ne pas vous ronger les sangs, nous ferons le maximum.

Emma resta seule dans la salle vide au sol jonché d'emballages de seringues et de kits de perfusion.

Ici, les décorations de Noël étaient bannies parce que jugées inappropriées pour les familles des patients en état critique qui pouvaient ne pas se réveiller.

Elle percevait les bruits provenant d'un service affairé. À en juger par les voix criardes et un cantique de Noël hurlé plutôt que chanté, les premiers ivrognes blessés se manifestaient…

Et soudain, il lui sembla recevoir un coup de poignard en plein cœur : un an plus tôt jour pour jour, elle se trouvait dans cette même salle de réa, assise auprès de Sarah qui rendait son dernier soupir.

Cette fois, elle ne put retenir ses larmes.

Elle qui s'étonnait peu avant d'être capable d'éprouver des instants de joie, elle se retrouvait de nouveau au bord de ce versant obscur sur lequel elle ne voulait plus jamais glisser.

Tout allait de travers.

Il n'y aurait pas de décorations sur le sapin ce soir, elle n'accrocherait pas à la cime les deux anges de feutre, un féminin et un masculin, qu'elle avait fabriqués en mémoire de Ben et Sarah, les parents disparus de Lily — encore une tradition nouvelle, de même que les « bisous de Noïel ». Elle ne suspendrait pas le bas où elle avait brodé le nom de Lily, ne mettrait pas de carottes pour le renne dehors, et elle serait privée des câlins qui lui réchauffaient l'âme.

Pas de nouvelles de Jack non plus.

Celui-ci était anéanti par la perte de son jumeau au point de disparaître sans laisser de traces. Avait-elle réellement cru qu'il resurgirait à l'occasion de l'anniversaire de la mort de Ben ? Pour sa nièce au moins, sinon pour elle ?

À l'évidence, elle s'était fait des illusions. La magie de Noël n'avait pas opéré.

Toutefois, en ce moment, cela lui paraissait de peu d'importance. Dans les prochaines heures, elle devait se concentrer sur Stuart, et le seul prodige dont elle avait besoin, c'était qu'il se rétablisse.

— Ça va, Emma ?

— Hum. Merci, Caroline.

Elle prit à côté de l'évier une poignée de mouchoirs en papier, s'essuya rapidement le visage et se retourna.

— Alors, comment ça se présente ?

— Pas terrible. Je ne trouve personne qui veuille revenir. Alistair accepte de passer la nuit ici, bien sûr, et il se peut que je déniche un chef de clinique d'un autre hôpital. Nous avons annulé la réunion au pub. Personne n'a plus vraiment envie de faire la fête.

— Je vais rester aussi. Je veux attendre d'avoir des

nouvelles de Stuart. De toute façon, puisque d'ici là Lily dormira à poings fermés, rien ne m'empêche de travailler jusqu'à ce que l'équipe du matin prenne le relais.

— Mais… Tu es sûre ?

— Oui. Il suffit que je téléphone à maman pour lui expliquer la situation. Pas de problème.

Encore un pieux mensonge. Elle n'en était pas certaine du tout. En fait, cela signifiait qu'elle se trouverait à l'hôpital à l'heure fatidique où… Comment ne pas se souvenir de chaque détail de cette abominable nuit de Noël ?

Mais elle n'avait pas le choix. Pas plus que l'an dernier, quand elle avait fait à Sarah mourante le serment solennel de la remplacer auprès de sa fille. Elle s'était débrouillée jusqu'à maintenant, et elle allait continuer. C'était ainsi, voilà tout.

Bon sang, quel froid !

Malgré ses vêtements de cuir matelassé et son casque perfectionné, Jack Reynolds commençait à se sentir frigorifié sur sa puissante moto. Il devrait sans doute faire une pause, boire un café bouillant pour se réchauffer un peu.

Mais il n'était plus très loin, à présent. Dans moins d'une heure, il serait à Glasgow. Il commencerait par prendre une longue douche chaude dans le motel où il passerait la nuit, et demain, il ferait quelque chose qu'il s'était juré de ne plus jamais faire : il fêterait Noël.

« Fêter » n'était peut-être pas le mot juste. Disons plutôt qu'il s'agissait de présenter des excuses.

Pourtant, il apportait dans sa malle un cadeau

emballé dans un papier somptueux, dont le vendeur de chez Hamleys, le meilleur magasin de jouets de Londres, lui avait assuré qu'il conviendrait à une enfant de dix-huit mois.

Lily. Sa nièce et sa filleule, qu'il n'avait pas vue depuis près d'un an…

Il frémit soudain sous l'effet d'une sensation désagréable de brûlure, qu'il avait déjà ressentie mais avait refusé d'identifier jusque-là. Une onde de chaleur ardente qui n'était pas la bienvenue, en dépit du froid qui le transperçait jusqu'aux os.

De la honte.

Il était entièrement responsable de sa conduite. Même si jamais il n'aurait imaginé que le chagrin puisse vous mettre la tête à l'envers, vous changer en un égoïste que vous ne reconnaissiez pas. Et encore moins qu'il soit si douloureux de prendre conscience du mal que vous aviez infligé à quelqu'un d'autre.

Par chance, Lily était trop jeune pour avoir été affectée, mais que diable allait-il raconter à Emma pour tenter de recoller les morceaux ?

Quand son jumeau avait été tué dans ce terrible accident, c'était comme si on lui avait arraché la moitié de lui-même. Anéanti par le chagrin, il s'était comporté d'une façon inqualifiable. Emma venait elle-même de perdre Sarah, sa meilleure amie depuis toujours, aussi proche d'elle qu'une sœur, voire peut-être plus. Comment avait-il pu s'arroger le droit de s'estimer plus malheureux qu'elle ?

À partir de la banlieue d'Uddingston, la circulation augmenta sur l'autoroute. Quelque part dans l'obscurité, sur la gauche, la Clyde aux eaux sombres longeait la route vers Glasgow.

En quittant cette ville qu'il croyait ne jamais revoir, il avait tourné le dos à tout. Et à tout le monde.

Il jura entre ses dents.

À présent, la pluie qui éclaboussait son pare-brise s'épaississait, se changeait en neige fondue. Elle fragmentait la lumière des phares des véhicules qui arrivaient en sens inverse et gênait sa visibilité.

Il distingua à peine les panneaux de signalisation indiquant les changements de direction à l'endroit où l'autoroute 73 rejoint la 74, mais il éprouva un violent pincement au cœur.

C'était exactement le lieu où l'accident s'était produit, il y avait un an jour pour jour. Là où il avait tout perdu, d'un seul coup…

Cette autre sensation de brûlure, cette fois derrière les yeux, fut facile à reconnaître.

Une quinzaine de jours plus tôt, dans la chaleur torride de l'Afrique, un de ses confrères s'était mis à évoquer les hivers anglais et leurs fêtes de Noël. Ce soir-là, il aurait juré que Ben était à côté de lui, en train de lui donner l'une de ces bourrades affectueuses dont il avait le secret, en lui répétant mot pour mot ce qu'il lui avait dit la dernière fois qu'ils s'étaient parlé au téléphone :

« À demain, frangin ! Pour une fois, tu vas t'amuser à Noël. Sarah, Lily et moi, on va te montrer ce qu'est un vrai Noël en famille ! »

Il avait coutume de se trouver un coin où il pouvait s'isoler pour contempler le désert à perte de vue, mais pour la première fois il s'était mis à l'écart pour pleurer, à gros sanglots arrachés à son âme. Et en ce moment, il éprouvait la même brûlure douloureuse que ce jour-là.

Mais ce n'était ni l'heure ni le lieu de pleurer, dans cette circulation dense, avec cette neige fondue qui s'épaississait de minute en minute. La bretelle qu'il allait emprunter pour sortir de l'autoroute se trouvait à quelques centaines de mètres, et il devait être attentif aux véhicules qui changeaient de file sans crier gare, comme cette vieille fourgonnette qui venait de déboîter juste devant lui.

Après s'être assuré que la voie était libre, il équilibra le poids de son corps, mit son clignotant et regarda par-dessus son épaule pour une dernière vérification.

Mais… D'où sortait cette voiture ? Et où avait-elle l'intention d'aller ?

Nooon !

Durant l'heure qui venait de passer, Emma avait reçu de nombreux textos, dont un accompagné d'une adorable photo de Lily : emmitouflée comme une petite Esquimaude dans son blouson matelassé rose, ses boucles noires scintillant de paillettes de neige, accroupie près d'un seau d'eau, en train de déposer à côté une énorme carotte. En arrière-plan, les cordes de la balançoire attachées à la branche du vieux chêne permettaient de reconnaître avec précision l'endroit du jardin où se déroulait la scène.

Elle aurait dû s'y trouver, elle aussi, au lieu d'organiser les arrivées dans le service maintenant surpeuplé… Mais dans le fond, c'était aussi bien qu'elle soit trop occupée pour déplorer ce contretemps.

La salle d'attente était bondée, il n'y avait plus un seul box de libre, et tous les médecins étaient affairés.

Un œil sur le panneau d'affichage, elle tenta de décider auprès de quel patient elle serait le plus utile.

L'ado en coma éthylique ? Non. L'ivrogne du 8, victime d'un coup de poing sur le nez et dont il fallait ponctionner l'hématome septal ? Quelqu'un d'autre pouvait s'en charger. La jeune femme du 4 qui se plaignait d'une douleur épigastrique, ou l'épaule démise du 2 à remettre en place après avoir administré un calmant ? Une tâche qui exigeait pas mal de force physique. Elle ferait aussi bien d'attendre qu'Alistair ait un moment. Pour l'instant, son chef de clinique cherchait l'antalgique le plus adapté pour le vieux monsieur qui s'était fracturé le pied en tombant de l'échelle alors qu'il accrochait une guirlande lumineuse dans un arbre de son jardin.

Elle se pencha pour examiner de plus près sur l'écran lumineux les radios du pauvre homme : fracture de l'articulation de Lisfranc et au moins deux ligaments déplacés, sinon déchirés.

Dès qu'on aurait administré l'analgésique et posé une gouttière, le malheureux devrait subir une intervention urgente. Il était donc impératif qu'il reste à jeun, au cas où une salle d'opération se libérerait.

Finalement, elle opta pour le bébé tourmenté par une éruption cutanée, sans doute due à une allergie aux antibiotiques. Elle jetterait un coup d'œil pour vérifier qu'on lui avait donné quelque chose pour le stabiliser, et du même coup tranquilliser sa mère… Et elle ne regarderait pas la pendule en passant.

Il était presque l'heure.

L'heure où son univers avait commencé à basculer l'année dernière. Où les portes coulissantes s'étaient ouvertes sur deux chariots poussés par des secouristes et suivis d'un policier portant un bébé hurlant dans son siège-auto.

Malgré l'expression éloquente des ambulanciers, elle n'avait pas compris tout de suite que c'était si grave. Pas plus que Jack, qui attendait à la porte de la salle de réa, convoqué en tant qu'orthopédiste de l'équipe de trauma rassemblée pour recevoir les victimes de l'accident en série qui venait de se produire sur l'autoroute 74.

Ben était si amoché que Jack n'avait pas reconnu son jumeau quand on l'avait amené en salle de réa 2. En revanche, elle-même avait vu tout de suite que c'était Sarah qui se trouvait sur le second chariot, encore consciente, ne cessant de demander si Lily allait bien, et où était Ben.

Emma était entrée dans la salle 2 au moment précis où Stuart consultait la pendule murale en secouant la tête.

« Heure de la mort, 22 h 35. »

Les tempes battantes, la vue brouillée par les larmes, elle avait eu tant de mal à prononcer les mots !

« Jack ? Je crois... Je pense que c'est Ben. Je suis tellement navrée... »

Plus tard, elle s'était dit que même si Jack était trop choqué pour enregistrer l'information, il avait deviné au fond de son cœur. Un phénomène normal chez des jumeaux...

Pourtant, Ben et Jack étaient aussi différents que les deux faces opposées d'une même pièce de monnaie :

Ben, calme et responsable, le mari idéal pour Sarah et le père idéal pour ses enfants ; Jack, farouche et indomptable, qui aurait pu égaler son frère dans sa carrière et peut-être même réussir encore mieux s'il n'avait pas eu ce caractère insoumis.

Sarah avait fortement recommandé à Emma de ne pas s'approcher de son beau-frère, et Ben avait conseillé à Jack de se tenir loin d'elle. Ils n'avaient écouté ni l'un ni l'autre…

Avec le recul, Emma jugeait qu'elle avait eu tort, parce que, dès que Jack avait appris l'atroce nouvelle, il avait changé du tout au tout. Un lien de plus qu'elle avait perdu cette nuit-là.

Elle poussa un énorme soupir, et les bruits lui parurent amplifiés tandis qu'elle revenait au présent.

Des gens criaient, des bébés pleuraient. Une ambulance appelait à la radio. Caroline, qui aurait dû elle aussi être rentrée chez elle depuis des heures, se chargeait de répondre.

— Je vous reçois, secours 7. Parlez…

— Homme de trente-six ans, accident sur l'autoroute 74, blessure thoracique suspectée ainsi que fracture tibia-péroné, contusions multiples. Constantes : score de Glasgow 15, rythme cardiaque 1,20…

Respire à fond, se dit Emma.

Instinctivement, elle leva la main, trouva la boucle folle échappée de sa barrette et la remit en place — un geste qui l'aidait à conserver sa maîtrise d'elle-même. Elle s'efforça de se rassurer : ce n'était qu'un accident de plus, et même pas très grave, en apparence.

Mais comment se fier aux apparences ?

— Caroline, je suis en réa 1 ! annonça-t-elle.

— Je mets l'équipe de trauma en place ?

Elle réfléchit un instant.

Une partie de son travail dans ce service était de juger s'il était ou non nécessaire de faire appel aux ressources limitées. Or, un score de Glasgow de 15 signifiait que le patient était conscient et éveillé, et que pour l'instant, il respirait correctement en dépit de sa blessure au thorax…

— Pas tout de suite, je veux l'examiner d'abord. À combien sont-ils d'ici ?

— Environ cinq minutes.

Malgré elle, elle jeta un coup d'œil à la pendule en se dirigeant vers la salle 1 : il était 22 h 30. Quand les secouristes entreraient avec le blessé, il serait probablement 22 h 35.

Elle passa une blouse jetable et des gants stériles.

Respire à fond, se répéta-t-elle lorsqu'elle entendit le chuintement des portes qui s'ouvraient.

Quand le chariot arriva, elle sentit son cerveau et son corps se pétrifier soudain, et il lui resta juste assez de souffle pour émettre un mot.

— Jack ?

2

Au moment où le regard surpris de Jack, qui venait d'ouvrir les yeux, se posa sur Emma, elle éprouva une sorte d'allégresse.

Il était revenu ! Jack ! Il était là !

Sa joie ne dura qu'un dixième de seconde mais, à cet instant précis, tout son corps se réjouit.

Elle lut dans ce regard une lueur de reconnaissance, mais pas seulement. Du soulagement d'être à l'Eastern Infirmary, où il était certain d'être bien soigné ? Ou de la voir, elle ? Était-il revenu pour elle ?

Puis elle le vit pincer les lèvres et refermer les paupières, comme sous l'effet d'une grande souffrance, et, très vite, l'angoisse reprit le dessus.

Il était blessé, peut-être grièvement.

Elle savait qu'elle se trouvait sans doute face au plus grand défi de sa carrière, puisqu'elle ne devait pas permettre à ses émotions personnelles d'influer sur sa compétence. Néanmoins, à sa grande surprise, elle se découvrit prête à le relever.

De plus, mieux valait avoir des tâches précises à accomplir en ce moment.

Elle focalisa son attention sur le rapport du secouriste.

— Jack Reynolds, trente-six ans. Chute à grande

vitesse, route coupée par un véhicule changeant de voie inopinément. Il a réussi à l'éviter mais a perdu le contrôle de sa moto. Tombé sur le crâne, il a probablement subi une brève perte de conscience. On soupçonne une fracture à la jambe gauche, l'engin a dû lui retomber dessus. Une attelle a été posée. Blessure et contusions au thorax, vraisemblablement dues au guidon. Manche gauche du blouson déchirée, brûlure de frottement à l'avant-bras et possible fracture.

— Vous avez examiné son casque ?

— Oui. Il est éraflé, mais la structure a tenu bon.

Elle écouta le relevé le plus récent des constantes et étudia le rythme cardiaque sur l'écran.

Un peu rapide, mais dans la norme. La saturation en oxygène était bonne.

— Transférons-le sur le lit.

En tant que médecin chef, son poste était au chevet du patient. Les secouristes avaient posé une minerve, par crainte d'un dommage à la colonne vertébrale, et sa tâche était de s'assurer que le transfert s'effectue dans les meilleures conditions.

— Trois de chaque côté, s'il vous plaît. Attention, je compte…

Emma maintint la tête du blessé.

Elle sentait sous ses doigts le plastique de la minerve, mais la chaleur de Jack irradiait à la base de ses paumes, et ses cheveux noirs hirsutes lui caressaient la peau.

— Un, deux, trois !

Tout se passa en douceur, et tandis que les autres soignants poursuivaient leur travail de routine, elle procéda à un rapide examen, vérifia que les voies aériennes étaient libres, puis observa ses collègues.

Alistair décrochait les électrodes du moniteur de l'ambulance pour les remplacer par les siennes. Une infirmière brandissait une paire de cisailles.

— Navrée, monsieur, mais je dois découper vos vêtements.

Jack, les yeux toujours fermés, fit un signe d'assentiment.

Emma se pencha sur lui.

— Ne bouge pas la tête, surtout. La saturation est bonne. Tu as des difficultés à respirer ?

— Non.

Elle sentit un frisson lui parcourir l'échine.

Elle n'avait pas prévu l'effet que sa voix aurait sur elle…

Elle déglutit pour chasser la grosse boule qui se formait dans sa gorge.

— Tachycardie sinusale, annonça Alistair. Tension artérielle : 13/8.

Un peu élevée pour Jack, probablement. Les analgésiques qu'on lui avait administrés n'étaient peut-être pas suffisants.

— Échelle de la douleur, entre 1 et 10 ?

— Environ 5. Peut-être 6.

— Augmentons la dose de morphine, Alistair.

Elle enfonça les embouts de son stéthoscope dans ses oreilles.

— Je vais t'ausculter.

Jack était torse nu. On avait ouvert son blouson et découpé le T-shirt noir qu'il portait dessous. Si son hâle inhabituel l'étonna, la toison noire lui était familière, et elle savait exactement ce qu'elle ressentirait en la touchant.

Oh ! bon sang ! Elle en avait des fourmillements au bout des doigts. Peut-être ferait-elle mieux de déléguer la tâche à Alistair, ou de convoquer une partie de l'équipe de trauma ? Jack aurait sans doute besoin d'une consultation orthopédique, mais cela pouvait attendre que les radios et les analyses soient faites.

Le chef de clinique lui tendit l'ampoule de morphine de façon à ce qu'elle puisse effectuer la vérification, et elle fit signe que c'était bon. La respiration semblait normale. Craignant par-dessus tout un traumatisme crânien, elle passa au test neurologique.

— Tu sais où tu es, Jack ?

Il releva un coin de sa bouche et eut ce sourire ironique qu'elle connaissait si bien.

— Hum, à moins qu'on ait déplacé l'Eastern ces derniers temps…

— Peux-tu me dire quel jour nous sommes ?

Le sourire de Jack s'évanouit, et elle reconnut avec un pincement au ventre la tristesse qui assombrit son regard. Bien entendu, c'était une question type, mais en ces circonstances…

— Le soir de Noël, murmura-t-il. Je… Navré, Red.

C'était le surnom qu'il lui avait trouvé, à cause de sa chevelure flamboyante. Personne d'autre ne l'appelait ainsi, pas même Sarah, qui l'avait baptisée « Ginger Ninja » lorsqu'elles étaient enfants.

Cette fois, elle ne parvint pas à avaler la boule dans sa gorge, ni à réprimer le picotement sous ses paupières.

— Je sais que tu ne l'as pas fait exprès.

Sa propre voix lui sembla étrange, tremblotante, elle tenta de la raffermir.

— Moi aussi, Jack, je suis navrée. Mais ne t'inquiète pas, nous allons te tirer de là.

L'infirmière, après avoir fini de découper le pantalon de cuir, venait de s'attaquer aux manches du blouson. Elle dut cesser son travail un instant pour permettre à Alistair de poser la perfusion d'antalgique.

— Je m'apprête à prélever du sang, Emma. Dois-je rechercher le taux d'alcool ?

— Inutile, je n'ai rien bu, intervint Jack.

Emma le regarda : sa voix semblait un peu lointaine, et son visage s'était déjà détendu, sans doute sous l'effet de la morphine.

Alistair eut une moue, accompagnée d'un regard sceptique.

Aussitôt, elle sentit monter la colère.

D'accord, Jack n'avait pas quitté son poste dans des conditions protocolaires, mais il avait une raison, bon sang ! Assez valable pour que l'on puisse, sinon lui pardonner, du moins lui accorder le bénéfice du doute.

L'infirmière, qui avait surpris la mimique d'Alistair, regarda le chef de clinique d'un air perplexe.

— C'est le Pr Reynolds, expliqua-t-il. Il était chirurgien orthopédiste ici jusqu'à l'année dernière.

La jeune femme se tourna vers Jack.

— Oh ! Navrée de devoir saccager vos cuirs, docteur.

— Aucune importance, mademoiselle. Et appelez-moi Jack, puisque je ne suis pas de service.

Emma cessa de respirer.

Projetait-il de retravailler ici ? Était-ce la raison de son retour à Glasgow ? Mais pourquoi avoir choisi précisément le soir de Noël pour faire sa réapparition ?

Et après tout, pourquoi pas ?

L'un des médecins qui les avaient rejoints venait d'ôter le pansement à son bras gauche.

— Peux-tu remuer les doigts, Jack ?

Elle retint encore son souffle.

La peau traînée sur le goudron avait un vilain aspect, mais ce n'était pas dramatique. En revanche, si l'avant-bras était fracturé, son avenir en tant que chirurgien, autant dire l'essentiel de son existence, risquait d'être compromis.

En dépit de la mauvaise réputation de Jack Reynolds, tout le monde le voyait comme l'étoile montante de l'unité d'orthopédie : il s'était spécialisé en trauma et était devenu le meilleur pour réparer les dommages risquant d'affecter la qualité de vie, comme les fractures de la nuque ou, justement, les mutilations aux mains.

Elle poussa un soupir de soulagement en constatant que les doigts bougeaient normalement. Il était aussi capable de fermer le poing et de résister à une pression sur le bras sans douleur : les os étaient donc intacts.

Peut-être n'aurait-il pas autant de chance avec sa jambe gauche, qu'Alistair était en train d'examiner. Le vilain hématome sur son mollet risquait de résulter d'une fracture sous-jacente, et il lui était à l'évidence pénible de remuer le pied. Cependant, aucune de ces blessures ne mettait sa vie en danger. Elle était davantage préoccupée par le bleu sur la cage thoracique, ainsi que par l'éventuel trauma crânien. Même protégé par son casque, si Jack avait tapé assez fort pour perdre connaissance, il risquait de souffrir de concussion, voire d'une hémorragie intracrânienne.

— Inspire à fond, s'il te plaît. Ça te fait mal ?

demanda-t-elle en appuyant la main sur la peau bleuie de son torse.

— Un peu.

— Nous allons faire des radios, tu as peut-être des côtes cassées. Dis-moi si tu as du mal à respirer.

— Pas du tout…

Il avait refermé les yeux.

— Le service a l'air bien plein, ce soir. Il doit y avoir des cas plus graves que le mien.

Elle ignora la remarque, ainsi que le regard que lui lança Alistair.

Ce dernier savait, bien entendu. Il ne savait pas à quel point elle avait été proche de Jack, car ils avaient été très discrets, d'autant que garder le secret sur leur liaison y mettait du piment. Mais personne à l'hôpital n'ignorait la tragédie à laquelle ils avaient été mêlés tous les deux. On en avait parlé des semaines. Tout l'hôpital était au courant du combat qu'elle avait dû livrer contre Jack pour la garde de la fillette, ainsi que du bouleversement survenu dans sa vie depuis qu'elle avait pris Lily chez elle. Tout le monde avait sans doute jugé que Jack méritait d'être écarté, et par conséquent, Alistair devait estimer qu'elle ferait mieux de confier ce patient particulier à un confrère.

Impossible de lui révéler, pas plus qu'aux autres d'ailleurs, combien il était loin de la vérité.

— Ne bouge surtout pas la tête, Jack. J'ôte ta minerve pour faire une palpation de la nuque.

Si Jack ne voyait pas Emma, il la sentait.

Évidemment, parce qu'elle appuyait les pouces de chaque côté de sa colonne vertébrale à la recherche d'éventuelles fractures, mais surtout dans un sens beaucoup plus immatériel : bien qu'on ne lui ait pas précisé à quel hôpital on le transportait et qu'il se soit trouvé dans les vapes en arrivant, déjà les yeux fermés, il avait su qu'elle était dans la pièce. Il avait perçu l'aura de détermination et de sincère inquiétude qui la distinguait des autres médecins, aussi compétents et brillants, mais moins sensibles qu'elle.

Après avoir ouvert les paupières, il avait constaté qu'elle était toujours la même, avec ses yeux noisette étincelants, les taches de rousseur qui parsemaient son petit nez, et les boucles de son incroyable chevelure de feu retenues par des barrettes.

Cette vision lui avait causé un violent coup au plexus.

Durant toute cette année, il s'était persuadé qu'elle n'était qu'une femme parmi toutes celles qui avaient partagé un moment son lit. Mais à présent…

À présent, il admettait qu'elle lui avait manqué, à chaque minute de chaque jour. Et toute l'émotion qu'il avait tenue à distance venait de se concentrer pour lui donner un coup de poignard plus douloureux que ses blessures actuelles. Il avait dû pincer les lèvres sous le choc, et refermer très fort les paupières pour ne plus la voir.

Tandis qu'elle le palpait, il se souvint de la dextérité de ses mains, de sa douceur. La caresse de ses doigts sur sa peau était semblable à celle d'une fraîche brise par un jour d'été brûlant. Pourtant, il savait que cette fraîcheur était un leurre et qu'elle s'enflammait plus vite qu'aucune autre.

Il réprima un grognement.

La morphine devait lui embrouiller l'esprit. Comment

osait-il avoir de telles pensées ? Tout était fini entre eux, et c'était lui qui avait rompu.

— Où as-tu mal, Jack ? Qu'est-ce qui t'ennuie ?

Une question à double sens. Avait-elle vraiment envie de savoir ce qui le tourmentait ? Le sentiment de culpabilité d'avoir abandonné la fille de son frère, dont le poids pesait de plus en plus lourd sur sa poitrine ? La honte de son comportement en général, de sa muflerie, de sa violence vis-à-vis d'elle ?

Même si elle était prête à l'écouter, ils auraient cette conversation en privé. Impossible de parler ici, avec un soignant qui traitait la brûlure de sa peau pendant qu'un autre remplaçait l'attelle provisoire de sa jambe. De plus, des voix nouvelles résonnaient dans la salle, probablement celles des radiologues qui s'apprêtaient à prendre des clichés.

— Mal à la nuque ? demanda Emma en appuyant de nouveau sur la base de sa colonne cervicale.

— Non, je ne sens rien.

— C'est vrai ?

Elle était penchée sur lui, si proche qu'il voyait briller les étoiles d'or dans ses iris bruns.

— Et tu n'as vraiment rien bu ?

Cette question le blessa. Il admettait s'être comporté en parfait goujat avant son départ, mais il ne lui avait jamais menti. Ni à personne d'autre, d'ailleurs.

Il vit ses cils papilloter, comme si elle regrettait d'avoir insisté sur ce sujet.

— Navrée, Jack. J'étais obligée de vérifier.

— Hum, je comprends. Vous avez toujours été minutieuse, docteur Matthews. C'est l'une de vos qualités.

Il la vit ébaucher un sourire.

— Comme tu le sais, il existe une liste de tests à effectuer pour s'assurer que la colonne vertébrale n'a pas été touchée. Tu n'as visiblement aucune lésion, ni trace d'intoxication dans l'organisme, tu sembles te repérer dans le temps et l'espace et être raisonnablement alerte.

Il sentit les coins de sa bouche se relever.

— Bien. Je considère ça comme une bonne nouvelle.

Elle sortit une lampe stylo de sa poche de poitrine, l'alluma, et il garda les yeux bien ouverts, regardant droit devant lui pendant qu'elle vérifiait la dilatation et la rétraction de ses pupilles.

— Réaction normale. Il ne reste plus qu'un article dans la liste. Tu vois lequel ?

Rusé de sa part ! Elle s'arrangeait pour mettre sur le compte de ses tests neurologiques un élément qui n'avait rien à voir.

— Si je ressens des blessures douloureuses au point d'être obsédantes, par exemple la fracture d'un os long ?

— Et alors ?

— Non.

— Parfait.

Elle regarda quelqu'un qu'il ne voyait pas.

— Je ne lui remets pas sa minerve, mais j'aimerais tout de même des radios cervicales, s'il vous plaît. Plus thorax, pelvis, tibia-péroné et avant-bras gauches.

— Voulez-vous un tablier de plomb ? demanda quelqu'un.

— Inutile, merci.

Elle baissa le regard vers lui.

— Apparemment, ton état ne s'est pas détérioré depuis ton arrivée. Je te laisse, je vais voir en vitesse ce qui se passe dans le reste du service en attendant les résultats de tes radios. Je ne serai pas loin, on peut m'appeler si nécessaire.

Il fit un signe d'assentiment et referma les yeux pour ne pas lui montrer à quel point il eût préféré qu'elle reste.

Il n'en avait pas le droit.

Alistair, qui était arrivé avant Emma devant le tableau d'affichage, examinait, les sourcils froncés, les nouveautés survenues dans les dix dernières minutes.

— Il nous faut à tout prix trouver de la place, le temps d'attente est de plus en plus inacceptable.

— Je vais essayer de rappeler un ou deux chefs de clinique, sait-on jamais.

— Une ambulance dans les prochaines minutes ! avertit Caroline. Et la police. Une bagarre entre deux Pères Noël qui vendaient des bonnets et des colliers clignotants, des trucs dans ce genre…

L'infirmière ébaucha un sourire mais se rembrunit aussitôt.

— C'est peut-être grave. Bon, Emma, avez-vous besoin de moi pour l'épaule démise du box 2, d'abord ? Il attend depuis un bon moment.

— Merci, mais je peux demander à un aide-soignant. En fait, je n'ai besoin que de force brute.

L'un des médecins en formation, un Australien nommé Pete, s'avança vers elle.

— Docteur, je vous prie, j'aimerais que vous jetiez un coup d'œil à ma patiente, une jeune femme de vingt-neuf ans qui se plaint d'une douleur épigastrique. J'hésite à l'envoyer au scanner. Il y a un truc qui m'interpelle, mais je n'arrive pas à mettre le doigt dessus.

— Ah, Pete ! Peut-elle attendre encore un peu, le temps que vous m'aidiez à remettre une épaule en place ? Préparez un kit de sédation dans le box 2, j'arrive.

Elle s'arrêta devant les écrans présentant les résultats des radios des patients.

Le cliché du thorax de Jack était arrivé.

Elle zooma et scruta la zone de l'hématome.

Pas de côtes cassées, apparemment. Elle pouvait cesser de s'inquiéter d'un risque de pneumothorax.

Mais une autre préoccupation surgit aussitôt dans son esprit : Stuart !

Elle composa un numéro intérieur.

— Unité coronaire, j'écoute.

— Salut, Steve, ici Emma Matthews, des urgences. A-t-on des nouvelles de Stuart Cameron ?

— Ils terminent la procédure. On lui a posé trois stents. La coronaire gauche était bouchée à cent pour cent, il a eu la chance d'être pris à temps.

— Oh ! Tant mieux !

Elle était si soulagée que ses jambes flageolèrent.

— Nous l'attendons, nous avons préparé la suite privée.

— Dites-lui que j'irai le voir dès que j'ai une minute.

— Comment ça se présente, là en bas ?

— Le chaos habituel de Noël. On va de surprise en surprise.

Après avoir raccroché, elle alla retrouver Pete, qui

l'attendait devant le box 2, en pleine conversation avec une jeune infirmière. Tous deux lui tournaient le dos.

— C'est vrai ? disait le jeune Australien. Il est venu ivre à l'hôpital ? Avec une série d'opérations qui l'attendaient au bloc ?

— Ce n'est pas le pire ! Il était le tuteur de sa nièce, qui venait de perdre ses parents, et il est parti comme ça, du jour au lendemain, sans prévenir.

— Incroyable !

Emma s'arrêta net, bouillant intérieurement.

Peut-être l'infirmière avait-elle besoin d'un sujet croustillant pour intéresser le séduisant stagiaire ?

— C'était il y a presque un an. Personne n'a plus entendu parler de lui depuis.

— Pourquoi serait-il revenu, dans ce cas ?

— Qui sait ? Peut-être pour réclamer sa nièce, après réflexion…

Emma sentit son sang se glacer dans ses veines.

Elle avait supposé que Jack était revenu pour Lily. Voire pour elle-même. Ou parce qu'il avait décidé de redemander un poste à Glasgow. Mais pas qu'il puisse avoir résolu de réclamer la garde de sa nièce ! C'était pourtant logique. L'idée la rendait malade, mais ce ne serait pas la première fois…

Les mots du passé résonnèrent dans son esprit :

« C'est la fille de mon frère. Maintenant, c'est la mienne ! »

Soudain, elle vit rouge. Furieuse, elle s'approcha du couple à grandes enjambées.

— Navrée de vous interrompre, mais vous avez remarqué que nous avons du travail, ici. Faites donc ce pour quoi on vous paie, d'accord ?

Pete et l'infirmière sursautèrent. Les joues de la jeune femme s'empourprèrent, et elle disparut.

Hélas, ces deux-là ne seraient pas les seuls à bavarder dans les coins après le dramatique retour de Jack. Et elle aurait l'un des premiers rôles dans ces commérages, cette intrigue pour série télévisée.

En même temps, elle était consciente que sa colère lui permettait d'oublier momentanément une peur horrible.

Car, si elle était à présent la mère de Lily dans tous les sens du terme — excepté qu'elle ne l'avait pas mise au monde —, elle n'en était que la marraine d'un point de vue légal. Impossible de faire une demande d'adoption officielle puisque son tuteur avait disparu. Aurait-elle des atouts suffisants pour gagner une nouvelle bataille si Jack avait l'intention de la lui reprendre ?

Remettre une épaule en place, c'était exactement ce qu'il lui fallait en ce moment. Se placer dans la bonne position, produire un effort physique intense pour tirer sur le bras de toutes ses forces afin que la tête de l'os rentre dans sa prise. Autant s'en charger elle-même.

Elle pria Pete de maintenir le patient immobile.

C'était toujours satisfaisant d'entendre le bruit de l'articulation qui se remet en place, et cette fois, en prime, cela la soulagea de sa rage. En retournant examiner les clichés de Jack, elle se sentit beaucoup plus calme.

Les images restèrent pourtant brouillées au début, tandis qu'elle repartait dans le passé malgré elle.

Elle se voyait assise au chevet de Sarah, qui savait comme elle que le temps leur était compté.

— Promets-moi, Em. Jure-moi que tu t'occuperas d'elle…

La respiration de son amie était de plus en plus laborieuse.

— Si Jack la prenait, ce serait une catastrophe. Il est tellement irresponsable, il n'a jamais voulu d'enfant.

— Je te promets, Sarah. Croix de bois, croix de fer, si je mens je vais en enfer.

Le vieux serment de leur enfance, celui qui ne pouvait être trahi.

Sarah s'était contentée de hocher la tête en souriant, et de fermer les yeux en lui serrant faiblement la main.

Emma se secoua pour chasser l'atroce impression provoquée par ce souvenir et se concentra sur les images.

Jack n'avait rien de cassé, sans doute grâce à ses solides vêtements de motard. Restait à soigner ses blessures du tissu mou, et à le garder en observation pour s'assurer qu'aucune lésion au crâne n'était passée inaperçue aux examens.

Elle inspira à fond et retourna dans la salle de réanimation.

Les radiologues étaient partis, et l'infirmière guettait du seuil les brancards que les secouristes venaient d'amener, entourés par les policiers, et sur lesquels gisaient deux hommes en habit rouge et pompon blanc au bout de leur bonnet. Alistair et l'équipe de trauma réduite qu'il avait rassemblée attendaient devant la seconde salle de réa.

— Allez-y, dit-elle à l'infirmière, ils auront besoin de vous. Appelez-moi si nécessaire.

Jack tentait de se redresser en s'appuyant sur son coude valide.

— Que se passe-t-il ? On dirait que c'est grave ?

La peur et la colère qu'elle croyait oubliées resurgirent à sa vue. Peu importe qu'elle l'aime ou non, elle se battrait bec et ongles pour protéger ce qui était devenu essentiel pour elle.

Elle s'approcha d'un pas décidé.

— Je ne te laisserai pas faire, Jack, pas cette fois !

Il ouvrit de grands yeux.

— Tu ne me laisseras pas faire quoi ?

Elle déglutit.

— Je ne te laisserai pas m'enlever Lily.

3

Jack connaissait suffisamment Emma pour percevoir la peur sous la colère qu'exprimait sa voix. Il se détesta d'en être la cause.

Il fallait qu'il mette les choses au point tout de suite.

— Mais… Tu supposes vraiment que je suis revenu pour ça ? Je ne l'envisage pas une seule seconde.

Elle secoua la tête assez violemment pour qu'une boucle de ses cheveux échappe à sa barrette.

— Comment pourrais-je en être certaine ? chuchota-t-elle.

Par la porte grande ouverte, il percevait les bruits du service, une sorte de bourdonnement continu, mais il entendit chaque mot, parce que c'était la seule chose qui importait en ce moment. À sa voix tremblotante, il devinait qu'elle se retenait de pleurer. Et qu'elle n'avait pas fini de parler.

Il ne répliqua pas et attendit la suite.

Elle ferma les paupières un instant, et quand elle les rouvrit, garda les yeux baissés sur ses mains, comme s'il lui était impossible de le regarder dans les yeux.

— Je t'ai attendu, Jack. Depuis près d'un an, j'attends ton retour. J'ai refusé d'écouter les médisances à ton sujet, je me suis accrochée à la certitude qu'un jour tu reviendrais.

Elle leva la main pour remettre sa mèche folle en place.

— J'espérais chaque jour avoir des nouvelles de toi, et je pensais que peut-être, aujourd'hui…

Il ne se sentait déjà pas fier de lui, mais cette phrase ne fit qu'empirer les choses.

Ainsi, elle avait pensé à lui tous les jours et espéré qu'il revienne pour Noël ? Et quel était donc le contenu de ces médisances ? Les gens étaient-ils certains qu'il ne reviendrait jamais ? Avaient-ils jugé que c'était bon débarras ?

Peut-être aurait-il mieux fait de rester où il était…

— Et ce soir, poursuivit-elle, précisément ce soir, alors que d'horribles souvenirs sont en embuscade à chaque coin de l'hôpital, tu débarques sans crier gare, et comme si tu étais sur le point de mourir toi aussi…

La voix d'Emma n'était plus qu'un murmure, sa lèvre tremblait. Elle était visiblement au bord des larmes.

Il comptait donc à ce point pour elle !

Comme il avait compté pour sa mère disparue si tôt, et comme il avait compté pour Ben, dont la mort l'avait en quelque sorte libéré, d'une façon paradoxale : il ne manquerait plus à personne désormais, c'était un souci de moins.

Et voilà que, maintenant, il y avait Emma.

Qui avait pas mal d'importance aussi pour lui, autant l'admettre, sinon il ne se sentirait pas si misérable en ce moment.

Il tendit la main vers elle.

— Je te demande pardon, Red.

Il y eut un long silence. Un instant, il fut conscient des bruits provenant de l'autre salle de réa située à côté, puis il cessa de les entendre, concentré sur ce qu'il se passait… et ne se passait pas.

Il savait qu'Emma fixait sa main, hésitant peut-être à le toucher autrement que pour lui prodiguer des soins. Il souhaitait ardemment qu'elle le fasse. C'était la seule chose qui lui donnerait l'espoir qu'il pouvait encore recoller les morceaux.

Il se pencha, s'étira un peu plus, lui offrant sa paume ouverte.

— Attention à ta perfusion, Jack !

Pourtant, elle prit sa main, et après avoir vérifié que le flux était normal, elle ne la lâcha pas.

Il entoura ses doigts des siens, espérant qu'elle le regarde dans les yeux.

Quand elle le fit, il faillit le regretter, car son regard exprimait une angoisse totale.

— Pourquoi es-tu revenu justement aujourd'hui, Jack ?

— Parce que… Parce que c'est Noël.

— Mais c'est un jour que tu détestes, c'est bien connu. C'est pour cette raison que Sarah et Ben t'amenaient Lily à Glasgow, parce qu'ils savaient que tu n'irais jamais les voir à Londres.

Les mots semblaient se bousculer dans sa bouche, et ses yeux s'arrondirent soudain, comme si elle prenait conscience d'un fait abominable.

— Tu ne te juges pas responsable de l'accident, tout de même ?

Il ferma les paupières une seconde et lui pressa la main pour lui faire sentir que c'était trop tôt pour évoquer le sujet. Il n'était pas prêt. Peut-être ne le serait-il jamais ?

— Ça m'a paru la bonne période de l'année pour faire la paix, articula-t-il.

Avec qui ? Avec les collègues qu'il avait laissés tomber ? Avec Emma ? Avec Lily, trop jeune pour comprendre ?

Avec tous ceux-là. Mais pour être sincère, c'était la solution qu'il avait trouvée pour être enfin en paix avec lui-même. Voilà quelle était la véritable raison de son retour.

L'arrivée de Noël, et l'effrayant anniversaire que cela représentait, avait été le catalyseur. Il ne s'était pas senti assez égoïste pour abandonner ce jour-là la seule autre personne que la perte de Sarah et Ben avait anéantie. Bien entendu, il n'avait pas projeté d'arriver à l'hôpital sur un brancard, et cela avait rendu les choses plus dramatiques, pour Emma comme pour lui.

Il ignorait pourtant qu'elle l'attendait, et précisément le soir de Noël.

Comment prendre la nouvelle ? Ils ne s'étaient rien promis, n'avaient rien partagé, hormis quelques moments de plaisir d'autant plus excitants qu'ils étaient cachés. Et il n'avait nulle intention de passer sa vie à Glasgow.

Inutile de le lui avouer. Pas encore, en tout cas. Mieux valait attendre une occasion de lui parler en privé. Et encore, à condition qu'il se sente assez solide pour replonger dans les affres de ce sombre passé… Pour l'heure, il se bornerait à jurer à Emma qu'il était profondément navré de sa conduite.

Ne trouvant pas de mots, il tenta d'envoyer un

message télépathique par l'intermédiaire de la main qu'il serrait dans la sienne. Il en caressa le dos du pouce, et il fut convaincu qu'elle avait compris, car l'angoisse disparut de ses yeux, ainsi que l'inquiétude liée à cette empathie qu'il n'était pas encore capable de recevoir de sa part avec gratitude.

En revanche, cette femme comptait pour lui. Oui, il se sentait prêt à présent à accepter la force d'un lien exclusif.

Il éprouva une forte émotion à cette prise de conscience.

Qu'y avait-il de plus ? De l'espoir, peut-être, non seulement de faire la paix, mais de redonner un sens à sa vie ? De voir se dessiner un avenir, même très flou ?

— Emma ? appela quelqu'un depuis le seuil.

Elle lâcha sa main très vite comme si elle était prise en faute, et elle se tourna vers la porte.

— On a besoin de vous à côté. Pneumothorax de tension, il est en train de collapser.

Emma se précipita.

Les deux Pères Noël se trouvaient dans la salle de réa voisine, assistés d'une équipe médicale importante, plus deux policiers et trois gardes de sécurité de l'hôpital. Une veste rouge aux parements blancs gisait à côté d'une mare de sang. Alistair, dont la blouse était ensanglantée, leva les yeux vers elle.

— Hémorragie artérielle. Je ne parviens pas à l'endiguer…

Elle observa le second blessé : sa peau était bleuâtre, et il cherchait de l'air. Il était visiblement en train de perdre connaissance.

— La saturation chute, expliqua Pete, et la tension s'est effondrée. Plus de bruits respiratoires du côté gauche. J'ai essayé une décompression à l'aiguille, sans résultat. Nous nous apprêtons à l'intuber.

— Ça peut attendre, dit-elle en enfilant des gants stériles. Une thoracotomie sera plus rapide. Avez-vous déjà pratiqué cette procédure ?

— Non. Je n'y ai même jamais assisté.

— Bon. Alors, contentez-vous d'observer.

C'eût été une bonne occasion d'enseigner quelque chose à ce jeune médecin, mais l'état du patient était trop sérieux pour s'appesantir sur les explications, pas question de ralentir l'intervention.

Elle s'empara de l'écouvillon qui trempait dans un bol de Bétadine et badigeonna le côté du thorax.

— Vous voyez la distension de la jugulaire ? Nous n'avons pas beaucoup de temps.

L'air et sans doute le sang qui s'accumulaient dans le thorax avaient fait collapser le poumon, et cela empêcherait bientôt le cœur de battre.

Elle palpa le torse d'une main, le scalpel dans l'autre.

— Je cherche le cinquième espace intercostal dans la ligne médio-axillaire. Là, je fais une incision de cinq centimètres, juste à travers la peau.

L'homme était assez conscient pour grogner de douleur.

— Navrée, ce ne sera pas long.

Non qu'elle soit insensible, mais elle était entraînée à supporter de faire souffrir un patient si c'était pour le sauver.

Elle s'accroupit pour placer son regard à hauteur de l'incision.

— Maintenant, j'utilise le forceps pour pratiquer une dissection-mousse. C'est plus sûr de se positionner ainsi, vous voyez ?

Elle reposa la pince sur le chariot et introduisit un doigt dans l'ouverture.

— Attention. En faisant ça, vous risquez de tomber sur une côte fracturée et de vous blesser. Regardez, l'air et le sang s'échappent…

— La saturation remonte, annonça une infirmière. Je vais reprendre la tension.

— Parfait. Et le poumon se regonfle. Vous voyez, Pete ?

— En effet, émit le stagiaire d'un ton admiratif. C'est bien plus rapide qu'une intubation.

— Il n'y échappera pas, mais ce n'est plus si urgent. Si je laisse retomber le tissu mou sur la plaie de cette façon, il agit comme une valve. Au cas où la pression interne reviendrait, ce serait facile de soulever et de remettre votre doigt dedans pour la soulager. En ayant changé de gants, bien sûr. Bon, qu'est-ce qu'il lui est arrivé ? Objet contondant, coup de couteau ?

— Selon lui, couteau. Mais je n'ai pas encore localisé la plaie d'entrée.

— Avez-vous examiné le dos ?

— Nous allions le faire quand il a collapsé.

— À vous de jouer, dans ce cas.

Elle se recula pour laisser la place à Pete et regarda vers le second lit.

— Vous vous en sortez, Alistair ? Besoin d'un coup de main ?

— Merci, je pense que ça va aller. J'ai réussi à clamper l'artère, et je m'apprête à la ligaturer.

Il eut un sourire navré.

— Ça a dû être une sacrée bagarre ! On est loin de l'esprit de Noël, hein ?

Elle lui rendit son sourire, et se retourna vers Pete pour s'assurer que son examen secondaire lui fournissait les informations nécessaires. En même temps, la remarque d'Alistair faisait son chemin dans son esprit.

L'esprit de Noël, la paix…

Pourquoi n'avait-elle pas pensé plus tôt que Jack devait se sentir coupable de la mort de son frère et de sa belle-sœur ? Son aversion pour la période des fêtes était depuis longtemps sujette à plaisanteries. Sarah en avait ri en lui racontant au téléphone qu'ils amenaient leur bébé à Glasgow pour Noël.

— Comme Jack ne viendra jamais, nous allons chez lui, que ça lui plaise ou non. Nous comptons bien lui démontrer que ça peut être génial de passer Noël en famille !

Si Jack avait accepté de se rendre à Londres pour faire la connaissance de sa nièce, Sarah et Ben seraient encore en vie… Mais à quoi bon les « si » ?

Pourtant, si à la douleur irrémédiable d'avoir perdu son jumeau s'ajoutait cette culpabilité, pas étonnant que Jack ait été incapable d'assumer, même auprès du seul membre encore vivant de sa famille.

S'était-elle assez efforcée de l'aider ? Ou avait-elle au contraire aggravé la situation, en focalisant sa peine sur l'obsession de tenir la promesse faite à Sarah ? N'était-elle pas en partie responsable de ce départ en catastrophe ?

Elle n'eut pas le temps d'extrapoler plus avant.

— La voilà ! annonça Pete en désignant la petite

boutonnière située juste sous les côtes de son patient. On ne dirait pas qu'un truc aussi minuscule a pu causer tant de dégâts…

— En effet. Les blessures de surface sont souvent trompeuses, c'est ce qu'il se passe en dessous qui est important. Parfois, il est nécessaire de chercher beaucoup pour trouver. Emmenons-le au scanner pour y voir plus clair.

Elle avait l'impression de parler pour elle-même.

En ce qui concernait Jack Reynolds, elle ne serait pas la seule à devoir creuser un peu plus sous la surface. Les gens avaient jugé celui-ci sans savoir, alors qu'ils n'avaient pas tous les éléments de l'histoire en main — elle aussi, d'ailleurs. Et ce n'était pas juste.

Jack n'aurait su dire en quoi Emma avait changé quand elle revint dans sa chambre, mais c'était un fait.

Cependant, la lumière l'éblouit si fort quand il ouvrit les yeux qu'il dut mettre sa main en visière.

— Tu dois être un peu secouée, non ? Ça a été dur, à côté ? J'en ai eu le sentiment…

— Non, je me sens en forme. C'est assez étonnant, du reste, si on considère que je suis là depuis 7 heures du matin.

— Quoi ? Tu travailles depuis ce matin sans interruption ?

— Ce n'est pas volontaire. Stuart Cameron devait prendre ma suite, mais en arrivant pour me remplacer il présentait tous les symptômes d'un infarctus…

— Oh ! Bon sang !

L'expression d'Emma lui indiqua qu'elle repensait

à la même chose que lui : à sa dernière rencontre avec le chef de service.

C'était Stuart qui l'avait arrêté ce jour-là, quand il était venu pour provoquer Emma. Ayant senti son haleine alcoolisée, le médecin l'avait forcé à entrer dans son bureau. Là, il lui avait demandé de se ressaisir. En lui disant entre autres que, même s'il comprenait l'épreuve qu'il traversait, son comportement n'aiderait personne, à commencer par lui-même.

En sortant de cette entrevue, Jack était parti prendre l'air avec l'intention de se remettre les idées en place. Stuart avait raison, il n'était pas en état de parler à Emma. Mais la confusion de son esprit s'était au contraire aggravée, et après avoir marché des heures comme un automate, il était rentré faire sa valise pour se mettre en quête d'un lieu en ce monde qui ne constitue pas pour lui un enfer.

Du coup, peut-être Stuart avait-il gardé le sentiment de l'avoir poussé plus loin qu'il ne le souhaitait et s'était-il senti responsable de son départ précipité. C'était pour cette raison qu'il devait aussi faire la paix avec lui.

— Est-ce que… Comment va-t-il ?

— Bien.

Le sourire d'Emma était doux, et ses yeux brillants suggéraient des larmes retenues.

— Nous l'avons amené directement au labo de cathétérisme, et on a ouvert à temps pour éviter de graves dégâts. Il se repose aux soins coronariens. J'irai le voir dès que j'aurai une minute. Bientôt, j'espère. On dirait que c'est un peu plus calme, ici.

— Passe-lui mon bonjour, s'il te plaît. Je lui dois aussi des excuses, mais je m'en chargerai moi-même.

Il fronça les sourcils.

— Dis donc, ce n'est pas juste que tu travailles tant d'heures à la suite ! N'y a-t-il personne pour te relayer ?

Emma secoua la tête.

— Pas pour l'instant. L'équipe de jour va s'efforcer d'arriver un peu plus tôt, mais nous sommes à court de personnel. Une épidémie de grippe… Mais tu sais, ça ne me dérange pas ! Je ne suis pas la seule à être restée. Les autres avaient prévu de fêter Noël ensemble au pub.

— Et toi, tu ne les accompagnais pas ?

— Non, je rentrais à la maison. Pour passer la veillée de Noël traditionnelle quand on a des enfants.

En tentant de se représenter ce que cela signifiait, il dut avoir un air concentré. Emma prit peut-être cela pour de la réprobation, car elle changea de sujet.

— Bon, voici la suite des bonnes nouvelles : tu n'as rien de cassé, pas même au crâne. Nous allons te transférer dans une chambre où tu seras plus tranquille. Repos, glace, compression et élévation tant que tu seras en observation. Pas question que cet hématome au mollet conduise à une complication du genre syndrome du compartiment abdominal.

— Je ne risque pas grand-chose. Je vais occuper un lit pour rien ! Je pourrais sortir, si tu me signais une décharge.

Ce qui signifiait qu'il devrait trouver un endroit où aller loin d'elle. Et il avait encore tant de choses à lui dire !

— Ah non, pas question ! Et si tu avais un trauma crânien qui nous aurait échappé à la radio ? Cette lumière te gêne, n'est-ce pas ?

Il baissa la main mais ne put s'empêcher de ciller pour se protéger de la clarté.

— Tu as mal à la tête ?

— Ce n'est pas pire qu'une gueule de bois.

— Tu n'es pas drôle, Jack.

Il soupira.

— Je n'essayais pas de plaisanter. Je n'ai pas bu une goutte d'alcool depuis près d'un an, Red. Et en dépit de ce qu'on a raconté, je n'étais pas venu opérer ce jour-là. Je venais te voir, toi. Pour te demander où était Lily.

Elle soupira en écho.

— Je suis heureuse que tu me l'apprennes. Je n'ai jamais vraiment cru que tu étais capable de mettre des patients en danger.

Il prit conscience qu'elle était un peu plus détendue qu'à son arrivée, et prête à écouter sa version de l'histoire. Et, qui sait, à lui pardonner ?

Peut-être était-ce le destin d'avoir eu la peur de sa vie et de se retrouver ici, à se faire soigner par Emma, juste le soir de Noël où les souvenirs et les émotions enfouis avaient des chances de resurgir… Et, visiblement, elle n'était pas pressée de se débarrasser de lui.

L'étincelle d'espoir qui était apparue en lui tenant la main croissait, se transformait en une vive clarté, qui lui sembla se refléter dans ses yeux noisette.

Ou était-ce dans son sourire ?

— Bien, on peut avoir besoin de la salle. Je t'emmène

dans ta chambre, dit-elle en appuyant sur le frein de son lit pour le débloquer.

— Attends ! Je peux marcher.

— À mon avis, ta jambe ne supportera pas ton poids, au moins jusqu'à ce qu'elle soit bandée. Oh ! c'est vrai !

Elle lâcha le lit et se dirigea vers un coin de la pièce.

— Ils ont laissé toutes tes affaires. Nous ferions mieux de les emporter.

Il poussa un soupir en voyant l'aspect cabossé de son casque et fut surpris que les secouristes aient sorti son sac à dos de sa malle. Il n'avait rien remarqué.

Lorsque Emma le ramassa, le dessus s'ouvrit pour révéler le haut d'un paquet emballé dans un papier rouge brillant, imprimé de bonshommes de neige souriants.

Elle parut se pétrifier et se tourna vers lui, les yeux ronds.

— Je rêve ! C'est un cadeau de Noël ?

Cette attitude le vexa légèrement.

Le prenait-elle pour un dragon ? Un type qui haïssait tant Noël qu'il ne lui viendrait pas à l'idée de faire un présent à quelqu'un à cette occasion ?

— C'est pour Lily, marmonna-t-il. Un ours tout habillé, avec des fermetures Éclair, des boutons, des scratchs et des boucles sur ses vêtements. D'après le vendeur, c'est un jouet éducatif très populaire.

Emma resta muette un instant, comme si elle hésitait entre rire et pleurer.

— Je suis sûre qu'il lui plaira beaucoup, dit-elle enfin. Lily est déjà très adroite de ses mains, et elle adore découvrir ce qu'elle peut faire avec. C'est… Tu as très bien choisi, elle sera très heureuse.

Elle avait parlé d'un ton circonspect.

— Elle est… heureuse, tu dis ?

— En permanence. Regarde.

Elle prit son portable dans sa poche.

— Maman m'a envoyé ces photos ce soir, quand je l'ai prévenue que je ne pourrais pas rentrer comme prévu.

Il vit sa nièce penchée sur un seau, en blouson rose, de la neige dans les cheveux et une carotte à la main. Sur la photo suivante, elle arborait un sourire éblouissant.

Ce visage, ces boucles brunes… Lily ressemblait tant à Ben au même âge ! Ben, son jumeau, son miroir.

Sa gorge se serra à l'étouffer. Son émotion était si violente qu'il fut incapable de l'exprimer.

— Que fait-elle avec cette carotte ? demanda-t-il d'une voix rauque.

— C'est pour le renne, une tradition de la veille de Noël. On met de l'eau et des carottes dehors, avec du lait et des biscuits pour le Père Noël.

— Ah oui. J'avais oublié.

Il avait essayé, du moins. N'avait-il pas guetté par une fenêtre les fois où les « vrais » enfants de sa famille d'accueil le faisaient ?

Il se sentait toujours aussi oppressé.

— Emma, peux-tu me passer mon portefeuille ? Dans la poche de mon blouson…

L'air perplexe, elle s'exécuta.

Il chercha un compartiment intérieur qu'il n'avait pas ouvert depuis longtemps. La photo qu'il en sortit était écornée, mais l'image était encore nette : deux petits garçons en costume du dimanche, qui se tenaient par la main sur un pont de Londres.

— Pour notre cinquième anniversaire, en guise de cadeau, maman nous avait emmenés visiter Londres. C'était peu de temps avant sa mort.

Il déglutit péniblement.

— C'est la seule photo que j'aie de mon enfance.

— Oh ! Jack… Quelle ressemblance incroyable ! Lily a votre sourire, et les mêmes cheveux.

Il la sentait émue, comme si elle retenait des larmes.

— C'est bien une Reynolds, oui.

Il pouvait mettre un nom sur son émotion, à présent : il venait de reconnaître un lien indestructible, celui qui l'avait lié à Ben enfant et qui lui garantissait qu'il ne serait jamais seul dans ce monde terrifiant. Celui de la famille, de l'amour.

Était-il possible qu'il aime Lily ?

Il ne l'avait pas vue depuis si longtemps. Elle n'était qu'un bébé perdu la dernière fois, et il avait eu peur. De ne pas être à la hauteur, mais aussi, autant l'admettre, de s'attacher de nouveau à un être qu'il pouvait perdre d'un jour à l'autre.

Et malgré tout, il était maintenant certain d'aimer sa nièce.

Il s'éclaircit la voix.

— Elle est magnifique… Et tu as raison, elle a l'air vraiment heureuse.

Il croisa le regard d'Emma.

— Comment pourrais-je jamais te remercier ?

— Ce n'est pas la peine, Jack. J'ai fait à Sarah une promesse qu'il m'était impossible de trahir. Vois-tu, je n'en avais pas conscience sur le moment mais, en acceptant de me charger de son enfant, je recevais le plus extraordinaire cadeau que la vie pouvait m'offrir. Je n'imagine plus du tout l'existence sans Lily, à présent.

Elle se mordit la lèvre, comme si elle se remémorait la véhémente protestation dont il avait honte maintenant, le soir du drame, quand il avait réclamé sa nièce.

« C'est la fille de mon frère. Maintenant, c'est la mienne ! »

Tout à coup, Emma paraissait très vulnérable.

— En fait, il existe une façon de me remercier.

— Dis-moi laquelle.

Elle poussa un long soupir. Ce devait être difficile à dire.

— Eh bien, il ne tient qu'à toi de prendre part à sa vie, d'être pour elle la figure du père qui ne tardera pas à lui manquer.

Aïe ! C'était beaucoup plus sérieux qu'il ne l'envisageait. En premier lieu, elle avait redouté qu'il ne soit revenu dans le but de lui enlever Lily, et voilà que, maintenant, elle était disposée à l'inviter dans son intimité !

Donc, elle avait confiance en lui ?

Était-ce plus qu'il ne pouvait supporter ?

Une petite voix à l'arrière de sa tête lui disait que le moment était venu de préciser qu'il n'était que de passage. Qu'il était là en visite, dans l'intention de faire la paix, pour pouvoir tourner la page. Mais un autre timbre, plus ténu, susurrait en lui. Une sensation plus qu'une perception. Quelque chose qui lui faisait se demander comment il avait pu songer à tourner la page en laissant derrière lui sa famille.

Emma dut sentir qu'il avait besoin de temps pour assimiler sa proposition, car elle replia le dessus du sac, dissimulant le papier brillant.

— Bien, tu es prêt à partir ? Il faut vraiment que je libère la salle de réa, maintenant.

Il hocha la tête.

— Je te demande pardon. Je ne suis pas encore très doué pour cette histoire de Noël. Je ne t'ai pas apporté de cadeau.

— Oh ! mais si, Jack ! Détrompe-toi.

Elle eut un sourire adorable.

— Tu t'es apporté, toi !

4

Emma sourit en voyant la décoration du couloir menant aux soins coronariens.

De longs cheveux d'ange verts avaient été fixés aux murs, simulant un tracé d'électrocardiogramme, avec à chaque bout des paillettes rouges en forme de cœur.

C'était tout à fait de saison, mais cela n'offenserait aucun visiteur d'un proche dont l'état cardiaque était critique.

La joie de Noël l'accompagnait quand elle se glissa dans la chambre privée où Stuart Cameron se remettait. Le bip-bip régulier du moniteur était aussi rassurant que le sourire du chef de service.

Elle lui prit la main en s'asseyant à son chevet et fit une pause avant de parler.

— Ne me fais jamais plus une peur pareille, Stuart.

— Promis.

Il lui pressa les doigts avant de lâcher sa main.

— Je suis navré. Justement cette nuit !

— Oui. Mais il paraît que tu vas bien, que ton électro est pratiquement normal. Tu as encore une douleur thoracique ?

— Dis-moi, tu es venue en tant que visiteuse, ou en tant que médecin ?

Elle sourit.

— Tu ne crois pas que tu ferais la même chose, si les rôles étaient inversés ?

— Déformation professionnelle, que veux-tu. On ne se refait pas.

— C'est pour ça que tu ne prends pas ta retraite ?

Il eut un haussement d'épaules.

— Je n'ai pas l'intention de m'arrêter de sitôt. Avec tous ces nouveaux tuyaux qu'on m'a posés, je ne risque rien pendant au moins dix ans.

Que lui dire ? Que subir le stress d'un chef de service d'urgence n'était pas le meilleur moyen d'apporter sa contribution à la médecine ?

Elle secoua la tête sans répondre.

— Comment ça se passe, en bas ? reprit Stuart. Je me suis fait du souci pour toi.

— Eh bien, tu peux cesser tout de suite ! Tout est sous contrôle, sinon je ne serais pas là. Alistair a eu la gentillesse de rester, et il m'appellera s'il y a quelque chose de sérieux.

— Qui vous a-t-on amené, jusqu'à présent ?

Elle ne demandait qu'à se confier à cet homme qui représentait pour elle la figure du père, mais Stuart avait besoin de repos. Inutile de lui provoquer un stress supplémentaire en évoquant l'arrivée de Jack.

— Deux Pères Noël qui se sont battus à coups de couteau, apparemment pour une place de vendeur ambulant : boucles d'oreilles, colliers clignotants et bois de rennes décorés d'étoiles, tu vois ce que je veux dire ?

Stuart sourit.

— Très bien, oui.

— Bref. Une hémorragie artérielle qu'Alistair a dû stopper et ligaturer, et un pneumothorax de tension alors que j'étais dans la salle d'à côté. Mon nouveau stagiaire, Pete, m'a appelé à la rescousse, et j'en ai profité pour réaliser une thoracotomie devant lui.

— Il est bon ?

— Il apprend vite.

Stuart eut un regard sagace.

— Et sinon, à quoi étais-tu occupée, dans l'autre salle ?

Elle détourna les yeux.

— Un accident de moto sur l'autoroute. Le patient s'en est assez bien tiré. Quelques contusions. Je le garde en observation pour vérifier qu'il n'ait pas de trauma crânien invisible à la radio.

Elle s'était efforcée de prendre un ton détaché, mais Stuart la connaissait bien.

— Emma, tu ne me dis pas tout, je le sens.

Elle se força à sourire.

— Je ne suis pas venue pour te faire faire du souci, tu sais. Rien d'important, je t'assure.

— Eh bien, si tu ne me parles pas, je vais m'inquiéter encore plus. J'ai une imagination débordante, tu me connais.

Elle fit mine de se lever, puis se rassit en se mordant la lèvre.

— De toute façon, tu en entendras parler tôt ou tard par la rumeur.

Il eut un sourire espiègle.

— Tout le monde me raconte tout, ici. Et si on ne me dit pas ce que je veux savoir, je me débrouille pour le découvrir moi-même. Si tu t'en vas tout de suite, je n'ai qu'à téléphoner à Alistair avant que tu n'arrives dans le service. Ou alors à Caroline… Oui, encore mieux : elle est toujours au courant de tout.

— Ce n'est pas si important ! Une drôle de coïncidence que ce soit arrivé aujourd'hui, voilà tout.

— Quoi ?

— L'accident de moto : c'est Jack Reynolds.

Comme le bip-bip du moniteur ne modifiait pas son rythme, elle se détendit, et eut la surprise de sentir la main de Stuart se poser sur la sienne. Elle croisa son regard, qui exprimait sa compréhension et son soutien.

Elle en eut les larmes aux yeux.

— Il a vraiment choisi son jour, hein ! Ma pauvre… Ça a dû être très pénible pour toi.

— Il prétend qu'il était justement venu pour Noël parce qu'il veut faire la paix.

Stuart ferma les paupières un instant et esquissa un sourire.

— J'en suis très heureux.

— Pourquoi ?

— C'est un type bien, Emma, je l'ai toujours su. J'avais le sentiment qu'il reviendrait un jour réparer ses erreurs.

— Il m'a juré qu'il n'est pas venu me reprendre Lily…

— Je n'en doute pas. Je parlais de présenter des excuses et faire la paix, justement. Pour lui-même. Il ne peut pas aller de l'avant sans être en paix avec les êtres qu'il aime le plus.

— Lily…

— Et toi.

— Moi ? Je ne compte pas pour Jack. J'étais la meilleure amie de sa belle-sœur, c'est tout.

— Oh ! Emma ! N'essaie pas de me berner, moi ! Tu crois que je n'ai pas remarqué l'étincelle dans tes yeux ? Et comment vous vous regardiez quand vous vous croisiez dans le service ? Même quand vous ne vous regardiez pas, en fait, l'électricité entre vous me faisait dresser les poils sur les avant-bras.

Elle se sentit rougir.

— Tu penses que tout le monde était au courant ?

Il lui tapota le dos de la main.

— Je ne pense pas, parce que rien ne m'est jamais revenu aux oreilles. Ça m'étonne que Caroline n'ait rien soupçonné, mais c'est ainsi. Je suppose que je m'en suis aperçu parce que je te connais bien…

Emma était vraiment embarrassée de la perspicacité de Stuart. Avait-il aussi deviné qu'elle était carrément tombée amoureuse du bourreau des cœurs de l'hôpital, connu pour ne jamais s'engager ?

Elle devrait y réfléchir à tête reposée.

En tout cas, Sarah n'avait pas pu s'en douter. Jack et elle s'étaient embrassés pour la première fois lors de son mariage, mais loin des regards indiscrets, et les jeunes mariés étaient partis vivre à Londres aussitôt après. Et cette dernière nuit tragique…

Oh ! Elle était loin de penser à son aventure avec Jack, et la seule étincelle qui pouvait briller dans ses yeux était le reflet des lumières dans ses larmes. Mieux valait changer de sujet.

— Jack m'a priée de te transmettre son bonjour. Il a dit aussi qu'il te devait des excuses, mais qu'il s'en chargerait lui-même.

— Emma… Je n'ai pas cru une seule seconde qu'il était venu ce jour-là pour opérer, tu sais.

— Moi non plus. Mais il n'aurait pas dû venir du tout.

Stuart poussa un profond soupir.

— À mon avis, il ne savait plus où aller tant il était désespéré. Je me suis toujours reproché de lui avoir fait ce sermon. J'aurais dû être plus compréhensif.

— Il était trop enragé pour accepter de la gentillesse. Il a refusé la mienne, et je me suis pourtant efforcée…

— Chacun doit trouver sa propre voie pour faire son deuil, je suppose. Perdre un jumeau, ce doit être affreux, encore plus quand on a eu une enfance comme la leur…

— Je ne connais pas l'histoire, à part ce que Sarah m'en a raconté. Je sais que, après la mort de leur mère, on les a placés à cinq ans dans des familles d'accueil séparées, où ils ont fait les quatre cents coups jusqu'à ce qu'on les envoie dans un foyer. Une fois réunis, ils se sont calmés, ont étudié et ont passé tous les deux avec succès l'examen d'entrée à l'école de médecine.

— Extraordinaire, non ?

— Hum, mais il y a encore beaucoup de blancs dans ce parcours.

Ce qui l'empêchait de bien comprendre Jack et sans doute de l'aider. Désormais, il était le seul à pouvoir remplir ces blancs…

Soudain, les sensations lui revinrent en foule, et elle ferma les yeux.

Ce regard particulier quand il avait envie de l'embrasser, la chaleur qui irradiait de ses mains lorsqu'il la touchait… Et chaque fois qu'ils faisaient l'amour, c'était encore meilleur que la précédente.

Heureusement, Stuart n'avait pas remarqué son trouble.

— Où était-il passé ?

— Je l'ignore. Je ne lui ai pas posé la question.

Elle s'aperçut que Stuart papillotait des yeux. Il était temps qu'elle le laisse se reposer.

— J'espère qu'il n'a pas abandonné la médecine, murmura-t-il comme pour lui-même. Nous n'avons pas les moyens de perdre quelqu'un d'aussi talentueux et passionné.

Puis il sourit.

— Parle-lui, Emma. Tu es bien plus importante pour lui que tu ne le penses.

Les douleurs de Jack revenaient le tourmenter.

Il ne souffrait pas trop de son bras, et la glace et l'élévation avaient fait du bien à sa jambe, mais chaque respiration était rendue douloureuse par l'hématome au thorax, et son cœur battait trop vite.

La morphine ne faisait plus effet.

Malgré tout, loin de lui l'idée de se plaindre : les chances de se tirer d'un tel accident indemne ou avec seulement des blessures légères n'étaient pas nombreuses.

Impossible de dormir. La lumière avait été tamisée dans sa chambre, mais il entendait toujours les bruits du service des urgences, qui évoquaient pour lui tant de souvenirs… Bon sang, il devrait être en train de travailler, et non pas allongé dans un lit qui serait plus utile à un autre !

Un médecin stagiaire nommé Pete venait à intervalles réguliers procéder à de nouveaux tests neurologiques, mais il attendait quelqu'un de plus expérimenté.

Emma.

Il avait envie de voir d'autres photos de Lily, de l'interroger à son sujet. Est-ce que sa nièce parlait déjà et marchait correctement ? Et ses vaccins ? Et qui s'occupait d'elle pendant ses heures de travail ?

Emma avait-elle un compagnon ? Elle ne s'en serait tout de même pas privée à cause de lui ?

« J'espérais chaque jour que ce serait aujourd'hui que j'aurais des nouvelles de toi. »

Pour le bien de Lily, certainement.

Et sinon ? Et pourquoi, lorsqu'il pensait à Emma et à sa façon de murmurer ces mots, éprouvait-il cette impression d'un lien de famille, le même qu'il avait éprouvé en retrouvant sur l'image usée de son enfance la ressemblance entre Lily, Ben et lui ?

Ce tourbillon de pensées accentuait son mal au crâne. Il ferma les yeux, les rouvrit sur une vive lumière.

C'était Pete qui revenait vérifier ses réflexes pupillaires.

— Tout est normal.

— Content de l'apprendre… Pouvez-vous me dire quelle heure il est ?

— Environ 2 heures du matin.

— Hum… Joyeux Noël, Pete.

Ils échangèrent un sourire piteux, signifiant que, pour le moment, il ne se passait pas grand-chose de joyeux ni pour l'un ni pour l'autre.

— Toujours autant de boulot ?

— Ça se calme. Avec un peu de chance, je pourrai peut-être faire un petit somme bientôt.

— Où est Emma ?

— Elle est montée voir Stuart Cameron. Elle ne s'attardera pas.

— Voilà, je suis là !

Aussitôt, il sentit son cœur cogner contre ses côtes et constata, surpris, que le son de la voix d'Emma lui faisait plaisir.

Il se détendit et sourit.

Cependant, Emma regardait Pete, qui chuchotait à son adresse. Il n'aurait pas pu surprendre ce qu'ils se disaient si son acuité auditive ne s'était pas curieusement accrue.

— Pouvez-vous jeter un coup d'œil au patient de l'aile pédiatrique quand vous aurez une minute ? Un garçon de quatre ans. Il me semble qu'il faudrait prévenir les services sociaux.

— Hum, pourquoi ?

— C'est sa tante qui l'a amené, en prétextant qu'il avait de la fièvre et qu'il risquait d'avoir la rougeole.

Jack observa la façon dont l'attention d'Emma se focalisait aussitôt sur ce qu'elle apprenait, en réfléchissant déjà aux implications possibles.

— L'interne a conclu que les lésions au visage étaient dues à l'impétigo, mais elle en a aussi découvert sur ses membres et dans le dos. Toutes de la même taille…

— Des brûlures de cigarette ?

— Oui. Ce n'est pas la première fois que j'ai affaire à ce genre de trucs, et là, je suis formel.

Le visage d'Emma se chiffonna. Elle semblait souffrir elle-même dans sa chair, et bizarrement, d'une souffrance contagieuse.

Jack sentit sa gorge se serrer. Il eut envie de la prendre dans ses bras pour la consoler, de lui caresser le visage pour détendre ses traits crispés.

— Où sont ses parents ?

— À un réveillon, paraît-il. La tante n'est pas bavarde.

— Faites-les patienter jusqu'à l'arrivée de quelqu'un de la Protection de l'enfance. Attention, à cette époque de l'année, ça peut prendre pas mal de temps. Et venez me chercher au besoin, on ne sait jamais.

Il s'attendait à ce qu'Emma suive Pete à l'extérieur, mais elle se tourna vers lui et vint s'asseoir sur la chaise à côté du lit. Et quand elle le regarda, il sentit qu'il était de nouveau l'objet de ses pensées.

— Comment te sens-tu, Jack ?

— Bien.

— Tu souffres ? La morphine ne doit plus être efficace, à présent.

— Deux cachets de paracétamol suffiraient, je pense.

— Je vais t'en chercher.

— Attends, repose-toi un peu d'abord. Tu as l'air épuisée.

— Oui, ce n'est pas faux…

Elle resta là un moment, les yeux fermés, comme si elle reprenait ses forces ou se concentrait.

Avant d'affronter un cas qui impliquait qu'un enfant soit retiré à sa famille par la Protection de l'enfance, il fallait qu'elle fasse une pause. Cela allait raviver des souvenirs pénibles du moment où ils étaient devenus ennemis. Le moment où sa vie s'était transformée en une spirale infernale incontrôlable. Il n'oublierait jamais la scène…

Après qu'on eut emmené les corps de Ben et Sarah, il était resté dans le service, perdu, ne sachant que faire ni où aller. Emma tenait dans ses bras Lily qui réclamait sa maman, essayant de la calmer. Et des gens de la Protection de l'enfance étaient arrivés.

« On ne peut pas confier un bébé orphelin à n'importe qui. Nous devons nous assurer qu'elle sera bien traitée

— J'ai promis à sa mère que je m'en occuperai

— Mais vous n'avez aucun lien de parenté avec elle. Il existe une procédure, nous devons la suivre. »

Il avait craqué. On lui avait arraché la vie de son frère, et à présent, un étranger voulait lui arracher sa nièce pour la placer dans une famille d'accueil ? Il ne laisserait pas l'histoire se répéter. Il était furieux.

« C'est la fille de mon frère. Maintenant, c'est la mienne ! »

Il se secoua.

Pour l'heure, il devait à tout prix éviter qu'Emma ne replonge dans ce passé douloureux. Mieux valait faire diversion.

— Comment va Stuart ?

— En pleine forme.

— Il a eu de la chance que ça lui arrive ici.

— En effet. Il a été heureux d'apprendre que tu es revenu. Il m'a demandé où tu étais, tout ce temps, et je n'ai pas pu répondre. Où étais-tu, Jack ?

— En Afrique, avec Médecins sans frontières. Au Soudan du Sud, surtout.

Il avait réussi : Emma semblait ébahie.

— Ça doit être une expérience extraordinaire ! Et sans doute dangereuse ?

Il lisait sur son visage qu'elle détestait l'idée qu'il ait risqué sa vie, et il éprouva de nouveau cette curieuse chaleur en comprenant qu'il comptait pour elle, que sa sécurité importait à quelqu'un.

— Notre hôpital a été bombardé une fois. En fait, pendant la première semaine de mon séjour.

Il avait poursuivi son travail tout au long de l'attaque, prêt à y laisser sa peau. Sans Ben à ses côtés, quelle importance ?

Jamais il ne lui était venu à l'esprit qu'Emma pourrait apprendre sa mort et en souffrir. Mais à présent, il avait envie de lui faire comprendre sa démarche.

— Je me suis senti obligé de partir dans un pays où les problèmes des gens étaient bien pires que les miens.

Emma hocha la tête.

— Pour te forcer à te focaliser sur eux, n'est-ce pas ? Pour continuer à mettre un pied devant l'autre jusqu'au jour où le trou noir ne se trouverait plus tout autour de toi mais derrière ?

Elle avait parfaitement saisi.

Il soutint son regard.

— Comme toi en t'occupant de Lily, je suppose ?

— Oui. Au début, j'agissais comme un automate, je faisais le strict nécessaire, et si maman n'avait pas été là pour m'aider, je ne m'en serais pas sortie. Je n'avais aucune idée de la façon dont on s'occupe d'un bébé, et je pleurais autant que Lily.

Il sentit son cœur chavirer.

Il n'avait pas été là pour la soutenir ! Mais en aurait-il été capable, de toute façon ?

— Et puis, au bout de quelque temps… Un jour, je l'ai prise dans mes bras alors qu'elle hurlait. Elle s'est tue et m'a souri…

Emma souriait aussi, à présent.

— Là, je suis tombée amoureuse d'elle, et je me suis rendu compte qu'elle apportait de la magie à ma vie.

Il hocha la tête, touché au plus profond.

— Moi aussi, je suis tombé amoureux de mon travail en Afrique. Avec des riens, on peut vraiment apporter de l'aide aux patients. Par exemple réparer une fistule due à un accouchement difficile pour qu'une jeune femme ne soit pas ostracisée à cause de son incontinence. Ou vacciner des bébés pour qu'ils ne meurent pas d'une maladie prévisible comme la méningite ou la rougeole.

Les yeux d'Emma brillèrent d'admiration.

— Et je parie que tu n'as pas fait que ça ! J'ai lu des articles sur ce à quoi sont confrontés les médecins dans ces pays-là.

Il se redressa dans son lit.

Oui, il pouvait être fier de certaines interventions extraordinairement compliquées sur des patients blessés dans des conflits. Il avait perdu le compte des vies qu'il avait sauvées en travaillant dans les pires conditions imaginables. Il en avait éprouvé une immense satisfaction, mais il n'en ressentait de l'orgueil que maintenant, avec du recul. Ces expériences l'avaient rendu meilleur, et il avait envie de continuer pour lire encore l'admiration dans les yeux d'Emma.

Et pour que Lily soit fière de son oncle.

— Tu as l'intention d'y retourner ?

Il eut le sentiment que, s'il répondait par l'affirmative,

elle ne l'en admirerait que plus. Et c'était d'ailleurs ce qu'il avait projeté. Pas au même endroit, cependant, pour ne pas trop s'attacher à la région ni aux gens. Mais à présent…

— Je ne sais pas trop. J'ignore ce qui m'attend et ce que je veux faire de mon avenir. Je sais seulement que je me suis comporté l'an dernier d'une façon dont j'ai honte, et je veux essayer de réparer.

Emma avait le souffle coupé par l'admiration.

C'était extraordinaire ! Ainsi, Jack, dont l'existence venait d'être brisée au point qu'il ne se supportait plus, était parti dans ces lieux lointains et dangereux pour se consacrer à soigner des gens dont la situation était encore plus désespérée que la sienne !

Les mots de Stuart lui revinrent :

« C'est un type bien, au fond. Je l'ai toujours su. »

Si personne ne doutait que Jack Reynolds soit un excellent chirurgien, les avis sur sa personnalité étaient en général moins flatteurs. On le jugeait superficiel, égoïste. On le voyait comme un play-boy qui n'avait cure des dégâts qu'il causait dans la vie des autres et qui n'agissait qu'à sa guise.

Il avait en effet des difficultés à s'engager, mais il ne s'en cachait pas. Il était loin d'être insensible. Il l'était peut-être trop, au contraire, et c'était ce qui le poussait à fuir les engagements à long terme. À ses yeux à elle, c'était davantage qu'un type bien : c'était un héros !

Sous les mots que Jack avait choisis avec minutie, elle percevait la vérité : au départ, il n'était venu qu'en visite. Maintenant, il ne savait plus.

Donc, une donnée au moins avait changé depuis son

arrivée. Et, à en juger par la façon dont il la regardait à présent, ce pourrait bien être en rapport avec elle…

Elle ne parvenait toujours pas à expirer, ne sachant que répondre.

Déjà, elle lui avait dit que son retour aujourd'hui était le plus beau cadeau de Noël qu'on pouvait lui faire. Qu'ajouter à cela ? Ce serait une erreur d'insister. Jack était à la croisée des chemins, le choix de la direction à prendre lui appartenait.

— Docteur Matthews ? On a besoin de vous tout de suite, box 4 !

Elle laissa enfin échapper l'air retenu dans ses poumons.

— J'arrive.

5

Un coup d'œil à la jeune femme allongée sur le lit suffit à Emma pour comprendre l'urgence de la situation. Pete déplaçait ses doigts sur le cou de la patiente à la recherche d'un pouls, mais elle savait que c'était inutile : la couleur de la peau suffisait à indiquer un arrêt cardiaque.

— Elle ne respire plus, dit-elle en appuyant sur la pédale pour baisser le lit. Commençons le massage cardiaque en attendant le chariot d'urgence. Depuis combien de temps souffrait-elle de l'abdomen ?

— Je l'ignore. Son petit ami l'a amenée dès qu'il est rentré à la maison.

Emma se plaça de côté pour assurer les compressions thoraciques et ôta les oreillers de sous la tête de la jeune femme pour qu'elle soit allongée bien à plat, tandis que Pete lui rejetait la tête en arrière pour dégager les voies aériennes.

Ensuite, il se tint prêt à insuffler de l'air à l'aide d'un ballonnet dès la fin de la série de trente compressions.

— Quel âge a-t-elle ? s'enquit Emma en commençant les compressions.

— Vingt-neuf ans.

Elle sentit la tension croître autour d'elle. Ou peut-être que cela venait d'elle-même.

Cette jeune femme n'allait pas mourir sous ses yeux si elle pouvait l'éviter.

— Elle se plaignait d'une douleur épigastrique, pas très intense mais qui ne passait pas. Je l'ai finalement envoyée faire un scanner. C'était bondé, et elle a attendu longtemps.

Au stress d'Emma s'ajouta un sentiment de culpabilité.

— Oui, vous m'aviez demandé de la voir. Il y a des heures. Quelque chose vous inquiétait.

— Oui, et j'ignorais quoi. Ça n'avait pas l'air urgent, mais ce doute m'a incité à ne pas la renvoyer chez elle.

— Heureusement.

Hors de l'hôpital, les chances de survie auraient été pratiquement nulles. Ici, il en existait très peu, mais inutile de songer au pire.

Un grincement de roues annonça l'arrivée du défibrillateur portable. Pete fixa les électrodes tandis qu'Emma poursuivait les compressions. Elle attendit que la machine bipe, observa les lignes brisées sur l'écran puis leva les mains pour laisser la mécanique déterminer le rythme cardiaque.

Même le plus chaotique serait meilleur qu'un tracé plat, car ils pourraient envoyer l'électricité et lui sauver la vie en un instant.

Aïe. Si le tracé était plat, c'était peine perdue, mais ce n'était pas beaucoup mieux avec ce rythme lent, bien qu'assez régulier. Il semblait indiquer une pulsation, mais de façon illusoire : il s'agissait d'une activité électrique sans pouls.

— Une PEA. Emmenons-la en réa tout de suite, ordonna-t-elle.

L'infirmière secoua la tête d'un air navré.

— Tout est pris. Dans la 1, Alistair traite un enfant en arrêt respiratoire suite à une grave crise d'asthme, et on a une attaque cardiaque dans la 2. Les deux patients sont sous respirateur.

— Super. On devra se débrouiller ici, alors. Pete, chargez-vous des compressions, je vais intuber.

Le niveau sonore augmentait, et Jack percevait une tension nouvelle dans l'atmosphère du service.

Difficile de rester là à écouter. Mais comment sortir pour savoir ce qu'il se passait ? Sa tunique d'hôpital ne devait même pas être fermée dans le dos…

Il se souvint que dans son sac, sous la pile de cuirs à présent inutiles et son casque abîmé, il y avait des vêtements de rechange.

Quand il se leva, il s'aperçut que sa jambe gauche souffrait de porter son poids. Il eut un vertige qui passa assez vite. Seul subsistait le mal de crâne auquel il était en train de s'habituer. Lorsqu'il entra dans le hall, il fixa malgré lui les couleurs scintillantes des décorations de Noël sur le comptoir de triage. Il cligna des yeux pour se protéger de la vive lumière puis observa les lieux, et il ne lui fallut que quelques minutes pour se mettre dans l'ambiance.

À part les secouristes à l'air harassé qui attendaient à côté des brancards, les gens couraient en tous sens. Un médecin qu'il reconnut s'engouffra en salle de réa, flanqué de deux stagiaires. Un technicien le dépassait en courant avec un seau rempli d'échantillons de sang.

Une infirmière se précipitait vers un box en poussant un poste à perfusion, une poche de fluide dans l'autre main. Deux gardes de sécurité entraînaient un ivrogne bruyant vers un box tandis qu'une femme de ménage frottait le sol, et une mère angoissée faisait les cent pas en berçant dans ses bras son enfant hurlant.

Pas difficile de comprendre qu'on était au bord du chaos.

Où serait-il le plus utile ?

Il semblait se passer quelque chose dans l'un des box du bout du couloir : une infirmière y entrait avec un défibrillateur sur un chariot, et le rideau était assez ouvert pour qu'il comprenne que l'on y pratiquait un massage cardiaque.

Ignorant la douleur à la jambe que lui provoquait chaque pas, il se dirigea vers le box 4.

— Tenez le ballonnet plus près. Recommencez !

Emma, qui était en train de vérifier son matériel d'intubation, leva la tête.

Pete, qui pratiquait d'excellentes compressions, s'inquiétait de l'inexpérience de la jeune infirmière à qui on avait confié le ballonnet. Et… une troisième personne venait d'entrer dans le box.

Jack !

Celui-ci s'avança vers le chevet du lit.

— Laissez, je m'en charge, dit-il à l'infirmière.

Pete ouvrit des yeux ronds.

— Que faites-vous debout ?

— Pas de problème, j'ai compris que vous aviez besoin d'aide.

Il maintint le ballonnet fermement entre le pouce et l'index, ses autres doigts placés sous la mâchoire de la patiente pour s'assurer que le masque était hermétique. De l'autre main, il tenait la poche reliée au ballonnet, attendant que Pete cesse sa série de compressions pour envoyer de l'air dans les poumons.

En voyant la poitrine de la patiente se soulever, Emma s'aperçut qu'elle respirait mieux elle-même.

Elle croisa un instant le regard de Jack.

— Tu es sûr que tu auras la force ?

— Absolument.

Son soulagement s'accrut.

Jack était un médecin brillant, qui avait des années d'expérience dans le domaine. En d'autres circonstances, si on lui avait demandé de choisir quelqu'un pour l'assister dans ce cas critique, elle n'aurait pas hésité à le désigner.

Elle s'apprêta à intuber. La lumière de son laryngoscope fonctionnait, et le stylet était engagé dans la sonde endotrachéale. Elle était prête.

— Aspiration, s'il te plaît.

Jack nettoya la bouche de toute sécrétion et dégagea le passage. Emma rejeta la tête de sa patiente en arrière, puis fit signe à Pete d'interrompre les compressions. Elle positionna la lame et retint sa respiration de façon à évaluer le temps durant lequel sa patiente se trouverait privée d'oxygène. Elle avait dix secondes, en principe.

La sonde se faufila entre les cordes vocales et se mit en place. Elle ôta la lame et le stylet avant de pousser le piston de la seringue pour gonfler le ballonnet. Jack envoya de l'air au bout du tube, et ils virent tous les deux le thorax se soulever.

— Bon boulot, murmura Jack.

Sans répondre, elle enfonça les embouts de son stéthoscope dans ses oreilles, plaça la membrane sur un côté de la poitrine, puis l'autre, et Jack appuya sur le ballonnet. Enfin, elle hocha la tête, saisit le dispositif en plastique qui stabiliserait la sonde et assurerait son maintien pendant les compressions que Pete reprenait.

Hélas, le massage cardiaque durait déjà depuis bien plus longtemps que les deux minutes réglementaires…

— Comment va ton bras, Jack ? Tu penses que tu peux te charger des compressions ?

— Bien sûr !

— Il nous faut un accès pour la perfusion.

— Occupe-t'en, pas de problème. Pete, prenez le ballonnet.

Ils changèrent de position. Emma serra le garrot et consulta l'écran.

— Toujours en PEA.

— Comment s'appelle-t-elle ? demanda Jack.

— Melissa, répondit Pete.

— Quel âge a-t-elle ?

— Vingt-neuf ans.

Emma croisa le regard de Jack un bref instant.

Elle savait qu'il était aussi déterminé qu'elle à sauver cette jeune femme. C'était terrible pour les proches de perdre un être si jeune, et tous les membres de sa famille, ignorant la situation, devaient sans doute l'attendre pour le réveillon.

— Il faut qu'il y ait une cause réversible. C'est forcé.

— De quoi se plaignait-elle ?

— Douleur épigastrique.

— Un empoisonnement ? Une réaction anaphylactique à un produit ?

Emma glissa la canule en place.

— Je ne pense pas. Nous pouvons éliminer aussi l'hypothermie, l'hypovolémie et le pneumothorax de tension.

La liste se raccourcissait…

Elle déplaça la petite roue du poste à perfusion et leva le regard vers Jack.

— Thrombose, dirent-ils en chœur.

Emma se tourna vers Pete.

— A-t-elle effectué un vol long récemment ?

— Elle n'en a pas parlé.

— Est-elle sous contraception orale ?

Les yeux de Pete s'agrandirent.

— Oui, c'est le seul médicament qu'elle prend.

Emma regarda Jack.

— Une thrombose abdominale, c'est peu fréquent.

— Mais ça arrive.

— C'est vrai.

Emma se reprit à espérer. Il était possible de lutter contre cela, et l'étincelle dans les yeux de Jack signifiait qu'il était sur la même longueur d'onde. C'était l'encouragement dont elle avait besoin. Ensemble, ils pouvaient sauver Melissa.

Elle saisit le ballonnet.

— Pete ? Je vais faire une échographie transœsophagienne. Allez me chercher l'appareil en salle de réa 1.

— Tu soupçonnes une thrombolyse, ou une embolectomie chirurgicale ? s'enquit Jack.

Elle appuya sur le ballonnet pour envoyer de l'air.

— J'envisage tout, j'espère simplement ne pas me tromper.

Jack reprit les compressions en se concentrant sur sa tâche.

Il sentait le regard d'Emma sur lui et devait résister à l'envie de la regarder aussi. De lire cet espoir dans ses yeux, cette confiance qu'ils pouvaient réussir en agissant ensemble. Cette complicité l'incitait à faire le maximum afin de voir cet espoir se transformer en joie.

Il gardait les bras bien tendus et se servait du poids de son corps pour continuer aussi longtemps que nécessaire sans fatigue à appuyer fort, afin que le plus de sang possible circule, et assez rapidement pour que la circulation d'oxygène suffise à maintenir le cerveau intact.

— Il faut que tu fasses une pause, je te remplace.

— C'est bon, je tiens le choc. Tu as déjà utilisé l'ETO ?

— Hum, quelques fois. C'est l'unité de cardio qui nous entraîne. Ils s'en servent pour éliminer les caillots avant de convertir la fibrillation auriculaire.

— Bon, je continue. Pete me relaiera quand il reviendra.

Le médecin stagiaire entra, visiblement inquiet.

— On dirait que tout arrive en même temps. Pouvez-vous vous passer de moi quelques minutes ?

Jack jeta un coup d'œil à l'infirmière, manifestement terrifiée à l'idée de devoir procéder aux compressions.

— Pas de problème, allez-y.

Emma avait sans doute aussi perçu la terreur de l'infirmière.

— Nous aurons besoin de produits pour dissoudre le caillot, si c'est bien la cause du problème. De TPA, Actilyse ou Ténectéplase. Allez à la pharmacie et demandez à quelqu'un de chercher avec vous.

La sonde à ultrasons de l'ETO était fixée au bout d'un long tuyau souple qu'Emma pouvait introduire aisément dans la bouche de sa patiente puis dans l'œsophage.

— On n'a même pas besoin de cesser le massage cardiaque, l'image est nette. Regarde !

Elle positionna la sonde.

— On voit les valves s'ouvrir et se fermer. Et si je mets la couleur…

Elle observa un instant le mouvement du rouge et du bleu sur l'écran.

— Tes compressions sont très efficaces, le flux est pratiquement normal.

Un instant, la fierté fit oublier à Jack sa douleur physique et sa fatigue. Ils faisaient du bon travail. Et il était également fier d'Emma, si experte à manipuler cet appareil sophistiqué que c'en était impressionnant.

— Oh ! mon Dieu ! Regarde !

Tout en conservant le rythme du massage cardiaque, il tourna la tête vers l'écran.

— Tu vois ce que je vois ?

— Un énorme caillot, qui se déplace de l'oreillette droite au ventricule.

L'infirmière étant revenue avec les produits demandés, Emma injecta la première dose et prit le relais des compressions.

Jack sentait que, malgré sa détermination, elle se fatiguait. Il consulta la pendule.

— Depuis combien de temps est-elle en arrêt ?

— Vingt-cinq minutes.

Le regard qu'elle lui jeta était à la fois interrogateur et choqué. Croyait-elle qu'il voulait renoncer ? Qu'il allait lui conseiller de cesser de s'acharner ?

— Allez, on change, dit-il en appuyant son épaule contre la sienne pour qu'elle lui laisse la place.

— Tu lui injectes un second bolus ?

Elle hocha la tête et prit la seringue déjà remplie.

Il poursuivit le massage cardiaque longtemps tandis qu'Emma tenait toujours l'échographe pour surveiller les altérations éventuelles.

Soudain, alors qu'elle venait de modifier l'angle de la sonde, il vit un profond sillon se creuser sur son front.

— Je ne le vois plus. Le caillot. Je ne le vois plus.

— Il est peut-être dissous ?

— Arrête les compressions une seconde…

Il sentait qu'elle retenait son souffle.

Elle remit la couleur pour que ce soit plus net.

Il avait levé les mains et s'était redressé. Il remarqua alors un mouvement sur l'écran : celui des valves qui s'ouvraient et se fermaient, et du sang qui circulait.

Emma avait les lèvres entrouvertes, les yeux ronds.

Il savait exactement ce qu'elle éprouvait : elle ne parvenait pas à y croire.

Le tracé de l'électrocardiogramme était à peu près identique, mais à présent la circulation était normale. Le pouls était rétabli !

Avaient-ils gagné cette bataille ?

Comme en réponse à sa question muette, la poitrine de Melissa se souleva une fois, deux fois…

Ils se regardèrent.

Emma avait les lèvres tremblantes de quelqu'un qui réprime un sourire, mais ce fut l'expression de ses yeux qui l'émut.

« Nous avons réussi, disait-elle. Nous avons réalisé ce miracle ensemble ! »

Toute parole était inutile. Il se borna à sourire sans la lâcher des yeux.

Elle rompit enfin le charme en retirant la sonde.

— Il faut la transférer aux soins intensifs et la garder sous sédatifs et respirateur jusqu'à ce que nous soyons certains qu'elle est tirée d'affaire. Et il faut prévenir sa famille, maintenant.

— Je m'en charge, dit l'infirmière très vite. Voulez-vous que j'appelle le spécialiste des soins intensifs ?

— S'il vous plaît.

Emma observa encore une fois l'écran, les doigts sur le poignet de sa patiente pour sentir le pouls. Pourtant, quand elle croisa de nouveau le regard de Jack, la joie avait cédé la place à l'inquiétude.

— Crois-tu qu'elle gardera des séquelles neurologiques ? Il nous a fallu si longtemps…

— Comment le savoir ? Nous verrons ça à son réveil. Mais elle est jeune, et on a fait le maximum. Si nous avions abandonné, elle ne vivrait déjà plus.

— Hum. Et c'est Noël. À mon avis, un miracle, ce n'est pas trop demander. Et quel cadeau extraordinaire pour sa famille et son petit ami !

Il se contenta de hocher la tête, son cœur douloureux serré à l'étouffer.

Pour un médecin aussi, arracher un être aux griffes de la mort était le plus merveilleux des cadeaux. Si on avait pu le leur offrir l'année dernière, à Emma et à lui !

Mais le destin en avait décidé autrement.

Emma avait réussi à aller de l'avant en se tournant vers le côté positif, son amour pour Lily. Elle était si généreuse. Non seulement elle venait de démontrer qu'elle faisait tout son possible pour sauver un étranger, mais elle donnait son amour à un bébé qui lui rappelait en permanence la tragédie de la perte de son amie. Elle était meilleure que lui. C'était une femme fabuleuse, vraiment digne d'admiration.

Il se surprit à la contempler tandis qu'elle prélevait du sang pour vérifier le taux d'oxygène, poursuivant ses efforts pour que la patiente souffre le moins possible de cette crise. Puis, à l'arrivée de l'équipe des soins intensifs, il écouta son rapport.

— C'est surtout Jack qui s'est chargé des compressions, et tellement bien que j'avais l'impression que le sang circulait de façon naturelle.

Le spécialiste le regarda attentivement.

— Docteur Reynolds ? Je me souviens de vous…

Jack se crispa aussitôt.

Cet homme se souvenait de lui comme tout le monde, mais il eût préféré qu'on l'ait oublié. Il avait dû être l'objet de commérages longtemps après son départ.

— Vous nous avez manqué, poursuivit le spécialiste. Chaque fois que l'un de nos patients doit être opéré d'urgence, nous pensons à vous. J'espère que vous êtes revenu pour nous rejoindre ?

Bien qu'Emma ne soit pas en train de le regarder, il savait qu'elle attendait sa réponse. Il la sentait très calme, tout à coup.

Lui aussi, il éprouvait une sérénité qu'il n'avait plus connue depuis longtemps et qu'il avait envie de retrouver. Il s'était cru satisfait d'améliorer l'existence des gens au fond de la brousse avec les moyens du bord, mais on pouvait faire tellement plus dans un hôpital bien équipé ! Et puis, peut-être en avait-il assez de se mettre en danger à tout instant. Pour la première fois depuis la mort de Ben, il avait conscience que sa propre vie avait une valeur.

À cause de Lily ? D'Emma ?

Il avait à nouveau mal à la tête à force de réfléchir.

Par chance, l'arrivée de Pete qui apportait les résultats du taux de gaz du sang fit diversion et lui évita de creuser plus avant. Puis on transféra la patiente.

— Je monterai la voir dès que possible, annonça Emma quand l'équipe emporta le chariot.

Quand ils sortirent du box, une paix inattendue régnait dans le service. Les zones de réa étaient désertes et les soignants semblaient occupés à d'autres tâches : relire des dossiers, consulter des résultats d'analyses, observer des radios ou remplir des formulaires de décharge…

La seule véritable activité venait de l'aile pédiatrique, où Pete se tenait derrière une femme hurlante aux joues ruisselant de larmes.

— Non, vous ne pouvez pas me l'enlever ! C'est mon enfant !

Il vit Emma se retourner d'un coup, et la tête d'Alistair émerger de derrière son écran d'ordinateur.

Le chef de clinique se leva et s'avança vers elle.

— Ah, Emma, vous êtes là ! Ne vous en préoccupez

pas, c'est terminé. Je viens de consigner le cas, que j'ai examiné avec les gens des services sociaux.

— Mais j'ai besoin de…

— C'est la dernière chose dont vous ayez besoin, croyez-moi.

Alistair avait l'air tendu, et le visage d'Emma paraissait hanté.

Bien sûr. Cette situation évoquait pour elle une situation semblable dans laquelle elle jouait le rôle principal : un an plus tôt, les gens de la Protection de l'enfance lui avaient pris le bébé qu'elle voulait garder dans ses bras. Et lui, Jack, il n'avait rien fait pour l'aider. Il avait plutôt aggravé les choses.

Le chef de clinique, même s'il n'était pas présent ce soir-là, était sans doute au courant et tentait de préserver Emma.

Il posa la main sur l'épaule de celle-ci.

— Vous sortez d'une rude épreuve, Emma. Allez plutôt vous reposer.

Brusquement, elle baissa la tête et parut céder.

— D'accord, je suppose que ça me fera du bien de souffler un peu. Je serai dans mon bureau.

Sur ce, elle tourna les talons sans lever les yeux.

Jack allait lui emboîter le pas quand Alistair le saisit par le bras.

— Laissez-la, elle a besoin d'être seule un moment.

Il se dégagea, les mâchoires serrées.

— Je ne crois pas.

Alistair se figurait sans doute être au courant de tout ? Il se trompait, mais Jack n'avait aucune intention de lui expliquer en détail ce qu'il s'était passé entre Emma et lui et qui ne concernait personne d'autre qu'eux. Il avait fait beaucoup de mal à cette femme, et il était grand temps qu'il essaye de réparer les dégâts.

Il regarda le chef de clinique droit dans les yeux.

— En fait, vous n'avez pas tout à fait tort : elle a besoin d'être seule, oui. Mais avec moi.

6

Une fois dans son bureau, Emma poussa un long soupir.

Ces gens des services sociaux qui ôtaient un enfant à sa mère le soir de Noël… L'histoire semblait se répéter.

Au début, la solitude l'avait apaisée, mais à présent elle se demandait si ce n'était pas une erreur de s'être isolée. Rien ne la distrayait plus des souvenirs du moment le plus atroce de sa vie qui l'assaillaient.

Sa meilleure amie venait de quitter ce monde à jamais et gisait à quelques mètres. Elle tenait serrée contre elle son enfant, Lily, qui percevait sans doute que sa courte existence venait de subir un bouleversement irréversible et paraissait inconsolable. Comment les mots de réconfort prononcés par une personne qu'elle n'avait vue que deux fois jusque-là auraient-ils pu la rassurer ? D'ailleurs, elle-même avait la poitrine et la gorge si serrées qu'elle se sentait incapable de les prononcer. Elle concentrait le peu d'énergie qu'il lui restait à s'empêcher de hurler elle aussi…

Il avait fallu qu'elle passe à un stade supérieur de désespoir pour parvenir à parler enfin, à expliquer aux gens de la Protection de l'enfance que la maman de la fillette la lui avait confiée et qu'elle était prête à se battre bec et ongles pour tenir sa promesse.

« J'ai promis à sa mère de m'en occuper. »

Mais, peine perdue, on lui avait pris Lily de force. Et Jack, qui assistait à la scène, était hors de lui.

« C'est la fille de mon frère. Maintenant, c'est la mienne ! »

Elle eut un frisson à l'évocation de ce souvenir : Jack était-il vraiment sincère quand il lui avait assuré qu'il n'était pas venu reprendre Lily ?

— Emma ?

Elle leva la tête.

La porte s'était ouverte sans qu'elle l'entende, et Jack se tenait juste derrière elle.

Il l'entoura de ses bras, pencha la tête pour la poser sur la sienne et la tint serrée contre lui. Ils ne parlèrent ni l'un ni l'autre, mais elle sentit peu à peu son angoisse la quitter.

Le corps de Jack était un mur solide sur lequel s'appuyer. Elle lui faisait confiance. Bien entendu, elle savait que c'était une erreur d'être tombée amoureuse de lui, mais ça s'était fait malgré elle. L'attirance qu'elle éprouvait pour lui était si forte !

Pendant les longs mois qu'avait duré son absence, elle avait tenté de se persuader qu'il ne comptait plus pour elle, qu'un jour elle trouverait un type bien qui lui correspondrait. Mais dès qu'elle l'avait revu, elle avait compris qu'elle s'était leurrée. Et à présent qu'il la tenait dans ses bras…

Il ne s'agissait pas de passion comme au temps de leur relation physique, où ce contact pouvait éveiller un désir irrésistible, non. Il était plutôt question de réconfort, de tendresse. Peut-être de... d'amour ?

Elle sentit son corps se détendre, ou alors ce fut Jack qui desserrait son étreinte autour d'elle. Elle se tourna vers lui, posa la tête dans le creux où elle entendait battre son cœur et l'entoura de ses bras.

— Emma, je regrette mon attitude de ce soir-là. Je n'aurais jamais dû réclamer Lily. J'aurais pu leur dire que j'étais son oncle, oui, mais que tu étais la personne à qui j'avais décidé de la confier.

Elle s'écarta de lui pour le regarder dans les yeux.

— Je n'ai jamais compris pourquoi tu étais si furieux que je la prenne.

— Ce n'est pas que tu veuilles la garder qui m'a rendu enragé...

Il avait l'air aussi secoué qu'elle, et en même temps il semblait réfléchir aux mots qu'il allait prononcer. Mais ils étaient là, debout au milieu de cette pièce... L'endroit était mal choisi pour des explications. S'ils pouvaient au moins s'asseoir !

Jack parut lire dans ses pensées. Sans lui lâcher la main, il approcha la chaise poussée près de la fenêtre et s'assit.

Elle se laissa glisser à son tour sur sa chaise, ferma les yeux et soupira.

— Alors, pourquoi ? Parce que tu te sentais responsable de l'accident ?

— À ce moment-là, je n'avais pas eu le temps d'y réfléchir, mais je crois que non. J'en voulais plutôt à Lily.

— Quoi ? Que t'avait-elle fait ?

— Eh bien... S'ils n'avaient pas eu ce bébé, ils ne

seraient sans doute pas venus passer Noël avec moi pour me le présenter, et ils n'auraient pas tant insisté pour me démontrer que j'avais tort.

— Je ne comprends pas, dit-elle en s'écartant de Jack.

Pourtant, il ne lui lâcha pas la main.

— Ils avaient tout, Emma. Ils étaient très amoureux, et venaient de fonder une famille. Tout ce que je m'étais persuadé de refuser.

Elle éprouva un pincement aigu à la poitrine et ne répliqua pas.

— Et à Noël, c'est encore pire, c'est la fête de famille par excellence.

— Mais n'est-ce pas le souhait de la plupart des gens ? Avoir une famille et… et de l'amour ?

— Bien entendu. Sauf ceux qui ont subi la perte de la leur, qui ont ressenti dans leur âme que leur monde s'était écroulé, et que jamais plus ils ne seraient heureux pour de bon. Que les parois du trou noir dans lequel ils sont tombés sont si hautes qu'ils n'en sortiront plus.

Cette fois, elle eut l'impression que son cœur se brisait.

— Tu venais de perdre Ben, murmura-t-elle.

— Pas seulement. Quand j'ai vu ces gens des services sociaux, j'ai cru me revoir à cinq ans. À ce moment-là, c'était ma mère qui était morte, et nous qui étions emmenés pour être placés en famille d'accueil. Séparément, parce que personne ne voulait de jumeaux. Forcés de vivre chez des étrangers qui feignaient de s'occuper de nous mais pour lesquels nous ne comptions pas et qui…

Sa voix s'étrangla, comme si poursuivre était trop douloureux.

— C'est pour ça que tu n'aimes pas Noël ?

— C'était la pire période de l'année. Les vrais enfants étaient chargés d'accrocher les décorations dans le sapin ou de mettre les biscuits dehors pour le Père Noël. Et ils recevaient de nombreux cadeaux — un téléphone portable, un vélo… — alors que, à nous, on nous offrait des choses utiles : des cahiers et des crayons, un uniforme d'école… Tout le monde prétendait que j'avais de la chance, mais je savais que ma seule famille c'était Ben, et qu'il devait être aussi malheureux que moi.

Elle sentit les larmes lui monter aux yeux.

Elle le voyait si bien, ce petit garçon ! Entouré de monde mais terriblement seul. Elle avait envie de remonter le temps pour le câliner, lui assurer qu'il trouverait des gens qui le chériraient, qu'il connaîtrait un jour l'amour. Mais il s'était fermé à cet espoir, et de plus il s'était convaincu qu'il ne le souhaitait pas.

Jack poussa un long soupir.

— Comme je te l'ai dit, une part irrationnelle de moi accusait Lily d'avoir provoqué la tragédie. Mais surtout, il n'était pas question que je laisse l'enfant de mon frère subir ce que j'avais subi. Je ne voulais pas qu'elle soit placée en famille d'accueil.

Ainsi, songea-t-elle, il n'avait qu'essayer de protéger sa nièce. Il n'avait rien contre elle, sa colère lui venait de loin. D'un triste passé dont, apparemment, il ne parlait pas souvent.

— C'était idiot de ma part, reprit-il. Comme si je savais m'occuper d'un bébé ! Je n'aurais jamais pu m'en sortir. Quand tu l'as constaté en venant nous voir après l'enterrement, je me suis senti encore plus mal : j'avais entraîné Lily dans mon trou noir.

— Je n'ai pas été très sympa non plus. Navrée de le dire, mais je voulais que tu échoues pour que tu me la rendes et que je puisse tenir ma promesse. J'aurais pu t'aider un peu, au lieu de prendre un air horrifié devant ce capharnaüm et t'accuser de trop boire et de mettre Lily en danger. Je… J'ai vraiment été cruelle de te menacer de te dénoncer aux services sociaux si tu ne me la rendais pas. J'ignorais tout de ton enfance. Je te demande pardon, Jack.

— Je ne t'en veux pas, dit-il en exerçant une pression sur sa main. Heureusement que tu es venue, et tu as eu raison. Je regrette d'avoir été si dur avec toi. Surtout à partir du moment où je me suis retrouvé seul. Je buvais encore plus, j'étais triste et furieux à la fois, et je ne voyais pas d'issue.

— J'avais si peur que tu viennes la reprendre ! Tu en aurais eu le droit.

Elle prit une profonde inspiration avant de poursuivre.

— Tu es le seul membre de sa famille, de son sang.

— Non, Emma. C'est toi, la vraie famille de Lily. Tu es sa mère, et je sais à quel point tu y es attachée. Elle a beaucoup de chance de t'avoir.

— Elle a aussi besoin de toi.

— Je ne crois pas…

Il y avait un soupçon d'hésitation dans la voix de Jack.

— Elle s'est bien débrouillée sans moi, jusqu'à présent, non ?

— C'est vrai. Mais tu es capable d'ajouter un élément

que personne d'autre ne peut lui procurer. Et toi aussi, tu as besoin d'elle. Tu ne peux pas vraiment vivre en refusant tout amour, Jack. Sans avoir quelqu'un qui compte pour toi.

Mais il avait peut-être une compagne plus importante que les patients auxquels il avait consacré sa vie cette année, songea-t-elle en scrutant son visage. Bien qu'elle n'ait pas vraiment envie de savoir, elle devait lui poser la question.

Se doutait-il de ce qu'elle allait demander ? Et cet imperceptible signe de dénégation était-il la réponse ?

Il soutint son regard.

— C'est toi qui comptes pour moi, Emma. Je n'avais pas compris à quel point tu me manquais avant de te revoir. Tu es spéciale, Red.

Elle sentit son cœur s'emballer.

Son rêve n'était pas mort, en fait. Elle le sentait renaître sous la brise de l'espoir.

— Tu m'as manqué aussi, Jack. Chaque jour.

Ils étaient loin du service des urgences, à présent. Dans une bulle où ni le deuil ni la souffrance ne pouvaient les atteindre.

Tous deux avaient une erreur à se faire pardonner, et il semblait que ce soit fait, qu'il n'y ait plus rien à ajouter.

Peut-être parce que Jack lui avait donné des précisions sur son enfance, ou parce qu'ils se regardaient dans les yeux depuis longtemps, ou parce que ce petit bureau leur accordait assez d'intimité… Peu importe, l'alchimie était là.

Ils s'approchèrent l'un de l'autre jusqu'à ce que leurs visages se touchent. Le front de Jack, son nez, ses lèvres sur sa joue. Ils bougèrent de nouveau, leurs bouches se frôlèrent une fois ou deux, puis elles se fondirent l'une dans l'autre.

Emma ne se souvenait plus qu'un baiser de Jack, sa langue caressant la sienne, pouvait exprimer une communication aussi subtile. Malgré elle, Emma se remémora leur premier baiser.

C'était au mariage de Ben et Sarah, où elle était la demoiselle d'honneur de la mariée et Jack le témoin du marié. En dépit de la mise en garde de Sarah, elle s'était sentie attirée par lui de façon irrésistible, et cette attirance était visiblement réciproque. Elle était sortie dans le jardin de la maison où se déroulait la fête pour prendre l'air… ou plutôt en espérant que Jack la suivrait. Ce souhait secret avait été exaucé, et là, au clair de lune, au milieu des senteurs des roses anciennes, il l'avait embrassée.

Un baiser délicieux qui avait été suivi de nombreux autres.

Mais à présent, c'était différent. Leur histoire prenait un tour bien plus important qu'une relation physique à laquelle on ne peut résister. Il s'agissait de cœurs brisés, de deuil et de pardon. Cette fois, c'était de nouveau un premier baiser. Et en même temps, à en juger par les frissons qui la parcouraient, son désir était intact.

Tout en embrassant Emma, Jack se dit qu'il devrait cesser, pour ne plus se souvenir de choses qu'il valait mieux oublier.

La douceur d'être avec elle.

Il aurait eu du mal à la quitter, même s'il savait que cela devait arriver. Au moins, l'accident et ses terribles conséquences avaient évité qu'il ne lui laisse le sentiment qu'il l'avait écartée pour poursuivre sa route vers une autre femme, comme à son habitude.

Mais il n'y avait pas eu d'autre femme…

Ce baiser était irremplaçable, il avait l'impression d'y participer de tout son corps et de toute son âme. Il sentait l'amour d'Emma, et c'était pour lui le seul moyen d'être proche d'elle : un contact qui exprimait ses sentiments mieux que n'importe quels mots.

Quand même, il les avait prononcés, ces mots. Il lui avait dit qu'elle lui avait manqué, qu'elle comptait pour lui…

Il s'écarta d'elle avec un grognement.

Il avait le vertige au souvenir de leur relation passée. Cette relation passionnée, avec le désir d'aller toujours plus loin dans un espace de pur plaisir…

Mais ses pensées tourbillonnantes étaient confuses. Il avait le sentiment d'avoir trop parlé, et même si ce n'était que la vérité, il risquait d'espérer l'impossible, une déclaration d'amour ou une promesse d'engagement.

Une phrase qu'Emma avait prononcée lui revint.

« Mais n'est-ce pas le souhait de la plupart des gens ? Avoir une famille et… et de l'amour ? ».

Qu'avait-il répondu ? Il ne s'en souvenait plus, mais il lui semblait qu'il lui avait fourni des détails sur son enfance qu'il n'avait jamais confiés à personne parce qu'il faisait de son mieux pour les oublier. Ce devait être le choc qu'il avait subi. Les traumatismes crâniens peuvent provoquer ce genre de phénomènes.

Il rejeta la tête en arrière et serra très fort les paupières pour tenter de s'éclaircir les idées.

Emma était assise près de lui, mais il se refusa à

croiser son regard, à voir l'effet qu'avait provoqué leur baiser. Et il évitait de regarder ses lèvres pour ne pas être tenté de l'embrasser de nouveau.

— Jack, tu vas bien ? Tu as mal quelque part ?

— Un peu, à la tête.

— Je vais te donner quelque chose. Tu n'as pas la nausée, au moins ?

— Non.

— Et ton crâne ? Et tes côtes ?

Il ouvrit les yeux et se força à sourire.

— Je survivrai.

Elle lui rendit son sourire, mais ses yeux restaient tristes, et, de nouveau, il entendit l'écho de sa voix.

« Tu ne peux pas vraiment vivre en refusant tout amour, Jack. Sans avoir quelqu'un qui compte pour toi. »

Emma était importante pour lui, ainsi que Lily. Sinon, il n'aurait pas apporté ce cadeau pour sa nièce. Mais elles ne comptaient pas assez. C'était tout le problème. Il était incapable de…

Emma tourna la tête vers la porte.

— Bien, je ferais mieux d'aller voir ce qu'il se passe dans le service. Je me demande depuis combien de temps nous sommes ici.

Lui aussi, il avait perdu la notion du temps. Leur baiser avait peut-être duré quelques secondes, mais qui lui avaient paru une éternité.

Emma fit mine de se lever, et se rassit aussitôt.

— Ouf ! Il y a longtemps que je n'avais pas été aussi épuisée.

— Il faudrait que tu dormes un peu.

— Je m'allongerai quelques heures en rentrant à

la maison. Toi aussi, tu dois être fatigué. Tu ne t'es pas vraiment reposé ici, et avec tes blessures, ce n'est pas raisonnable. Tu as besoin de sommeil, encore plus que moi.

— Je vais tâcher de trouver un endroit où finir la nuit.

Cette fois, Emma se leva, l'air décidé.

— Il est tout trouvé : tu m'accompagnes à la maison. Je te rappelle que tu as un cadeau pour Lily et que tu es revenu pour ça.

La pensée d'être accueilli chez elle en tant qu'hôte l'émut et le perturba en même temps. Comme s'il allait vers un réconfort, mais qui risquait de le conduire à une situation qu'il refusait. Et qui lui manquerait lorsqu'il serait reparti…

Ce serait plus prudent de se tenir à distance.

— Je peux te remettre le paquet pour que tu l'offres à Lily de ma part.

— Pas question ! C'est ton cadeau, Jack. Tu dois le lui donner toi-même.

Elle lui jeta un regard grave.

— De plus, j'ai une heure de trajet pour rentrer, et je préférerais avoir un passager qui m'aide à me tenir éveillée. Que tu le veuilles ou non, tu es obligé de m'accompagner.

Il sourit malgré lui, sentant son vertige s'atténuer.

C'était si adorable qu'une femme aussi douce et gentille fasse soudain preuve d'autorité… Et ce serait sans doute si facile de se laisser porter par le courant.

D'ailleurs, pour un type qui risquait de souffrir d'un trauma crânien, c'était plus raisonnable d'accepter d'être reçu chez elle que d'aller s'enfermer tout seul dans une chambre d'hôtel. Et de toute façon, elle avait besoin de lui…

Il fit un signe d'assentiment.

Emma consulta sa montre.

— Il est bientôt 5 heures du matin, l'équipe de jour va arriver. Allons chercher des cachets pour ton mal de tête, j'en profiterai pour me mettre au courant des dernières nouvelles. Avant de partir, j'aimerais savoir comment vont Melissa et Stuart.

Il se leva avec peine.

La station debout lui était douloureuse, mais pas question de le montrer. Emma était pâle, elle avait les traits tirés, et de profonds cernes soulignaient ses yeux. Inutile qu'elle s'inquiète encore pour lui. Il admirait tant son dévouement…

En dépit de sa résolution, il eut de nouveau envie de l'embrasser.

Il tendit le bras pour arranger une boucle de ses cheveux, qu'elle refit passer sous sa barrette. Puis elle tenta en vain d'effacer les plis de sa tunique.

— De quoi ai-je l'air ?

— De quelqu'un de fatigué. D'un médecin qui travaille dur. Un médecin très mignon.

Elle eut un petit rire, redressa le dos et sourit.

— Viens, allons voir si nous pouvons nous échapper.

Emma ferma avec fermeté la porte du bureau derrière elle, comme si cela pouvait l'aider à en finir avec ce qu'il venait de s'y passer. Pourtant, elle n'était pas près d'oublier ce baiser.

Elle réussit à en faire abstraction en traversant le service, à présent assez calme pour que des membres de l'équipe somnolent derrière leur écran d'ordinateur. Un bref appel aux soins coronariens la rassura : Stuart se portait bien et dormait paisiblement. Puis elle téléphona aux soins intensifs, et là aussi eut des nouvelles réconfortantes.

— Ils viennent de réveiller Melissa, Jack. Elle a reconnu sa famille, et elle parle. On dirait que son cerveau est intact.

— Super ! Tu as fait du bon boulot.

— *Nous* avons fait du bon boulot !

Après une minute d'autosatisfaction, elle conduisit Jack vers le placard à pharmacie pour lui trouver un remède à son mal de crâne.

Elle se sentait plus proche de lui que jamais, et pas seulement à cause de ce baiser.

Elle laissa ses pensées retourner au moment privilégié qu'ils avaient partagé.

Il lui avait confié des éléments de son passé qui expliquaient son comportement. Pas assez, toutefois : elle ne comprenait pas pourquoi ces jumeaux étaient si différents. Ben, qui avait subi le même traumatisme en perdant sa mère et en étant séparé de Jack, avait pris le chemin inverse. Au lieu de tenter d'échapper aux événements douloureux, il s'était efforcé de recréer une situation normale : il avait cherché une femme qui l'aime pour fonder une famille, et pour lui, Noël était une période importante.

Pourquoi Jack refusait-il de faire de même ? À l'intérieur de lui subsistait le petit garçon toujours effrayé, et elle ressentait l'urgence de le rassurer. De lui assurer qu'il était aimé, afin qu'il trouve la paix et que l'homme qu'il était devenu puisse prendre la vie à bras-le-corps et connaisse le bonheur.

Mais comment retourner dans le passé pour établir le contact ? Comment réparer le dommage qui entraînait chez lui cette peur d'aimer ?

Elle avait un point de départ : Jack avait reconnu qu'elle comptait pour lui, et il était revenu. Encore mieux, il avait accepté de l'accompagner chez elle. De rencontrer sa mère et de revoir Lily. Bref, d'être en famille le jour de Noël, peut-être pour la première fois depuis son enfance.

Il suffisait de remonter le temps. C'était sans doute possible. Elle était assez intuitive pour y parvenir… Et à présent, il y avait Lily pour les réunir.

En lui mettant les antalgiques dans la main, elle leva les yeux et croisa son regard.

Verrait-il cet espoir qui venait de surgir en elle ?

Il esquissa un sourire imperceptible, et elle sentit son cœur se gonfler d'amour et de joie.

7

À sa sortie du vestiaire, Emma chercha Jack des yeux et se rendit compte qu'elle ne l'avait pas vu avec un aussi large sourire depuis très longtemps. Elle en fut heureuse, bien qu'elle ne comprenne pas pourquoi son visage s'était éclairé ainsi.

Avait-il oublié à quoi elle ressemblait les cheveux lâchés, une fois débarrassés des élastiques et des barrettes ? En général, elle ne passait pas inaperçue avec ses boucles couleur de feu qui lui frôlaient les épaules. Une perruque de clown, disait-on. Ginger Ninja, Red… Mais elle avait depuis longtemps cessé de s'en préoccuper.

Le chignon qu'elle portait au mariage de Sarah s'était écroulé quand Jack avait enfoui les mains dedans en l'embrassant. Et il avait souri, déjà à ce moment-là.

« J'adore tes cheveux. Ils te représentent tellement bien !

— Ils sont tellement rouges, tu veux dire ? »

C'était là qu'il avait choisi ce surnom qu'il lui donnait dans l'intimité et qui lui procurait un frisson sur l'échine chaque fois qu'elle l'entendait. Celui qu'il avait employé tout à l'heure…

« Navré, Red. »

Mais, manifestement, ce n'était pas la couleur de ses cheveux qui le faisait sourire ce soir.

— Qu'est-ce qui t'amuse autant, Jack ?

— Avec ce chandail de Noël, tu as l'air d'une gamine.

Elle leva le menton.

— C'est Lily qui l'a choisi, et il me plaît.

Le pull était rouge brillant, décoré sur le devant d'un joyeux renne au nez rouge, et parsemé de points blancs supposés figurer des flocons.

Jack faisait des efforts visibles pour ne plus sourire.

— Il est assorti à tes cheveux.

— Toi aussi, tu as une drôle d'allure, tu sais !

Par-dessus son jean et son T-shirt, il avait passé son blouson de cuir, désormais sans manches et déchiré en plusieurs endroits.

Il haussa les épaules.

— Hum, j'ai pensé que, par ce temps, je ne pouvais pas me promener en T-shirt dehors, et j'ai oublié d'acheter un chandail de Noël.

Elle éclata de rire.

— Le jour où je te verrai en porter un, ce sera la fin du monde !

— Hé ! Doucement, un pas après l'autre, d'accord ?

Ses yeux s'étaient assombris, comme s'il craignait de l'avoir déçue.

Elle cessa de rire, se rappelant sa propre surprise en entrevoyant le paquet-cadeau dans son sac. Il s'efforçait de changer, et le moindre pas de sa part devait lui sembler gigantesque.

Elle lui sourit tendrement.

— À propos, tu penses que tu peux marcher jusqu'à la voiture ? Tu n'as pas besoin de béquilles ?

— Non. Pete m'a refait un pansement de compression.

— Et ton bras ? Et ton mal de crâne ? Quelque chose te préoccupe ?

Jack eut un sourire en coin.

En ce moment, la douleur physique était le cadet de ses soucis. Il s'inquiétait plutôt de devoir affronter ses démons, comme un Noël en famille. Mieux valait se mettre en route avant qu'il n'ait le temps de trouver une réponse à cette question saugrenue.

Lorsque Emma quitta le parking de l'hôpital en direction de l'autoroute, il eut l'impression de rouler au beau milieu de la nuit. Le soleil ne se lèverait pas avant des heures…

Le froid qui s'était emparé de lui durant son bref mais pénible trajet jusqu'à la voiture se dissipait peu à peu grâce au puissant chauffage. Ce véhicule solide et spacieux le surprenait. Il n'avait rien à voir avec la petite bulle verte qu'Emma conduisait avant son départ et où il ne pouvait pas allonger les jambes. À présent, il avait assez de place pour surélever sa jambe blessée sur son sac à dos.

— La grenouille ne te manque pas ?

— Pas du tout. Elle était conçue pour une célibataire, impossible d'y fixer un siège bébé. Et je préfère avoir des verrouillages de sécurité quand je traverse la campagne de nuit.

Elle était si adulte, si responsable !

— Où habites-tu, maintenant ?

— À Achadunan.

Le mot résonna dans l'air autour d'eux, semblant l'épaissir au point qu'il lui devint soudain difficile de respirer.

C'était là, au sommet de Loch Lomond, que Ben et Sarah étaient inhumés ensemble. C'était le village natal de Sarah, et lui-même n'avait pas vu d'endroit plus adéquat où faire reposer son frère. Pour être sincère, il n'avait pas les idées très claires durant ces jours atroces. Il ne s'attendait pas à y retourner ce soir…

Emma était visiblement consciente du trouble qu'elle venait de provoquer en lui.

— Il fallait que j'y revienne, Jack. Sans l'aide de maman, je ne m'en serais pas sortie. Elle est née à Achadunan et ne l'a jamais quitté. Comment aurais-je pu exiger d'elle qu'elle vienne vivre à Glasgow avec moi ? Peut-être que je me rapprocherai de la ville plus tard lorsque Lily ira à l'école, pour lui éviter les longs trajets en bus que je faisais avec Sarah quand nous étions jeunes.

Il hocha la tête.

— Je me souviens de ton discours à leur mariage. Tu avais expliqué que Sarah et toi étiez comme des sœurs, pratiquement depuis votre naissance.

— Joan, sa mère, était déjà la meilleure amie de la mienne. Nous faisions tout ensemble, et encore plus après la mort de mon père. C'était comme si nous ne formions qu'une famille. J'ai été heureuse d'y introduire Lily, la petite-fille de Joan…

Il serait donc un intrus, songea-t-il. Il avait à peine connu sa belle-sœur, pour qui Ben avait eu le coup de foudre et qu'il avait épousée très vite. Bien qu'il n'aime pas l'admettre, il lui était arrivé d'en vouloir à Sarah de lui avoir volé son frère. Bien entendu, il était en même temps heureux pour son jumeau, mais ce mariage était resté dans sa mémoire un moment nébuleux, et il ne se souvenait plus très bien des gens auxquels il avait été présenté.

— Ta mère était au mariage, non ? Des cheveux gris bouclés et des lunettes, toujours souriante. Muriel, c'est ça ?

Emma mit les essuie-glaces en route pour ôter du pare-brise les gouttelettes de crachin mêlées de neige fondue. Tout comme lui, juste avant de perdre le contrôle de sa moto.

Il frissonna et reporta le regard sur Emma.

Elle souriait.

— Exactement.

Il fut content de s'être rappelé ce nom, alors que la journée en général restait floue dans son esprit.

— En revanche, je ne crois pas avoir rencontré la mère de Sarah.

— Elle est morte il y a quelques années. Un moment pénible pour nous tous, et maman la regrette chaque jour. Quand elle regarde Lily faire quelque chose, elle dit souvent, les larmes aux yeux, que Joan aurait adoré être grand-mère.

Il resta silencieux un instant.

Et lui, comment allait-il réagir devant sa nièce ? Déplorerait-il que Ben ait connu de façon si fugace la joie d'être père ? Supporterait-il la tristesse ?

C'était peut-être ridicule, mais il était de plus en plus nerveux à la pensée de se retrouver face à Lily.

Emma lui décocha un coup d'œil rapide.

— Tout se passera bien. Tu verras, Lily a quelque chose qui rend heureux tous ceux qui l'approchent.

Elle lisait dans ses pensées.

— Oh ! regarde ! C'est de la vraie neige, maintenant ! Même si elle ne tombe en principe pas avant janvier, j'espérais en trouver une fois que nous serions sortis de Glasgow.

Elle semblait excitée comme une petite fille.

— Il y a si longtemps que nous n'avons pas eu de Noël blanc ! Lily sera ravie si nous parvenons à faire un bonhomme de neige. Et Harry aussi adore ça. Il se tient sur le seuil en tirant la langue pour attraper un flocon. C'est tordant.

Harry ? Un homme dans la vie d'Emma dont elle ne lui avait pas parlé ? Il ne voyait pas ce que ça avait de drôle. Après tout, pourquoi pas ? Elle était superbe, et celui qui choisirait de partager sa vie serait le plus heureux du monde. Mais il ne pouvait pas s'empêcher d'en être contrarié.

Tout de même, elle l'avait embrassé, tout à l'heure ! Comme avant, quand ils étaient tous les deux célibataires et libres... Ou plutôt mieux. Comme s'ils étaient faits l'un pour l'autre, comme si le lien qui les unissait était indestructible.

Elle tourna la tête un instant, et il comprit à sa mine qu'elle avait perçu son trouble.

— Qu'est-ce que j'ai dit de mal ?

— Tu ne m'avais pas parlé d'Harry.

— Pourquoi l'aurais-je fait ?

Il sentit monter la colère.

— Oh ! je ne sais pas ! Peut-être aurais-tu pu me prévenir que j'allais rencontrer l'homme qui remplace mon frère en tant que figure paternelle pour Lily ?

— Pardon ?

Emma fit un léger écart et se mordit la lèvre.

Ma parole, elle se retenait de rire !

— Harry, c'est le chien que ma mère a pris pour moi après la mort de mon père ! Il a bientôt seize ans, mais quand il neige, il retombe en enfance.

Honteux, Jack s'adossa à son siège.

— Désolé, marmonna-t-il.

— Tu crois que, entre mon travail et Lily, j'aurais le temps d'avoir une relation ? Ça ne m'a même pas traversé l'esprit.

— Je suis certain que pas mal d'hommes y ont pensé, en revanche.

Elle secoua la tête.

— Ça ne m'intéresse pas.

— Oui, je connais ce sentiment…

Le silence s'éternisa, et ce fut Emma qui le rompit.

— Tu veux dire que tu n'as eu personne dans ta vie depuis ton départ ?

— Exactement. Tu n'as pas remarqué comme j'étais rouillé, quand je t'ai embrassée ?

— Euh… Non, pas du tout, répondit-elle d'une voix rauque.

Eh bien, s'il avait voulu détendre l'atmosphère, c'était raté !

— Mais je te promets de ne le dire à personne, pour ne pas compromettre ta réputation de play-boy.

Sans répondre, il regarda droit devant lui.

La neige tombait dru à présent, et la couche s'épaississait sur le goudron. Il n'aimait pas qu'on lui rappelle le personnage qu'il avait été. Pas étonnant que Ben se soit efforcé de le faire changer.

— Je ne suis plus le même, Emma.

— C'est vrai ?

Elle avait ralenti et tendait le cou pour mieux

voir où elle allait, mais elle lui jeta tout de même un regard en coulisse.

— Qui es-tu, maintenant ?

Il ferma les yeux, se revit dans le désert en train de pleurer à gros sanglots, de penser à Ben, à Noël et au froid des hivers écossais.

Il avait eu un motif pour revenir, mais il n'en avait pas perçu jusque-là toutes les implications.

Le silence s'était fait encourageant.

Il poussa un profond soupir pour tenter de chasser le léger vertige qui l'envahissait.

— Je crois que je n'en sais rien. C'est peut-être pour le découvrir que je suis venu.

8

Emma ne comprenait pas pourquoi l'idée de la rencontre entre Jack et Lily la rendait si nerveuse.

Depuis que son passager s'était endormi, rien ne la distrayait de la conduite, et elle se concentra dessus durant le dernier tronçon du parcours.

La neige tombait assez dru pour occulter la signalisation et les croisements, et la lumière des lampadaires du village n'était plus qu'une faible lueur sous le rideau que formaient à présent les flocons.

Sa maison d'enfance se situait à l'autre extrémité, juste avant les chemins qui menaient aux champs. Le cottage au toit d'ardoise était tapi sous des arbres vénérables et se fondait si bien dans le paysage que, si elle n'avait pas été aussi attentive, elle l'aurait dépassé.

Les essuie-glaces s'arrêtèrent quand elle éteignit le moteur, et elle observa un instant avec un émerveillement d'enfant intact la neige qui se collait au pare-brise.

Un élément qui semblait solide et qui tombait pourtant de façon si légère et silencieuse !

Dans l'habitacle aussi régnait le silence. Jack devait dormir encore… Mais quand elle tourna la tête, elle découvrit qu'il fixait lui aussi les flocons qui fondaient sur la vitre encore tiède. Il croisa son regard, et elle comprit qu'il était aussi anxieux qu'elle.

S'il était nerveux à l'idée de rencontrer Lily, cela signifiait que c'était important pour lui et que les événements d'aujourd'hui pouvaient changer le cours de sa vie, non ?

Cela lui redonna courage.

Jack était perdu. L'entendre dire qu'il ne savait plus qui il était lui avait brisé le cœur. Il avait besoin d'un ancrage, de quelqu'un qui soit son port d'attache. Peut-être sa nièce ? Peut-être aussi elle-même ? Était-ce trop dangereux de le penser ?

Aujourd'hui, elle avait besoin de magie, et pour l'instant, elle avait déjà été gâtée.

Sa mère était bien entendu consciente de l'importance de cette rencontre. Emma l'avait appelée pour la prévenir qu'elle amenait un invité de dernière minute, et elle savait que Jack serait reçu avec chaleur, bien qu'elle n'ait jamais évoqué à la maison l'ampleur de ses sentiments pour lui. Les conditions atmosphériques étaient aussi de son côté : elles changeaient le petit village écossais tapi sous la première neige en un décor de carte postale.

Elle sourit.

— Joyeux Noël, Jack, murmura-t-elle. Bienvenue à la maison.

Il ouvrit la bouche, sembla chercher ses mots…

Mieux valait ne pas s'attarder sur ce moment.

Elle ouvrit sa portière.

— Viens, rentrons avant de geler sur place !

La neige crissa sous leurs pas tandis qu'elle le guidait vers la porte de derrière. Ils passèrent sous le porche pour entrer dans la cuisine, la pièce la plus chaude car le poêle à bois y était toujours allumé à cette époque de l'année. Elle ne s'attendait pas à trouver sa mère déjà debout et fut surprise de la voir en robe de chambre et pantoufles à côté de la grande table en bois, en train de verser du lait chaud sur son fameux sirop de chocolat.

À leur entrée, elle leva la tête et sourit, comme si Jack faisait partie de la famille.

— Jack ! Je suis si heureuse que vous ayez décidé d'être là aujourd'hui !

Harry sortit de son panier installé dans un coin et, après avoir tendu sa truffe à Emma pour un câlin, il se planta devant Jack en remuant la queue puis retourna se coucher.

— Tu dois être totalement épuisée, ma chérie. J'étais inquiète de te savoir en voiture par ce temps.

Emma s'affala sur une chaise, et sa mère lui tendit un mug de chocolat fumant.

— Bois ça, et va t'allonger une heure ou deux.

Elle offrit l'autre tasse à Jack.

— Je suis certaine que vous avez besoin de sommeil, vous aussi. C'est difficile de se reposer dans un service d'urgence, et vous avez été blessé, n'est-ce pas ? J'ai été désolée de l'apprendre.

Il s'assit et remercia sa mère d'un sourire, mais il semblait ailleurs.

Emma suivit son regard, qui allait des vieilles poutres du plafond aux porcelaines bleu et blanc, l'orgueil de la maîtresse de maison, exposées sur le vaisselier de son arrière-grand-mère. Puis il baissa les yeux sur le sol de pierre qui captait et diffusait la chaleur du poêle, chauffant Harry dans son panier. Enfin, il tourna la tête pour observer, à travers le passage voûté, le salon où se dressait près de la cheminée un sapin nu planté dans un seau de sable.

Des boîtes de décorations étaient posées dans l'âtre, sur un tas de bûches prêt à être allumé, et de l'autre côté du foyer s'empilaient des paquets-cadeaux aux papiers bariolés.

— Impossible d'aller me coucher avant d'avoir décoré l'arbre et installé les cadeaux dessous ! protesta-t-elle.

— Ça peut attendre, ma chérie. Je voulais m'en charger hier soir avec Lily, mais quand je lui ai demandé si elle préférait le faire avec maman, elle a dit oui.

Elle se raidit.

Que penserait Jack du fait que Lily l'appelait « maman » ?

Il ne semblait pas l'avoir remarqué. Il sirotait son chocolat, les yeux toujours fixés sur le sapin.

Envisageait-il de déposer son cadeau dessous ?

— Tu sais, reprit sa mère, elle est beaucoup trop jeune pour se rendre compte que nous faisons une entorse à la tradition. Elle dort à poings fermés, et à mon avis, nous devrions tous l'imiter. J'en ai besoin, moi aussi. Il ne fera pas jour avant 9 heures, et nous aurons toute la journée pour fêter Noël. Jack, je suis navrée, nous n'avons pas de chambre d'amis, mais le canapé du salon est très confortable. J'y ai mis un oreiller, un édredon et une bouillotte. Vous ne devriez pas avoir froid.

— Merci, Muriel.

Le regard que Jack jeta à sa mère était chaleureux,

comme si lui aussi la connaissait depuis longtemps. Puis il se tourna vers elle.

— Emma, il faut vraiment que tu te reposes !

Ce ton sincèrement inquiet la fit céder. Elle était si fatiguée qu'elle se sentait tanguer sur sa chaise.

— D'accord, une heure ou deux. Il te reste des cachets ?

— Oui, mais je pense qu'un peu de sommeil suffira.

Sa mère ramassa les deux mugs vides.

— La salle de bains est au premier, Jack. Si vous avez besoin de quelque chose, nous ne serons pas loin. Dormez bien.

Le canapé était vaste et douillet.

Jack ôta ses chaussures et son blouson déchiré mais garda son jean et son T-shirt. En soulevant le vieil édredon au tissu brillant et brodé, il découvrit la bouillotte, et sa gorge se serra.

Sa mère en mettait une aussi dans leur lit d'enfants. Une verte pour Ben et une rouge pour lui. Il se blottissait dans la place toute chaude et tenait la bouillotte serrée dans ses bras pour s'endormir.

Il y avait d'autres éléments dans cette maison qui évoquaient un bon temps révolu : l'arôme du chocolat dans la cuisine, le chien qui dormait dans un coin, le sourire chaleureux de Muriel. Le même que celui d'Emma. Plein d'amour, mais en plus avisé…

Autant s'avouer la vérité, il se sentait ici chez lui.

Il se secoua. Non, il était chez Muriel, Emma et Lily. Il n'était qu'en visite.

Depuis l'âge de cinq ans, il avait vécu chez des étrangers, dans un foyer, puis il avait connu les chambres d'étudiant, les appartements de célibataire, et pour finir une hutte en Afrique. Il ne tenait pas à se laisser entraîner vers des fragments d'un passé lointain qui n'avait pas de rapport avec sa vie actuelle. Ni à se souvenir de ce qu'il avait perdu. Il avait mis longtemps à se bâtir un mur de protection solide, il était en sécurité derrière, et c'était risqué de regarder par-dessus.

En dépit de son mal de crâne persistant, il savait qu'il s'endormirait dès qu'il aurait posé la tête sur le gros oreiller de plume. Il s'allongea, poussa du pied la bouillotte, qui tomba sur le sol avec un bruit d'eau qui glougloute à l'intérieur.

Comme lorsque Ben et lui repoussaient la leur quand elle était froide. Le matin, chacun ramassait la sienne pour la descendre à la cuisine, où leur mère les viderait et les rangerait. Leurs doigts étaient trop petits à l'époque pour dévisser le bouchon. Et le soir suivant, comme par magie, les bouillottes réapparaissaient, chaudes et réconfortantes, entre leurs draps.

Avant de sombrer, il songea que, à son réveil, il devrait ramasser la bouillotte et la vider pour ne pas obliger Muriel à le faire.

Il dormit d'un sommeil profond et sans rêves. Lorsqu'il s'éveilla, il eut la sensation de ne pas être seul. Il garda les yeux fermés et tenta de découvrir s'il avait vu juste ou non.

Il sentit un souffle tiède sur son visage, un contact doux et chaud sur sa paupière…

Ma parole, quelqu'un essayait de l'ouvrir !

Il se laissa faire : un petit visage se trouvait à

quelques centimètres du sien, troué de grands yeux noirs et encadré par une cascade de boucles brunes.

Lily.

Toujours avec précaution, elle souleva son autre paupière. Elle se tenait près du canapé, les yeux à hauteur des siens. À l'évidence pas du tout déconcertée par cet étranger qui la regardait, elle soutint son regard. Dans la pénombre, il sembla à Jack que sa nièce était vêtue d'un pyjama rouge molletonné, décoré de cœurs blancs et boutonné sur le devant.

Il avait l'impression que la photo qu'Emma lui avait montrée à l'hôpital prenait vie.

Elle leur ressemblait tellement, à Ben et à lui ! En voyant ce cliché, il avait ressenti ce lien profond, celui du sang. Lily le sentait-elle aussi ? En principe, les enfants ne font pas confiance aux inconnus…

Il devrait dire quelque chose, mais quoi ? Une fillette de cet âge pouvait-elle soutenir une conversation ?

— Jour, dit-elle.

— Bonjour ! Maman sait où tu es ?

Cette question ne souleva pas d'intérêt particulier.

Il frémit.

Et si tout le monde dormait encore, et qu'elle ait besoin de quelque chose ?

Il avisa alors une silhouette qui se découpait sur le seuil, devant la lumière tamisée de la cuisine : c'était ce grand chien hirsute qui semblait le surveiller. Veiller sur Lily.

Jack n'en menait pas large. Il avait déjà prouvé son incompétence à s'occuper d'un bébé.

Mais celui-ci ne semblait pas avoir besoin d'un biberon, ni qu'on lui change sa couche. Ni du reste de la protection d'Harry. Lily avait entrepris de grimper sur le canapé en s'accrochant à ses cuisses. Elle posa une jambe à côté de lui et tenta de faire suivre son corps en roulant. C'était perdu d'avance, et s'il n'avait pas tendu le bras pour la rattraper, elle serait tombée. Ce soutien lui permit de réussir son ascension, et une fois sa mission accomplie, elle s'allongea sur lui et enfouit sa tête au creux de son bras.

Harry s'approcha. Cette fois, c'était son souffle qui frôlait le visage de Jack, et son regard l'avertissait qu'il n'avait pas intérêt à trahir sa confiance. Puis le chien se coucha en soupirant et posa son nez sur ses pattes.

Jack était coincé des deux côtés. Il tendit l'oreille en quête d'un bruit quelconque à l'étage, mais seul le silence lui répondit.

Lily aussi était muette.

Il tenta de voir le petit visage blotti contre son aisselle. En relevant un peu la tête, il y parvint, mais s'il s'attendait à croiser son regard, il fut déçu : elle dormait.

Au moins, il n'avait pas de souci à se faire dans l'immédiat. Il pouvait rester tranquille jusqu'à ce qu'elle s'éveille, ce qui ne saurait tarder.

Il tira l'édredon sur elle pour qu'elle n'ait pas froid et se détendit peu à peu.

Le temps passait, l'enfant ne bougeait toujours pas. Il était dans un nid douillet, et la chaleur de Lily remplaçait avantageusement la bouillotte. Lily, la fille de Ben, sa nièce. Qui paraissait accepter sa présence avec la même facilité que les autres occupantes de cette maison.

Sentant ses paupières s'alourdir, il se souvint de

la douceur avec laquelle Lily les avait ouvertes et replongea dans le sommeil en souriant.

Emma s'éveilla en sursaut, consciente d'une présence dans sa chambre.

— Désolée, ma chérie, je ne voulais pas te réveiller, mais je pensais que Lily était peut-être avec toi.

— Elle n'est pas dans son lit ?

— Tu sais bien qu'elle en sort comme elle veut.

Bien sûr, mais d'habitude elle venait droit faire un câlin à sa maman ou à sa grand-mère. Elle n'était jamais descendue seule au rez-de-chaussée.

Emma bondit du lit et passa le grand pull de laine qu'elle préférait à une robe de chambre.

— Prends la salle de bains, maman. Je vais m'assurer qu'elle n'a pas fait de bêtises.

Le cœur battant à coups redoublés, elle se précipita en bas.

Depuis combien de temps Lily était-elle levée ? Si elle s'était trop approchée du poêle, Harry aurait aboyé pour les prévenir…

Pas de Lily dans la cuisine ni d'Harry dans son panier.

Elle passa dans le salon.

Son chien, qui était couché au pied du canapé, leva la tête et battit de la queue sur le tapis. Jack semblait dormir profondément…

Une main devant la bouche, elle étouffa un cri de surprise.

Voilà donc où était Lily ! Allongée et blottie au creux du bras de Jack, et rendormie.

Emma cligna des paupières pour refréner les larmes qui lui montaient aux yeux.

Ainsi, c'était à lui que Lily avait choisi de faire un câlin ! Mais comment avait-elle su qu'il était dans la maison et qu'elle pouvait avoir confiance ?

La magie de Noël prenait de plus en plus de puissance, et on n'était que le matin…

Elle contempla le petit visage encadré de boucles et les longs cils noirs sur les joues de pêche, puis les boucles emmêlées de Jack et ses cils si semblables, et sa peau qui, elle le savait, paraîtrait délicieusement soyeuse sous ses doigts… Ses doigts qui la démangeaient de le toucher.

Mais pas question de les réveiller. Pas plus que de bouger, même si sa position commençait à être inconfortable. Et gênante devant cet homme endormi, inconscient…

Elle tressaillit.

Depuis combien de temps Jack dormait-il ? Au moins deux heures. S'il était resté à l'hôpital en observation, quelqu'un l'aurait réveillé pour vérifier qu'il réagissait. Devait-elle le faire ? Cette indécision ne lui ressemblait pas.

Harry l'avait-il sentie ? Il se leva et s'approcha d'elle en balayant le visage de Jack de sa queue, ce qui résolut le problème : ce dernier ouvrit aussitôt les yeux.

Il devait être horriblement courbatu, car il émit un grognement qui suffit à réveiller Lily.

— Mama ! s'écria-t-elle avec un sourire joyeux, en prenant appui sur le torse de Jack.

— Ouf ! Attends, Lily ! gémit-il.

Emma souffrit pour lui. Elle savait à quel point ses côtes devaient être douloureuses.

Il tenta en vain de saisir sa nièce, qui était à présent debout et menaçait de lui marcher sur le torse.

— Des bisous, mama ! Des bisous de Noïel !

Emma se pencha très vite et l'attrapa dans ses bras.

— Merci, murmura Jack.

— Navrée, je n'imaginais pas qu'elle descendrait l'escalier toute seule. Comme elle a appris à escalader les barreaux de son lit, nous avons préféré les ôter pour qu'elle ne se blesse pas. Je pense qu'il est temps d'acheter un lit plus grand…

Elle parlait trop et trop vite, par nervosité. Elle avait tant espéré être témoin de la rencontre entre Jack et Lily ! Et voilà qu'elle l'avait manquée et qu'elle n'avait aucune idée de la façon dont cela s'était déroulé.

À présent, Lily avait enfoncé les poings dans ses cheveux, et tentait de lui tourner la tête de force.

— Un bisou !

Emma lui posa un baiser sur la joue, en jetant à Jack un regard inquiet.

Il sourit.

— Pas de problème. J'ai vécu une expérience unique quand j'ai senti qu'on essayait de m'ouvrir les paupières.

— C'est vrai ? Oh non !

— Encore, cria Lily, encore des bisous !

Jack souriait, et Emma ne put détourner son regard de lui. Elle ne lui avait jamais vu l'air si heureux. On aurait dit qu'il avait déjà un lien secret avec Lily.

— Joyeux Noël, Jack.

— Joyeux Noël, Red.

Le regard qu'ils échangèrent était lui aussi inédit. Peut-être parce que le jour se levait à peine et que la lumière était faible… Ou qu'il venait de s'éveiller et gardait sur ses traits la douceur du sommeil. Cette douceur qu'elle n'avait pas surprise depuis longtemps. Dans ces moments-là, elle avait le sentiment d'une intimité spéciale, comme celle d'un couple qui a fait merveilleusement l'amour avant de s'endormir. Mais cette fois, il y avait quelque chose d'encore plus profond : c'était le regard échangé par deux amis pour la vie, ou par deux êtres qui éprouvent le même amour pour un enfant — la fillette qu'elle tenait dans ses bras.

Était-ce ainsi que se regardaient des parents ? Lily avait-elle conscience de ce lien elle aussi ?

— Oyeux Noïel ! répondit-elle en écho.

Comme elle se contorsionnait pour descendre, Emma la posa.

Lily alla entourer de ses bras le cou du chien, puis elle lâcha Harry et trotta vers le canapé.

Emma retint son souffle en la regardant approcher son visage de celui de Jack.

— Debout !

— Non, Jack, intervint-elle, tu n'es pas obligé de te lever tout de suite. Viens, Lily, nous allons nous laver et nous habiller.

Elle la reprit dans ses bras.

— As-tu besoin d'antalgiques ?

— Merci, j'en ai encore. Je vais me lever.

— Maman descend dans une minute, tu auras des œufs au bacon quand tu veux.

Elle lui sourit par-dessus son épaule.

— Et ce n'est que le début. J'espère que tu as faim !

Quand le fumet du bacon frit parvint aux narines de Jack, le grondement de son estomac lui rappela qu'il n'avait rien mangé depuis un sandwich ramolli accompagné d'un mauvais café sur une aire d'autoroute.

Décidément, oui, il avait faim, se dit-il en se séchant après une douche aussi relaxante que les antidouleurs avalés avant de monter au premier étage. Son mal de crâne subsistait, mais c'était supportable.

La maison semblait avoir pris vie pendant qu'il occupait la salle de bains. Les lampes étaient allumées, et au salon, un feu pétillait derrière la grille de l'âtre au son de cantiques de Noël. À la cuisine, Lily était assise dans sa chaise haute, en train de cogner sa cuiller en bois contre le plateau tandis qu'Emma, en chandail de Noël, disposait sur la table des assiettes et des couverts.

Il sourit en voyant les petits sucres d'orge rouge et blanc fixés au bandeau qui retenait ses boucles folles.

Elle leva la tête, et son visage s'éclaira. Elle semblait si heureuse de le voir qu'il en eut le souffle coupé.

Pour l'heure, il ne tenait pas à analyser ce tourbillon d'émotions, cet océan de sentiments qui allaient de pair avec les notions de foyer, de famille et d'amour… Rien de tout cela n'appartenait à son univers.

Muriel, qui cassait des œufs dans une poêle, se tourna pour l'accueillir, souriante. Bien que son expression soit indéchiffrable, il soupçonna qu'elle en savait plus long qu'il ne le supposait sur sa relation avec sa fille.

— Joyeux Noël, Jack ! Je vous ai mis un vêtement sur le dossier de votre chaise, vous en aurez peut-être besoin.

Il se tourna.

C'était un pull-over de laine noire, en jersey orné d'un motif compliqué d'Aran.

— Il était à papa, expliqua Emma, il devrait t'aller. C'est maman qui l'avait tricoté, elle n'a pas pu s'en séparer.

— Je le porte de temps en temps, précisa Muriel. Il tient très chaud, même au pire de l'hiver…

Elle posa un bol sur le plateau de Lily, apparemment un mélange d'œufs brouillés et de pain.

— J'ai également gardé la vieille parka de Ian, qui devrait être à votre taille aussi, si vous avez envie d'air frais.

— Très très frais ! ajouta Emma. Il ne neige plus, mais la couche est assez épaisse.

Elle sourit à Lily, qu'elle aidait à prendre dans la main une cuiller en plastique jaune vif.

— Tu vas pouvoir faire ton premier bonhomme de neige, aujourd'hui.

— Pas nomme !

— Bon-hom-me, articula Emma en riant, tu peux dire « bonhomme » ?

Le sourire de Lily s'élargit.

— Pas nomme ! répéta-t-elle.

Emma secoua la tête en guidant la cuillerée d'œufs brouillés vers sa bouche.

— Bon, nous ferons un « pas nomme », alors.

Elle enfourna la cuillerée, qui laissa une trace de jaune sur le menton de Lily.

— Miam ! Œuf !

Jack enfila le pull-over, qui lui allait comme un gant. C'était étrange de porter ce vêtement qui avait appartenu au maître de maison. Était-il aussi autrefois assis à la même place ? Muriel posait-elle avec ce même sourire chaleureux une assiette d'œufs au bacon devant son mari ?

— Mangez, vous devez mourir de faim. Et servez-vous en thé, il est tout frais.

Il était conscient qu'Emma l'observait. Avait-elle perçu son impression d'étrangeté ?

Elle ébaucha un sourire.

— Tu vois, papa non plus ne portait pas de chandails de Noël !

Son expression espiègle et cette étincelle dans ses yeux le mirent à l'aise. Elle comprenait au moins en partie ses sentiments, et elle l'aiderait à franchir les obstacles.

Il s'en accommoderait. Ce n'était que pour une journée, après tout.

Peut-être même pouvait-il y prendre plaisir.

9

Assise au salon, Emma avait la gorge nouée.

Jamais Noël n'avait été aussi émouvant. Poignant, même. Il ne s'agissait pas seulement de se réunir en famille, mais aussi de se souvenir des absents.

Pour la première fois depuis trente ans, il y avait un enfant dans la maison… Qu'aurait éprouvé son père, qui lui manquait tant ? Et si Lily avait été sa petite-fille ? Et si l'homme qui accrochait la guirlande lumineuse sur le sapin avait été son gendre ?

— Regarde, Lily !

Elle renversa toute la boîte de décorations sur le tapis pour détourner son attention des cadeaux. Surtout de celui du dessus de la pile. Celui de Jack.

Il avait pensé à le déposer auprès des autres avant de s'endormir ! Pour un homme qui n'aimait pas Noël…

Elle se sentit au bord des larmes.

Jack appuya sur l'interrupteur situé derrière le sapin, et de petites lumières se mirent à clignoter. Lily ouvrait de grands yeux devant le tas de trésors apparu comme par magie devant elle.

Ils auraient déjà dû être tous assis, en train de défaire les paquets, et la table du petit déjeuner devrait être débarrassée, mais aujourd'hui la tradition était bouleversée.

— Voulez-vous vous occuper du sapin ? avait demandé sa mère. Je vais farcir la dinde et la mettre au four tout de suite, sinon le repas de Noël nous servira de dîner.

Emma l'entendait chantonner dans la cuisine l'un de ses cantiques préférés, *Nous vous souhaitons un joyeux Noël*, tandis que Lily produisait en écho de bizarres roucoulements.

— Incroyable !

Jack se retourna.

— Quoi ?

— Je pense... Il me semble que Lily essaie de chanter.

Il jeta un coup d'œil vers sa nièce, assise parmi les boules et les étoiles en salopette et pull-over rouge vif, une barrette ornée d'un nœud rouge dans les cheveux.

Ne la trouvait-il pas lui aussi adorable ?

En tout cas, elle ne s'était pas trompée, Lily chantait.

— Ooo... mmm... ooo... Oyeux Noïel...

Prenant conscience qu'on l'observait, la fillette pencha la tête et sourit. Puis elle saisit l'une des décorations et la brandit en direction de Jack, qui accepta l'offrande.

— Merci, Lily.

— Me... ci !

Il examina l'objet qu'il tenait à la main.

— C'est une chouette. Tu sais comment ça crie ?

Il émit un hululement, et Lily le regarda fixement.

— Hou, hou, fit-elle sans le lâcher des yeux, imitant parfaitement le son.

— Super ! Tu es vraiment douée !

Jack semblait sincèrement impressionné.

Il prit le second cadeau que sa nièce lui tendait.

— Et ça, qu'est-ce que c'est ? Oh ! un bonhomme de pain d'épices !

Une figurine dans chaque main, il les observait d'un air intrigué.

— Je n'en ai jamais vu de semblables. En quoi sont-elles ?

— En feutre.

— Faites à la main ?

— Oui, dit Emma, un peu gênée.

Pour Jack, elle était restée une femme libre qui aimait dîner au restaurant et aller danser lors de ses soirées de congé. À présent, elle était une mère active dont l'essentiel de l'existence, en dehors de son travail, se passait à la maison. L'idée de sortir lui était devenue étrangère, et elle adorait se blottir sur le canapé, son chien à ses pieds, avec un ouvrage pour s'occuper les mains, comme broder de petits ornements de feutre.

Jack lui lança un regard perspicace.

— C'est toi qui les as fabriqués ?

Il souriait. Il allait se moquer d'elle, comme pour le chandail de Noël.

Elle leva le menton.

— Maman a commencé. Un soir où j'étais trop fatiguée pour lire une revue, j'ai décidé de l'aider, et je me suis découvert un talent exceptionnel. Je couds comme je fais des points de suture, voilà tout !

Il souriait toujours. Il s'allongea à plat ventre, sa tête à côté de celle de Lily et des décorations.

— Incroyable, dit-il. Regarde ça, Lily ! Des rennes,

des merles noirs, des bonshommes de neige... Et qu'y a-t-il dans ce papier ?

Elle se mordit la lèvre.

Elle avait espéré qu'il ne s'y intéresse pas, mais il défaisait déjà le petit paquet.

— Oh ! rien d'important. C'est pour la cime du sapin, juste pour nous...

— On dirait les deux personnages qu'on plante en haut des pièces montées dans les mariages. Sauf que ceux-ci ont des ailes. Ce sont des anges, non ?

Sa gorge était si serrée qu'elle ne put répondre.

Allait-il deviner ?

Brusquement, il changea de visage.

— Ce sont Ben et Sarah, n'est-ce pas ?

Sa voix n'était plus qu'un murmure, comme s'il se parlait à lui-même.

Lily avait cessé de jouer. Elle se glissa près de Jack et toucha l'une des figurines.

— C'est la maman ange, dit Emma doucement. La maman de Lily.

— Mama, fit cette dernière en regardant Emma.

— Et il y a le papa ange, aussi. Le papa de Lily.

— Papa ! s'écria la fillette.

Et cette fois, elle fixa Jack.

Il y eut un instant de silence, qui parut à Emma trop éloquent. Elle comprit que Jack se sentait aussi perdu que si on l'avait catapulté soudain dans un univers parallèle.

Elle se pencha et prit une poignée de décorations.

— Venez, allons les accrocher !

Au moins, en passant les boucles dorées autour des pointes des branches, ils n'avaient pas le temps de se regarder. Lily faisait la navette pour leur apporter de nouveaux ornements, et ils laissèrent d'un accord tacite la cime libre jusqu'au dernier moment.

Enfin, Emma saisit l'ange représentant Sarah et coula un regard vers Jack, qui tenait l'effigie de Ben.

— Ça ne t'ennuie pas ? Tu ne penses pas que j'en fais trop ?

— Je pense que c'est très spécial et que tu es la seule personne au monde capable d'avoir eu cette idée.

Il se pencha plus près. Avait-il l'intention de l'embrasser sur la joue ?

Quoi qu'il en soit, elle tourna la tête, et ses lèvres touchèrent les siennes. En s'attardant assez longtemps pour que ce ne soit pas fortuit.

— J'ai mis la dinde au four, et la sauce à la mie de pain est prête, dit Muriel qui entrait avec un plateau.

Emma, les joues brûlantes, se hâta d'accrocher l'ange à la branche du haut.

Sa mère les avait-elle vus s'embrasser ? En tout cas, son attitude n'en montrait rien.

— Vous aimeriez peut-être une tasse de thé et des biscuits, maintenant. Attention, Lily, c'est chaud !

Jack s'approcha de sa mère.

— Donnez-moi ce plateau, Muriel.

— Jack, si ça ne vous dérange pas, j'aurais besoin d'un coup de main pour éplucher les pommes de terre. Après les cadeaux, bien sûr.

— Je suis très doué pour ça, dit-il en esquissant un clin d'œil à l'adresse d'Emma. C'est l'un de mes talents exceptionnels.

Jack avait observé Lily pendant qu'on déballait les cadeaux. Au début, il avait remarqué que le papier brillant de celui qu'il avait apporté l'attirait alors qu'Emma l'aidait à ouvrir les autres — crayons et livres de coloriage, ailes roses qu'elle portait déjà, livres d'images, et même un petit chariot rouge qu'elle pouvait remplir de jouets. Puis il y avait eu les présents échangés entre Emma et Muriel. Tout cela avait pris du temps, mais il s'était régalé à rester spectateur, jusqu'à ce que son paquet arrive enfin sur le devant de la scène.

— Celui-ci, c'est de la part d'oncle Jack, Lily. Essaie de l'ouvrir toute seule. Regarde, je commence pour toi.

Elle souleva un coin du papier pour révéler une oreille jaune duveteuse.

Lily poursuivit, les yeux de plus en plus agrandis à mesure que se dévoilait l'ours en peluche aux vives couleurs. Elle semblait très absorbée par sa tâche, dont rien, visiblement, ne pouvait la distraire.

Il s'émerveilla de se sentir si fier de l'attention qu'elle portait à ce qu'il avait choisi pour elle. En outre, Emma et Muriel semblaient également impressionnées par ce jouet éducatif.

— Regarde, Lily, il porte une salopette comme toi ! Mais la tienne n'a pas de fermeture Éclair.

Lily tira d'abord sur un lacet pour le dénouer, puis sur la chaussure. Celle de l'autre pied était à scratch. Elle força dessus sans succès, et il lui montra comment défaire le scratch.

Muriel sourit.

— On dirait que vous avez du travail, Jack ! Restez, je m'occupe de la cuisine avec Emma.

Lily semblait ravie de ses leçons.

— Encore ! Encore !

Quand il descendit la fermeture Éclair de la salopette, elle éclata de rire.

C'était la première fois qu'il l'entendait rire, et il en éprouva un nouveau sentiment d'étrangeté. Un son joyeux, qui lui mettait les larmes aux yeux…

Que se passait-il donc ? Un moment plus tôt, en s'entendant appelé « papa », il avait senti la panique le gagner et avait failli inventer un prétexte pour s'échapper. Ce mot lui avait percé le cœur à cause des anges qu'ils venaient d'accrocher.

Ben aurait été un papa merveilleux…

Mais au moment où Lily avait approché son petit visage du sien, il s'était vraiment senti père. Un bref instant, il avait entrevu ce qu'on peut ressentir quand on aime et que l'on est aimé d'un petit humain, et compris le fait que ce petit être puisse devenir le centre du monde.

Était-ce le cas pour Emma ?

En plus, il y avait eu cette autre révélation : un an plus tôt, il se serait esclaffé à l'idée que celle-ci puisse rester assise sur son canapé à fabriquer des figurines à accrocher à un sapin de Noël. Mais c'était un résumé du bouleversement survenu dans sa vie quand elle avait décidé de prendre en charge un enfant orphelin. Sa filleule à elle et sa nièce à lui…

Lily avait réussi à remonter seule la fermeture Éclair. Elle la rouvrit aussitôt avec un éclat de rire.

De nouveau, ce rire lui perça la poitrine. Comme s'il ouvrait une brèche.

Après tout, n'était-il pas libre de consacrer sa vie à

cette adorable fillette qu'il se sentait capable d'aimer de tout son cœur ?

Il se remémora le baiser échangé avec Emma lorsqu'ils suspendaient les effigies de Ben et Sarah dans l'arbre, et le bonheur qu'il avait éprouvé à partager ce moment avec elle. Il se sentait capable de l'aimer, elle aussi…

Il porta la main à sa tête, se rendant compte qu'il devait reprendre des antalgiques.

Ce mal de crâne était bienvenu, en un sens : il lui rappelait qu'il n'était pas lui-même en ce moment. Toutes ces émotions qui le perturbaient étaient dues à des circonstances particulières : l'anniversaire de la tragédie qui avait détruit sa vie, et Noël, un jour favorable aux souvenirs troublants. Sans compter qu'il se trouvait soudain transporté dans un lieu qui lui rappelait la sécurité perdue de sa prime enfance.

Mais il s'agissait d'une journée exceptionnelle. Ensuite, tout rentrerait dans l'ordre. Il ne se sentirait plus déchiré. Il n'était pas d'ici, et il avait placé la famille et l'amour à l'extérieur de son mur de protection. Un mur solide, aux briques jointées par un mélange de chagrin, de peur et de solitude, plus fort que la chaux ou le ciment.

Pourtant, la nostalgie qu'il éprouvait n'avait jamais été si intense, comme s'il se cognait sans cesse la tête à ce mur.

Ça, c'était sûrement à cause de son mal de crâne.

Emma souriait en entendant le rire de Lily.

Peu importe que l'épluchage des pommes de terre soit ou non un des talents de Jack, elle était heureuse de le faire à sa place pendant qu'il jouait avec sa fille ! Elle se dépêchait pour pouvoir les rejoindre.

— Est-ce que j'ai bien vu ce que j'ai cru voir, Emma ?

— De quoi parles-tu, maman ?

— Jack et toi, quand vous accrochiez les décorations. Il t'a embrassée, n'est-ce pas ?

— Euh… Tu sais que je sortais avec lui, avant ?

— Oui, mais je croyais que c'était fini.

— C'est vrai. Mais tout a été fini pendant un temps, tu ne crois pas ? La vie en général était devenue très bizarre.

— Je sais. Vous avez vécu un moment très éprouvant, Jack et toi. Maintenant qu'il est revenu, c'est différent…

Sa mère ouvrit la porte du réfrigérateur et tenta de trouver une place pour le *trifle*[1] qu'elle venait de terminer.

— En ce qui me concerne, j'aurais tendance à m'en réjouir pour toi !

Emma détourna le regard pour cacher son anxiété à sa mère.

L'espoir est une chose fragile, et le sien était si grand qu'il risquait de se briser d'un coup.

Elle avait beau se raisonner, elle n'avait pu s'empêcher de le voir croître d'un cran lorsque Lily avait appelé Jack « papa », d'un autre quand Jack avait déclaré que personne d'autre qu'elle n'aurait eu l'idée de ces deux anges en mémoire de Ben et Sarah… et d'un troisième quand il l'avait de nouveau embrassée sous le sapin.

1. Dessert de Noël écossais constitué de couches superposées de génoise, fruits, crème anglaise et crème fouettée.

Elle sentit la main de sa mère se poser sur son bras.

— Tout ira bien, ma chérie. Tu verras. Laisse, je vais terminer, je n'ai plus que les panais et les choux de Bruxelles à nettoyer. Il me semble que c'est l'heure de la sieste de Lily, non ?

Elle consulta sa montre.

Le temps passait à toute allure à cause de leur réveil tardif. Lily devait aller dormir tout de suite pour partager ensuite leur repas.

Elle entra au salon et trouva Jack toujours allongé avec sa nièce. Devant l'expression grave de son visage, elle eut la gorge serrée.

Pourquoi n'avait-elle pas pensé plus tôt que la ressemblance de Lily avec son frère adoré pouvait l'attrister ?

Mais peut-être avait-il aussi besoin de se souvenir. Comme elle. Pour eux deux, ce devait être le pas à franchir pour être capable d'aller de l'avant.

Elle prit Lily dans ses bras.

— C'est l'heure de la sieste, ma chérie.

En sortant, elle regarda Jack par-dessus son épaule.

— Dès qu'elle sera endormie, je dois sortir, et j'en profiterai pour promener Harry. Veux-tu nous accompagner, prendre un peu l'air ?

Il se leva, à l'évidence avec peine.

— Bonne idée. C'est aussi bien que je marche un peu pour que ma jambe ne s'ankylose pas.

— La parka de papa est accrochée sous le porche. Tu trouveras aussi des bottes en caoutchouc. Je ne garantis pas qu'elles soient toujours étanches, mais ce sera mieux que rien. Maman les laisse dans l'entrée par sécurité, pour faire croire qu'un costaud habite la maison.

Cela lui valut de la part de Jack un sourire, qu'elle lui rendit.

Elle était en train de prendre un gros risque, un risque énorme. Et pourtant, elle sentait que c'était la chose à faire.

10

Les seuls bruits qu'entendait Emma étaient le crissement de leurs chaussures dans une épaisse couche de poudreuse et le halètement de Harry quand il revenait sur ses pas pour voir ce qui les retardait, Jack et elle.

Pas étonnant qu'il soit déconcerté : elle marchait beaucoup plus lentement que d'habitude. Le souffle de Jack était court, et il était évident qu'il souffrait plus qu'il ne voulait l'admettre. Par chance, ils n'allaient pas loin. Le cottage étant situé à l'orée du village, ils seraient bientôt arrivés.

Elle serra plus fort l'anse du sac qu'elle portait, doutant malgré elle du bien-fondé de la mission qu'elle s'était donnée.

Quand Lily serait en âge de comprendre, elle lui enseignerait cette nouvelle tradition de Noël, très privée. Pour l'instant, c'était une première, et elle ne savait pas encore à quel point elle en serait affectée. Sans parler de Jack. Il ne s'attendait certainement pas à une confrontation de ce genre.

— On se croirait dans une carte de Noël, murmura-t-il. Ce manteau de neige qui recouvre tout… C'est la perfection même.

C'était vrai. Un soleil pâle dardait ses faibles rayons

par des trouées dans des nuages blancs, et la neige scintillait sur les toits, comme incrustée de minuscules diamants. Les branches des arbres se courbaient sous ce poids inhabituel, et dans les jardins, les arbustes avaient pris des formes douces qui déguisaient leur nudité hivernale.

Un groupe d'enfants aux joues rouges et aux yeux brillants, pourvus de bonnets et d'écharpes, faisaient un bonhomme de neige sur le terrain de sport situé au bout de la rue. Un garçon d'une autre bande leur lança une boule de neige, et on entendit le cri de rage d'un plus jeune quand sa nuque fut atteinte. Lorsque Emma et Jack tournèrent le coin, les hurlements et les rires indiquaient qu'une bataille générale avait commencé.

Elle sourit.

— En attendant le repas de Noël, les parents mettent les enfants dehors pour avoir un peu de répit. Sarah et moi allions aussi jouer dehors, autrefois.

— Vous construisiez un bonhomme de neige ?

— Je te l'ai dit, je ne me souviens pas d'un autre Noël blanc. Mais il y avait toujours des occupations passionnantes, comme regarder un camarade conduire son vélo neuf pour la première fois. Une année, on a eu toutes les deux des patins à roulettes, et c'est nous que les autres ont regardées !

Elle poussa un soupir.

— C'était le bon temps !

— Je te crois. Le premier Noël que je me rappelle avoir passé avec Ben, nous étions ados. Nous avions reçu en cadeau un vieil électrophone et une caisse de disques.

— Des vinyles ? Très rétro ! Tout le monde en cherche, à présent.

Jack haussa les épaules.

— J'aurais dû les garder. Mais à l'époque, ça ne valait rien, c'était le genre de truc dont on peut faire don à un foyer d'enfants sans le regretter.

Percevant l'amertume dans sa voix, elle ne sut que répondre. Harry arriva en trottinant et décrivit un cercle autour d'eux avant de repartir en courant avec un aboiement joyeux. Il savait très bien où ils allaient.

Jack s'esclaffa.

— Quel âge as-tu dit qu'il avait ?

— Près de seize ans.

— On dirait un jeune chien fou !

— Oui. C'est toujours là, à l'intérieur. Pour les chiens comme pour les gens, je suppose.

— Quoi ?

— L'enthousiasme. Voir la magie dans les choses, éprouver de la joie…

Elle leva la tête vers Jack, qui regardait toujours le chien, à présent affairé à creuser dans la neige.

— Quand on est adulte, on oublie, ou alors on se dit qu'on doit se comporter en personne raisonnable. C'est l'un des avantages d'avoir Lily avec moi, elle m'oblige à me souvenir : je vois avec ses yeux et ressens de nouveau la magie.

Comme il restait muet, elle lui posa une main sur le bras.

— Je suis désolée que Ben et toi ayez eu une enfance si difficile. Ce n'est vraiment pas de chance.

— Hum…

Il sortit une main de sa poche et prit la sienne.

— Nous avons eu quand même de bons moments. Si tu nous avais vus jouer *Satisfaction* à la guitare !

Même à travers ses gants de laine, elle sentait sa chaleur. Ses doutes s'évaporèrent, et elle rit à son tour.

C'était merveilleux de pouvoir retrouver des souvenirs heureux sous d'épaisses couches de chagrin. Le soleil brillait au-dessus d'eux, Harry revenait, un grand bâton entre les mâchoires, et il y avait cette intimité nouvelle avec Jack…

À présent, les deux ifs courbés qui formaient une arche au-dessus de la vieille grille de fer étaient en vue.

Jack dut comprendre soudain où ils allaient, parce qu'il lui lâcha la main.

— Oh ! mon Dieu !

Pas question de s'arrêter ni de lui laisser le temps de décider de rebrousser chemin. Il avait le choix entre la suivre ou l'attendre dehors.

Elle poussa le portail, avec peine à cause de la neige qui s'amoncelait derrière, et pénétra dans le cimetière.

La plupart des pierres tombales étaient cachées en partie par la neige, et certaines, remontant au XVe siècle, étaient si usées qu'on ne pouvait plus lire les inscriptions. Mais elle savait exactement où elle allait : vers la dernière demeure de Ben et Sarah, tout au fond de cette paisible retraite, à côté des énormes chênes qui les abritaient du reste du monde.

Dans l'allée, la neige vierge d'empreintes — excepté celles de pattes d'oiseaux — indiquait que personne n'était encore venu aujourd'hui.

La plupart des gens préféraient sans doute porter un toast aux parents et amis qui ne pourraient plus fêter Noël avec eux, et rares étaient ceux qui avaient eu la malchance de perdre un être cher ce jour-là. Jack et elle faisaient partie de ce groupe très restreint…

Son cœur se gonfla d'orgueil et de joie lorsqu'elle entendit un crissement de pas derrière elle.

Il avait résolu de l'accompagner ! Il fallait qu'il soit courageux pour affronter ce démon qu'il avait fui jusqu'alors — se rendre sur la tombe de son frère jumeau. C'était un réconfort d'avoir quelqu'un avec qui partager cet anniversaire. Ce lien entre Jack et elle ne se briserait jamais.

Elle s'accroupit pour essuyer la neige de la pierre tombale, dont l'inscription était un modèle de sobriété :

Ici reposent Ben et Sarah REYNOLDS
Parents chéris de Lily
Ensemble pour toujours

Sans se relever, elle ouvrit le sac et en sortit un bouquet de gui artificiel aux boules blanches en plastique, une photo de Lily dans un cœur argenté et un biscuit en forme d'étoile.

Tout en plaçant ces objets sur la dalle, elle leva la tête vers Jack, aussi immobile que les anges de marbre qui parsemaient le cimetière.

Elle lui adressa un sourire d'excuse pour ce choix inattendu.

— Sarah adorait les biscuits de maman. Même quand nous étions à la fac de médecine. Si tu l'avais vue se précipiter pour ouvrir le colis qu'elle nous envoyait !

— Il me semble qu'elle en a même parlé au mariage… Il y en avait dans la pièce montée, c'est ça ?

— Oui, c'était la base. Des petits biscuits en forme de cœur.

Elle se plaqua les doigts sur les lèvres pour réprimer un sanglot, toucha les noms sur la pierre comme pour leur transmettre un baiser, puis elle se redressa car elle commençait à avoir des crampes dans les jambes.

L'été, elle s'était souvent assise sur la pelouse pour parler à Sarah, mais quand il pleuvait ou qu'il faisait froid, elle prenait place sur le banc disposé sous les chênes. Et c'était ce qu'elle allait faire. La neige n'était pas très épaisse sur les planches de bois, elle l'ôterait. Ce serait un peu humide, mais quelle importance ?

C'était étrange, aujourd'hui, d'avoir un autre compagnon qu'Harry. Comment parler à Sarah devant témoin ? Mais quand Jack vint s'asseoir à côté d'elle et lui saisit la main, elle sut que cela ne la gênait pas. Elle n'était pas obligée de communiquer avec des mots. Des pensées et des sentiments pouvaient suffire.

Ils restèrent un moment silencieux, et ce fut Jack qui parla le premier.

— Le biscuit et la photo de Lily, d'accord. Mais pourquoi le gui artificiel ? Juste parce que c'est Noël ?

— C'était une plaisanterie entre Sarah et moi : tu sais que nous partagions un appartement, et depuis sa rencontre avec Ben, ils étaient devenus inséparables. Dès que j'entrais dans une pièce, ils étaient là, en train de s'embrasser. Alors un jour, pour rire, j'ai dit : « Bon sang, ce n'est pas Noël, il n'y a même pas un bouquet de gui ! »

Elle s'éclaircit la gorge.

— Et alors, Sarah… C'était tout à fait d'elle… Je ne sais pas comment elle a déniché ça au beau milieu de l'été, mais elle a acheté cet horrible bouquet en plastique et l'a accroché au lustre du salon. Comme ça, pour eux, c'était toujours le moment de s'embrasser…

La voix d'Emma s'étrangla, et elle sentit une pression sur sa main.

— Ils étaient très heureux, n'est-ce pas ?

— Je n'ai jamais vu des gens aussi amoureux. Le jour de leur mariage était si spécial…

— C'est vrai.

Jack croisa son regard, et elle sut qu'il pensait la même chose que lui. Que ce jour-là avait été spécial parce que deux êtres qui s'aimaient acceptaient de s'unir pour la vie, mais aussi parce qu'eux-mêmes, Jack et elle, s'étaient embrassés pour la première fois. Jusque-là, à l'hôpital, elle le tenait à une distance prudente à cause de sa réputation et des recommandations de son amie.

— Tu penses qu'ils étaient au courant, pour nous ? Tu l'avais dit à Sarah ?

Décidément, ils étaient sur la même longueur d'onde.

— Bien sûr que non ! Elle aurait été horrifiée.

— Hum. Ben aussi, je suppose. Il m'avait prévenu tout de suite que la meilleure amie de sa fiancée n'était pas pour moi et que j'aurais de gros ennuis si jamais j'essayais de la séduire.

Elle vit les traits de Jack se crisper. Il lui lâcha la main et la ferma en un poing serré, qu'il fixa en même temps qu'elle.

— J'étais vraiment si détestable ?

Elle sourit.

— Au contraire, tu étais beaucoup trop charmant ! Sarah se doutait que je risquais de tomber amoureuse de toi, et elle craignait que tu ne me brises le cœur comme à la moitié des femmes de l'hôpital.

Elle souhaitait qu'il la regarde, qu'il voie son sourire. Qu'il sache qu'elle avait compris ce à quoi elle s'exposait et qu'elle ne lui en voulait pas.

L'haleine de Jack produisait une buée qui s'effilochait dans l'air froid, et il fixait toujours son poing fermé sans répondre.

Et s'il lui rétorquait que Sarah avait eu raison de la prévenir ? Lui avouerait-elle qu'elle était amoureuse de lui dès le départ et qu'elle l'était toujours ?

Quand il leva la tête, ses yeux étaient aussi sombres que s'il avait vu un fantôme.

— J'ai horreur de faire souffrir les gens, tu sais.

— Bien sûr, Jack.

— Et même si je prétendais le contraire, j'étais jaloux du bonheur que Ben avait trouvé.

Il secoua la tête, et une boucle brune tomba sur son front, assez longue pour dissimuler son œil. Elle se retint de tendre la main pour l'arranger, mais lui ne parut pas s'en apercevoir.

— En fait, je ne faisais pas semblant. J'étais certain que je ne voulais pas de cette vie-là.

Elle sentit un frisson lui parcourir l'échine. À cause du froid glacial, mais aussi parce qu'elle redoutait ce qu'elle allait entendre.

— Tu veux dire te marier, avoir des enfants ?

— Oui, ainsi que le sentiment qui va avec tout ça.

Elle déglutit.

— L'amour, murmura-t-elle.

— J'ai appris pas mal de choses durant l'année qui vient de s'écouler. Bien entendu, à cause des trucs incroyables que j'ai vus, mais j'ai aussi eu du temps pour méditer dans le désert.

Il ouvrit enfin le poing et entrelaça ses doigts aux siens.

— J'ai compris que je m'étais menti à moi-même pendant la plus grande partie de ma vie. Que, au fond de moi, je désirais le même bonheur que mon frère, mais qu'il m'était interdit…

Elle sentit soudain un énorme poids peser sur sa poitrine.

— Pourquoi, Jack ?

— Je ne peux pas dépasser le mur.

— Quel mur ?

— Celui que j'ai bâti autour de moi après la mort de maman et quand on nous a séparés, Ben et moi. J'avais besoin de m'isoler derrière pour ne pas voir ce qui était mauvais.

— Mais ensuite, vous avez été réunis ! Vous avez fait la fac de médecine ensemble et avez travaillé dans le même hôpital. Vous aviez l'air de si bien vous entendre !

— Hum. Et là, il est mort…

Elle perçut de la rage dans sa voix, ou peut-être du désespoir.

— Alors, j'ai dû renforcer mon mur.

Elle avait les larmes aux yeux.

— Je ne comprends pas, Jack ! Si tu t'enfermes, tu ne vois pas la laideur, mais tu te prives aussi de ce qui est beau et bon, et qui fait que la vie vaut la peine d'être vécue. Tu sais ce qui se trouve de l'autre côté du mur, n'est-ce pas ?

La voix de Jack se fit rauque.

— Oh oui ! Le genre d'amour qu'on reçoit quand on est petit, que notre mère est encore vivante et qu'elle nous prend dans ses bras quand on a mal pour nous rassurer. Ou celui qu'on éprouve pour un frère jumeau, qui garantit en principe qu'on ne risque pas de se retrouver totalement seul.

Elle sentit son cœur se briser.

— Il te reste l'amour de Lily, Jack, murmura-t-elle. Et le mien.

Voilà, elle l'avait dit.

— Il existe aussi un fossé, émit Jack.

Elle retint son souffle.

— Pardon ?

— Juste de l'autre côté du mur, avant de parvenir à un endroit qui soit agréable, il y a un fossé sans fond, celui dans lequel on tombe quand on perd cet amour. On n'en remonte jamais.

— Et le mur sert à t'empêcher de tomber dedans ?

Il se borna à lui jeter un regard triste.

— Oh ! Jack !

Elle l'attira à elle et le serra fort.

Son cœur saignait pour le petit orphelin malheureux d'autrefois et pour l'homme qui, après avoir perdu son jumeau, était incapable de faire assez confiance à la vie pour aimer à nouveau. Et pour Lily et elle, également, qui se trouvaient à l'extérieur de ce satané mur. Au-delà du fossé dans lequel Jack ne voulait pas risquer de tomber.

Devait-elle accepter dès à présent que son rêve ne se réalise jamais ?

Non, pas encore ! Elle avait attendu si longtemps,

déjà. Maintenant que Jack était avec elle et qu'elle le tenait dans ses bras, impossible de renoncer !

En revanche, il était temps de rentrer s'asseoir autour de la table vénérable de la cuisine. Le repas de Noël devait les attendre. Comme s'ils étaient une vraie famille.

Elle lâcha Jack et chercha du regard Harry, qui se roulait dans la neige à quelques mètres d'eux.

— Allons, viens, Harry, on rentre !

Jack ne les suivit pas tout de suite, et elle attendit au portail qu'il la rejoigne.

Il se tenait devant la tombe, immobile, tête basse. Comme s'il échangeait tranquillement quelques mots avec Ben.

Pour Jack, le retour fut un véritable marathon.

Il ne s'était encore jamais senti aussi harassé. Son mal de crâne était devenu presque intolérable. Il boitait de la jambe gauche, et ses côtes le martyrisaient à chaque inspiration de cet air glacé. Cependant, il savait que son épuisement était surtout mental.

Sentir aussi fort la présence de Ben au moment de quitter le cimetière l'avait anéanti. C'était un endroit qu'il avait toujours tenté d'éviter. Il n'avait même jamais songé à y retourner après l'enterrement. Il avait tout fait pour ne plus repenser à ce moment atroce — ce qui n'avait pas été trop difficile, car il était tellement choqué ce jour-là que sa mémoire était brouillée.

Il avait dû rassembler tout son courage pour franchir cette grille. Il n'y serait jamais parvenu seul si Emma ne l'y avait aidé en ravivant ce souvenir joyeux de leur adolescence, de Ben et lui en train de jouer un morceau des Stones à la guitare. Il avait encore envie d'en sourire. Et cette histoire de bouquet de gui en plastique…

Jamais l'idée ne l'avait effleuré quand il trouvait Sarah et Ben en train de s'embrasser dans l'appartement qu'il partageait avec son frère.

« Trouvez-vous donc une chambre », leur disait-il en riant, heureux que celui-ci ait trouvé la femme de ses rêves.

« Ben et Sarah Reynolds, ensemble pour toujours. »

C'est en lisant ces mots qu'une pensée l'avait frappé : il était revenu au dernier endroit où il s'était trouvé en présence de son frère, et il avait eu l'impression de percevoir encore son aura. Des mots lui étaient venus, d'un coin si bien caché de lui-même qu'il ne l'aurait pas trouvé même s'il l'avait voulu.

Tu me manques, Ben. Tu ne peux pas imaginer à quel point.

Tout son corps lui faisait mal à présent, mais ç'avait été moins terrible qu'il ne l'imaginait. De plus, il s'était soudain senti plus léger, moins oppressé. Peut-être le fait de formuler ces mots l'avait-il apaisé ? Sans doute aurait-il dû venir plus tôt…

Avoir confié à Emma sa grande peur et son incapacité à aimer l'avait également soulagé. Quand elle l'avait serré dans ses bras, il avait su qu'elle comprenait, qu'elle l'aimait de façon inconditionnelle, sans rien attendre en retour. Il pouvait donc rester lui-même, bien à l'abri derrière son mur. Cependant, de l'autre côté, il y avait Lily et Emma…

L'attendaient-elles ?

Peut-être, il n'en était pas certain. Les avait-il placées avec Ben dans cet espace inatteignable de lui-même ?

Le remords le submergea soudain.

Je te demande pardon, frérot. J'aurais dû être là pour Lily. Elle te ressemble, et à moi aussi. Sauf que c'est une fille, une merveilleuse petite fille. Tu aurais été si fier d'elle. Et moi, je suis fier pour toi...

Les fragments de souvenirs, le maelström d'émotions qui les accompagnait, rendaient sa marche encore plus pénible. Ses pensées se faisaient de moins en moins cohérentes, la confusion régnait dans son esprit. La tête lui tournait, et chaque fois qu'il posait un pied devant l'autre, il avait la sensation de tomber...

Il sentit qu'Emma l'attrapait par la taille.

Pour l'aider à se tenir debout ?

— On est presque arrivés, Jack. Il faut que tu t'assoies un moment. C'était trop pénible, et trop tôt. Navrée de t'avoir entraîné avec moi.

Il ferma les paupières et les serra très fort pour tenter de chasser son vertige.

— Au contraire, tu as bien fait, et je te remercie.

En ouvrant les yeux, il vit qu'elle lui souriait. Un instant, il eut de nouveaux les idées claires et cessa de souffrir. Son cœur était gonflé à exploser.

— Tu es ce qui m'est arrivé de mieux dans ma vie, Red. Tu es la meilleure, tu sais.

Il avait envie de l'embrasser et, à l'évidence, c'était réciproque, puisqu'elle était déjà sur la pointe des pieds.

Ce fut un baiser empli de tendresse, comme celui du matin sous le sapin. Mais il ressemblait aussi à celui d'hier dans son bureau, où, à sa grande surprise, il l'avait désirée comme au premier jour : un violent frisson monta de son ventre à son cerveau.

Il poussa un grognement.

Ce n'était pas ce qu'il voulait. Il n'avait pas la force de se maîtriser, voilà tout.

— Viens te mettre au chaud, dit-elle en le prenant par la main. Un bon repas et du repos, et tu ne te reconnaîtras plus.

Il n'avait pas du tout l'impression de se connaître en ce moment. Il se sentait perdu plus que jamais.

La chaleur qui régnait à l'intérieur lui parut insupportable après le froid du dehors. Il se débarrassa de la parka et du pull en jersey, mais il avait encore trop chaud quand tout le monde prit place à table.

Le repas de Noël semblait parfait : sur la table, où Muriel découpait des tranches de dinde à l'aspect succulent, fumait un plat de choux de Bruxelles agrémentés de pancetta, et un autre de pommes de terre sautées croustillantes et de panais. Une saucière contenait la sauce au pain, et un bol la sauce aux canneberges.

Mais malgré ce repas appétissant, il luttait contre la nausée et sentait des gouttes de sueur sourdre de son front.

Lily, dans sa chaise haute, frappait sa cuiller contre le plateau en riant. Le bruit se faisait de plus en plus fort, jusqu'à devenir insupportable. Il crut que son crâne allait exploser. Muriel lui demandait quelque chose. Il la voyait remuer la bouche et entendait le son qui en sortait, mais il n'avait aucune idée de ce qu'elle disait. Quant à Emma, elle le fixait d'un air terrifié.

Il fallait qu'il lui assure que tout allait bien. Parce qu'il l'aimait.

Lorsqu'il se pencha pour lui prendre la main, il ne parvint pas à se redresser.

11

— Oh ! mon Dieu ! Jack !

Malgré une réaction rapide, Emma ne réussit pas à stopper la chute de Jack.

Le mieux qu'elle put faire, ce fut de le retenir un peu pour l'empêcher de se cogner le crâne contre les dalles du sol.

Lily poussa un hurlement de peur, un cri qu'on ne lui avait jamais entendu proférer.

Ou peut-être que si. Dans un petit coin de son esprit, Emma se souvint d'un an plus tôt, le soir où, devenue orpheline, la petite réclamait en vain les bras de sa maman…

— Qu'est-ce qu'il lui arrive ?

Le ton angoissé de sa mère la surprit, car c'était une femme qui s'effrayait rarement. D'ailleurs, elle était déjà accroupie à côté de Jack pour lui glisser une serviette de table pliée sous la tête.

— Je ne sais pas exactement.

Après avoir posé la tête de Jack sur l'oreiller improvisé, Emma lui releva les paupières, et un souvenir faillit la déconcentrer : celui du récit de Jack, du moment où Lily lui avait ouvert les paupières pour le réveiller.

Sa pupille droite était inerte, et l'autre, fixe et dilatée, n'eut aucune réaction à la lumière. Cette fois, il ne se réveillerait pas si facilement.

Elle inspira à fond.

— Je pense qu'il souffre d'un hématome intracrânien qui appuie sur le cerveau.

— Oh ! mon Dieu ! s'exclama sa mère en se levant. Veux-tu que je fasse venir une ambulance ?

Emma secoua la tête.

— Ce serait trop long. Passe-moi mon portable, je vais appeler un hélico. Si nous ne l'amenons pas à l'hôpital d'urgence…

Il risquait d'y rester.

Mais elle ne le dit pas. D'ailleurs, elle ne supportait même pas de le penser. Elle ne se laisserait pas abattre, elle ferait le maximum pour le sauver.

Elle lutta contre l'envie de hurler comme Lily.

— Tout ira bien, Jack. Je m'occupe de toi.

Sa mère se précipitait en lui tendant le téléphone, elle s'efforça de maîtriser sa voix.

— Homme de trente-six ans, victime d'un accident de moto hier. Il paraissait souffrir de concussion, mais ni trauma crânien ni fracture ne sont apparus à la radio. Il vient de perdre connaissance et présente des symptômes de pression intracrânienne. Je soupçonne une hémorragie épidurale ou sous-durale. Score de Glasgow à 3, bradycardie, pulsations à 56.

Elle leva la tête et constata que sa mère avait pris Lily dans ses bras pour la calmer. Celle-ci avait enfoui la tête dans le cou de sa grand-mère et cessé de pleurer.

— Oui, Church Street, à Achadunan. Il y a un terrain de sport au bout de la rue, nous y envoyons du monde pour guider les secouristes. Dépêchez-vous, je vous en prie…

Sa mère enveloppa Lily dans son blouson rose et se rua dehors pour prévenir les voisins et rassembler assez de gens pour s'assurer qu'aucun enfant ne se trouve sur le terrain et signaler à l'appareil l'endroit où il devait atterrir.

Emma resta seule avec Jack.

Le temps sembla s'arrêter. Tout ce qu'elle pouvait faire, c'était le surveiller et guetter une détérioration de son rythme cardiaque ou de sa respiration.

Elle avait été folle de l'amener ici… Elle ne disposait ni d'oxygène, ni de fluides, ni de matériel d'intubation, et les neurochirurgiens étaient loin.

Oh ! pourquoi, si elle avait des doutes, n'avait-elle pas réclamé un scanner hier soir en même temps que les radios ?

Bien que Jack se soit plaint d'un mal de crâne persistant, il n'avait aucune fracture apparente, et elle s'était dit que, après le temps où il était resté en observation, il ne pouvait rien avoir de grave… Pourtant, sur le chemin du cimetière, elle s'était aperçue qu'il souffrait plus qu'il ne l'avouait. Il ne s'était pas plaint, mais son mal de tête devait être atroce.

Elle rejeta en arrière ses boucles noires et revérifia la réaction pupillaire, puis elle observa sa poitrine qui se soulevait. Ne respirait-il pas plus vite ? Montrait-il des signes de détresse respiratoire ? Son rythme cardiaque ralentissait-il ?

Harry, couché à côté d'elle, la truffe sur son genou, suivait ses moindres mouvements, l'air inquiet.

Elle en eut les larmes aux yeux.

Ce n'était pas possible ! Ils devraient tous être en train de déguster le repas de Noël, avec le chien caché sous la table, attendant comme d'habitude qu'une miette de la délicieuse dinde ou un bout de pomme de terre rôtie tombe de la chaise de Lily. La fillette rirait aux éclats, et bientôt un autre morceau atterrirait sur les dalles comme par inadvertance…

Il lui sembla entendre les échos de ce rire.

En tout cas, il y avait un bruit réel, car son chien avait levé la tête et pointé les oreilles.

— Du calme, Harry. C'est l'hélicoptère qui vient chercher Jack.

Le bruit enfla, et elle se figura l'appareil de secours en train de planer au-dessus du terrain de sport puis de descendre pour se poser en soulevant un nuage de neige.

— Ils sont là, Jack ! Tiens le coup, tu vas t'en tirer. Tout ira bien. Il le faut…

Bien qu'elle ne tienne pas à ce que l'équipe la trouve assise en train de pleurer, pour l'instant rien ne pouvait endiguer le flot de ses larmes.

— Je ne peux pas te perdre, murmura-t-elle, et Lily non plus. Nous avons besoin de toi.

Elle approcha sa figure du visage inexpressif de l'homme inanimé.

— Je sais que tu ne m'entends pas, et de toute façon tu ne me croirais pas, mais tu as besoin de nous, aussi. Nous t'aimons…

Sa mère entra en trombe, suivie des secouristes.

Ces sauveteurs du ciel étaient entraînés à traiter ce genre de trauma, et l'équipe incluait un médecin. L'expérience était nouvelle pour Emma, car elle se trouvait cette fois de l'autre côté de la barrière, celui d'un proche inquiet, à la différence qu'elle pouvait suivre chacune de leurs actions. Cependant, ses collègues lui paraissant dignes de confiance, autant ne pas intervenir…

— Tension, 10,5/ 7.

— Posons une perfusion de fluides, en surveillant la tension. Il ne faut pas qu'elle monte au-dessus de 12. La pression intracrânienne ne doit pas augmenter non plus. Ajoutez du mannitol !

Le médecin la regarda.

— Combien d'heures depuis l'accident initial ?

— Une quinzaine. Vu le délai, ce serait plutôt sous-dural, non ?

— Il se pourrait que ce soit une hémorragie veineuse et non artérielle. Bien. Nous allons intuber et l'emmener. Attention à l'oxygène…

Malgré elle, elle les observait. Allaient-ils penser à soulever la tête de Jack à trente degrés, et à s'assurer que sa tête et son cou soient bien alignés avant de le transférer sur le brancard ?

— Quelqu'un nous accompagne ? Nous avons une place.

— Je viens ! s'écria-t-elle. Maman, tu te débrouilles avec Lily ?

Tout allait si vite qu'elle n'avait pas eu le temps de regarder sa mère, qui se tenait à l'autre bout de la table, Lily dans les bras. Quant à Harry, que tout ce mouvement devait effrayer, il s'était réfugié dans son panier.

— Bien sûr, ma chérie. Vas-y.

Lorsqu'elle retourna la tête, le brancard était déjà sur le seuil, tous les moniteurs portables branchés.

Elle le suivit, et en jetant un regard en arrière, aperçut le repas de Noël intact sur la table.

— Navrée, maman…

— Va, ma fille. Et appelle-moi dès que tu sais quelque chose.

Emma appela chez elle environ une demi-heure après.

— Ils l'opèrent, maman.

— Qu'en dit le neurochirurgien ?

— Qu'il est jeune et en bonne santé et qu'il a des chances de s'en tirer. Il était stable à notre arrivée aux urgences.

— A-t-il repris conscience ?

— Non.

Elle chassa le sentiment d'impuissance et de peur qui l'avait envahie tandis qu'elle regardait en spectatrice une autre équipe s'occuper de Jack.

— Ma chérie… Je suis désolée. Mais il est en de bonnes mains, je suis sûre qu'ils feront le maximum.

— Je sais. Comment va Lily ?

— Bien. Elle joue avec l'ours que Jack lui a offert. Et Harry ne la quitte pas des yeux, comme s'il sentait qu'elle court un danger…

Emma ne répondit pas.

Lily était en danger, oui. De voir disparaître son oncle, l'un des liens les plus forts qu'il lui restait, après avoir perdu son père et sa mère. Elle-même ne se sentait pas en sécurité dans cette salle d'attente. La présence d'Harry, sa tête sur ses genoux et ses yeux bruns brûlant d'adoration, l'aurait réconfortée.

— Je te laisse, maman. Je te rappelle dès que j'ai du nouveau.

Le jour de Noël touchait à sa fin quand elle rappela sa mère.

— Jack est aux soins intensifs. Je suis sortie pour te téléphoner, mais je suis à son chevet depuis un moment. Apparemment, l'intervention s'est bien passée. Il respire sans assistance, et ses constantes sont bonnes. Mais…

— Mais ?

— Il ne montre aucun signe qu'il est réveillé.

— Il faut du temps, ma chérie.

— Je sais.

— Lily dort avec l'ours de Jack dans les bras.

Le cœur d'Emma était si serré qu'elle ne put rien répondre.

— Tu as mangé quelque chose ?

— Je n'avais pas faim. Et toi ?

— Non plus.

Elle crut entendre un rire étouffé.

— À mon avis, nous aurons encore des sandwichs à la dinde pour le premier de l'an !

— Je regrette, maman. Pour un jour de Noël, ce n'était pas très réussi, n'est-ce pas ?

Il y eut un silence lourd de sens. Sa mère devait repenser elle aussi au Noël dernier, et peut-être se demander si l'histoire se répétait. Puis l'atmosphère s'allégea, comme si elles s'efforçaient toutes les deux de retrouver l'esprit de Noël, d'évoquer les côtés positifs : leur joie du retour de Jack, et celle d'avoir chez elles une petite fille adorable et pleine de vie.

— Je peux venir lui rendre visite demain ? Les routes seront dégagées, et j'amènerai Lily.

— Excellente idée, maman.

Peut-être le son de la voix de sa nièce réveillerait-il Jack de son sommeil prolongé ?

Le besoin de retourner près de lui était si fort qu'elle le sentait dans toutes les fibres de son corps, ainsi que l'envie irrépressible de le toucher, de lui faire savoir qu'elle était à ses côtés…

— J'y retourne, maman, j'aimerais être auprès de lui quand il se réveillera.

— Bien sûr, ma chérie. À demain. Je t'aime.

— Moi aussi, maman. Au fait…

— Oui ?

— Apporte-moi un sandwich à la dinde, tu veux bien ?

La nuit s'écoula seconde après seconde au rythme des bips des moniteurs disposés autour du lit de Jack.

Assise à son chevet, assez près pour lui tenir la main, Emma n'avait même pas sommeil. Elle désirait seulement qu'il se réveille et qu'il soit en bonne santé.

Entre les visites des médecins et des infirmières, elle lui parlait d'une voix calme pour lui exposer ce qu'il s'était passé, ce qu'il se passait en ce moment, ce que les écrans révélaient de l'amélioration de son état. Elle le rassurait en lui répétant sans cesse que tout irait bien, qu'il allait s'en tirer.

Juste avant l'aube, alors que l'épuisement menaçait de la submerger, son moral chuta un peu.

— C'est ma faute, murmura-t-elle. J'aurais dû faire plus attention, j'aurais dû remarquer que tu n'étais pas bien, ne pas t'entraîner dans cette marche. Mais je souhaitais que tu…

Elle soupira et ne termina pas sa phrase.

Elle avait senti son espoir s'amenuiser quand il lui avait décrit ce mur dont il s'était entouré. De toute façon, c'était raté…

Ou peut-être pas ? Elle ne devait pas baisser les bras.

Elle reprit sa main avec précaution et la plaqua contre son cœur.

— Jack, je pense que tu te trompes. Tu t'imagines que ce mur qui te protège du mal t'empêche aussi d'aimer, n'est-ce pas ? Eh bien, à mon avis, ce n'est pas vrai. Quand je t'ai montré la photo de Lily, j'ai vu ton expression, et j'ai perçu le ton de ta voix quand tu as déclaré que c'était bien une Reynolds. Tu as senti ce lien familial, n'est-ce pas ? Malgré toi, tu l'aimes déjà, parce que c'est ta nièce.

Elle déglutit.

— Et je pense que, moi aussi, tu m'aimes. Parce que tu as dit que j'étais la meilleure chose qu'il te soit arrivée, ce qui n'est déjà pas mal. Et je le vois aussi dans tes yeux quand tu me regardes, et je le sens quand tu m'embrasses…

Les bips des moniteurs semblèrent s'emballer.

Inquiète, elle reposa la main de Jack sur le lit et scruta les écrans.

Très vite, tout revint à la normale.

Les coudes appuyés sur le bord du lit, elle se prit la tête dans les mains.

C'était trop bouleversant, elle ne pouvait plus retenir ses larmes.

— Ce n'est pas le fait d'aimer qui te détruit, murmura-t-elle encore. Au contraire, c'est sans doute ce qui te sauve. Quand tu es au fond du trou, quelqu'un peut te tendre la main pour t'aider à remonter. C'est ainsi qu'on en sort, Jack. Chaque fois. Moi, c'est Stuart qui m'a tendu la main, et…

Sa voix s'étrangla. Elle était incapable de toute pensée cohérente. Ses yeux se fermèrent, et elle ne les rouvrit même pas en entendant le rythme des moniteurs se modifier à nouveau.

S'il y avait un problème, des alarmes sonneraient, d'autres soignants se précipiteraient pour y remédier. Elle se sentait impuissante, de toute façon. Elle avait fait tout son possible, et peut-être n'était-ce pas suffisant…

Le contact sur sa peau fut si doux qu'elle le remarqua à peine. Mais comme il insistait, elle ôta ses mains de devant son visage et essuya ses larmes.

C'était Jack qui lui touchait le bras.

Elle observa son visage : ses yeux étaient toujours fermés, mais ses lèvres remuaient.

— J'ai besoin…

— De quoi, Jack ?

Sa gorge était si nouée qu'elle étouffait. Elle lui donnerait tout ce qu'il voudrait. Elle l'aimait de toute son âme !

— Je…

À l'évidence, chaque mot exigeait de lui un immense effort. Mais les coins de ses lèvres se relevaient… Il essayait de sourire !

— Je voudrais… tenir ta main.

Épilogue

Emma, qui épluchait des pommes de terre sur le plan de travail, fit une pause pour regarder dehors.

— Maman, il y a combien d'années que nous n'avons pas eu un Noël blanc ?

— Cinq ans, je crois.

Même si sa mère n'avait pas levé la tête du pot de sauce à la mie de pain qu'elle remuait, elle savait, au ton de sa voix, qu'elle souriait.

— Tu me fais marcher ! Je sais que tu t'en souviens aussi bien que moi.

— Hum.

Naturellement. Et c'était devenu un souvenir heureux en dépit des moments tristes, de la mort de Sarah et Ben encore si proche, sans parler de l'affolement général quand Jack s'était effondré sur la table et qu'elle avait eu si peur de le perdre. Pourtant, c'était surtout la joie qu'elle se rappelait quand elle se remémorait ce Noël.

Par exemple lorsqu'elle avait trouvé Lily endormie au creux du bras de Jack, ou lorsque celui-ci l'avait embrassée sous le sapin… Et ils avaient aussi partagé des souvenirs heureux des deux êtres qu'ils chérissaient.

Ce qu'elle voyait par la fenêtre en ce moment ajoutait encore à sa joie. Elle sentait son cœur se gonfler d'allégresse, et savait qu'elle finirait par éclater de rire.

Elle en oublia les pommes de terre.

— Maman, je t'avertis que quatre paires de pattes trempées vont passer la porte incessamment.

Les deux golden retrievers, Bert et Ernie, bondissaient dans la neige et se couraient après autour du vieux chêne auquel était toujours accrochée la balançoire de son enfance.

Lorsque Harry s'était éteint paisiblement, deux ans plus tôt, Jack et elle étaient allés chercher un autre chien, et sa mère, qui les avait accompagnés pour les conseiller, était tombée amoureuse d'un autre chiot de la même portée, prétextant que la maison était trop vide sans Harry.

— Il y a des chiffons sous le porche. Ce sont plutôt les quatre paires de bottes en caoutchouc qui m'inquiètent.

Emma s'essuya les mains.

— Je m'en occupe. As-tu une carotte ?

— Je t'ai donné mes dernières hier pour le renne. Pourquoi ?

— Je vois que le bonhomme de neige est presque terminé, il lui faut un nez.

— Prends un panais…

Elle choisit le plus gros de ceux qui attendaient d'être épluchés.

— Tiens. Mais je virerai tout le monde de la cuisine, je te préviens ! Si je ne mets pas ces légumes au four avec la dinde, nous les mangerons demain matin au petit déjeuner !

Emma rit.

— Tu dis toujours la même chose, maman. Tu n'en as pas assez qu'on s'invite tous chez toi pour Noël ? L'année prochaine, nous pourrions le fêter chez nous, si tu veux.

Chez eux…

Elle soupira d'aise en pensant à la grande maison de pierre de Dumbarton, aux chambres hautes de plafond et au vaste jardin que Jack et elle habitaient depuis près de quatre ans. À mi-chemin entre Achadunan et l'Eastern Infirmary, pour ne pas être trop loin ni de leur lieu de travail, ni de sa mère qui venait garder les enfants.

Mais celle-ci secoua la tête.

— Noël, c'est ici que ça se passe. Tu sais très bien pourquoi. En plus, je suis ravie qu'il y ait du mouvement.

Elle regarda le ventre d'Emma, et son sourire se fit tendre.

— S'il te plaît, ne nous fais pas ce bébé aujourd'hui, d'accord ?

— Pas de risque ! On ne va plus à l'hôpital le jour de Noël, dans la famille. C'est la règle.

Elle sourit en se dirigeant vers la porte, le panais à la main.

Ce n'était pas vraiment une règle, plutôt une promesse parmi celles qu'ils s'étaient faites, Jack et elle, durant les heures où il se rétablissait de ses blessures et de son opération. Ils s'étaient aussi promis d'être toujours là pour tenir la main de l'autre, et ils se l'étaient répété lors de leurs vœux de mariage. Personne n'avait compris le véritable sens de ces mots, échangés en se regardant dans les yeux : cela signifiait que quelle que soit la profondeur du trou dans lequel tombait l'un, l'autre tendrait la main pour le secourir. Que, en ayant le courage d'aimer, ils pourraient survivre à n'importe quelle tragédie.

Les yeux embués, elle sortit sous le soleil et dans le bruit.

Les chiens aboyaient à qui mieux mieux, et les enfants hurlaient de rire sous le regard amusé de Jack.

Elle les observa un instant.

Lily, à présent six ans et demi, superbe avec ses grands yeux marron et ses tresses noires. Son heureux caractère en faisait la grande sœur idéale pour les jumeaux, Andrew et Jamie, quatre ans dans quelques mois.

Une bonne surprise du destin, ces deux-là ! Qui laissaient à leurs parents l'opportunité de leur offrir la vie choyée dont leur père et leur oncle avaient été privés.

Pourtant, ils étaient loin de ressembler à Jack et à Ben. Ici, c'était les gènes Matthews qui avaient affirmé leur prédominance, car ces deux garçonnets pleins de joie de vivre arboraient des chevelures de flamme et une peau parsemée de taches de son. En même temps, on ne pouvait nier qu'ils étaient aussi des Reynolds : il suffisait de regarder leurs grands yeux bruns pour en être convaincu.

Avant qu'ils ne s'aperçoivent tous de sa présence, elle leur envoya un message silencieux : *La vie est belle, n'est-ce pas ? Je vous aime tant…*

— Mama !

Deux petits corps se pressèrent contre elle, et quatre bras lui entourèrent les jambes.

— Des bisous ! criaient-ils en chœur. Des bisous de Noïel !

Comme il lui était difficile de se baisser, elle leur envoya des baisers.

— On a fait un bonhomme de neige !

Elle observa la boule surmontée d'une plus petite qui penchait dangereusement, et dont les pierres figurant les yeux étaient placées à différents niveaux.

— Génial ! Où sont vos bonnets ?

— C'est moi qui les ai, répondit Lily. Ils ne veulent pas les garder !

Cette année, elle portait un chandail de Noël décoré d'un ange. Les jumeaux entreprirent de défaire leur parka pour montrer le leur.

— Regarde, le même bonhomme de neige que le nôtre !

— C'est vrai, acquiesça leur père avec un clin d'œil à Emma.

— Je vous ai apporté une carotte pour le nez, dit Emma en leur tendant le panais.

— Non, elle n'est pas orange ! s'écria Andrew.

— Si le bonhomme de neige a un rhume, son nez peut changer de couleur, tenta Emma. Qui veut le lui mettre ?

— Moi ! crièrent les jumeaux en chœur.

— Moi, dit Lily. Je suis la plus grande, et vous avez déjà fait les yeux.

Jamie regarda sa sœur d'un air de défi.

— Toi, tu accroches déjà les anges en haut du sapin !

— Parce que ce sont les miens : mon papa et ma maman anges.

— Moi, je veux les mêmes, émit Andrew.

Lily prit le panais de la main d'Emma.

— Vous, vous avez un vrai papa et une vraie maman.

— Toi aussi, Lily, intervint Muriel qui les rejoignait. Et tes frères ont un oncle et une tante anges.

— Et une mamie ! s'écrièrent Jamie et Andrew en se précipitant sur elle.

Elle sourit et les embrassa tous les deux.

— Un bisou chacun.

— De Noïel ! crièrent-ils à l'unisson.

— Venez, dit sa mère en prenant les deux garçons par la main. Maintenant que tout est au four, je vais vous lire une histoire pendant que papa et maman emmènent Lily quelque part. Jack, prenez les chiens, ça plairait à Sarah, et voici le biscuit pour elle, j'y ai pensé.

— Prête, Lily ? demanda Jack.

— Oui.

Le gros ventre d'Emma ralentissait sa marche. Lily était loin devant, flanquée des deux chiens, quand ils atteignirent l'entrée du cimetière.

— Je me demande si je vais passer par ce portail, soupira Emma.

— Ne dis pas de bêtises, gronda Jack en serrant sa main.

Il l'attira à lui pour l'embrasser.

— Je t'aime, murmura-t-il contre sa bouche. Même, ou plutôt *surtout* quand tu ne passes plus les portes !

— Moi aussi, Jack, je t'aime. Et j'adore les bisous de Noïel.

Leur second baiser, très tendre, était le symbole du lien indestructible qui les unissait. Le bébé bougea dans son ventre alors que Jack la serrait dans ses bras, et ils échangèrent un regard émerveillé.

— Maman, papa, vous venez ?

— Oui, ma chérie.

Jack prit la main d'Emma pour la guider dans l'allée recouverte de neige, dont les pierres pouvaient être traîtresses.

Sur la dalle, le gui artificiel était toujours là. La photo de Lily, qui venait maintenant en personne, avait disparu. On l'avait remplacée par une carte spéciale que sa fille avait dessinée à l'école, plastifiée pour que la pluie ne l'efface pas. Et si le biscuit était toujours en forme d'étoile, les jumeaux aidaient désormais leur grand-mère à les décorer : celui d'aujourd'hui arborait un large sourire.

Et cette année, il semblait y avoir une autre nouveauté : Jack ouvrait sa parka avec une expression étrange.

Emma arbora la même expression que le biscuit.

— Qu'est-ce qui t'amuse ?

— Rien, je te trouve très séduisant en chandail de Noël. Surtout avec ce vert, et un plum-pudding surmonté d'un rameau de houx.

— Tu vois, j'adore Noël, maintenant ! Grâce à toi, ma chérie. C'est pourquoi j'ai voulu te faire ce cadeau, en mémoire de notre première visite ici.

Il fouilla la poche intérieure de son anorak, et Lily regarda avec des yeux ronds le petit cercle noir qu'il en sortit.

— Qu'est-ce que c'est ?

— Un disque. Un disque de vinyle, comme autrefois. Celui-ci est petit, c'est un single.

— C'est quoi, un « single » ?

— Il n'y a qu'une chanson gravée sur chaque face. Mais c'est la face A qui compte.

— Un cantique de Noël ? demanda Lily, l'air perplexe.

— Non, dit Emma, la gorge serrée par l'émotion. Une chanson des Rolling Stones, un groupe très célèbre.

— Et le titre est *Satisfaction*, ajouta Jack.

— Drôle de nom, pour une chanson. Qu'est-ce que ça veut dire, « satisfaction » ?

— C'est quand quelque chose te rend si heureuse que tu n'as plus besoin de rien d'autre, expliqua Emma.

Tout en parlant à sa fille, elle croisa le regard de Jack, qui se retenait visiblement d'apporter sa contribution à l'explication. Et son cœur se serra tandis qu'elle se figurait deux adolescents identiques en train de jouer cet air à la guitare un lointain jour de Noël.

— J'ai tant de satisfaction, dit-elle d'une voix douce. Grâce à toi, mon amour. Je n'aurai jamais besoin de rien d'autre.

Le regard de Jack brillait un peu trop. Puis elle ne le vit plus, parce qu'elle était de nouveau dans ses bras.

— La même chose pour moi, lui murmura-t-il à l'oreille avant de l'entraîner sur le chemin de la maison.

ANNIE O'NEIL

La magie de l'hiver

Traduction française de
CÉCILE LOMBARD

HARLEQUIN

Titre original :
THE NIGHTSHIFT BEFORE CHRISTMAS

Ce roman a déjà été publié en 2017.

1

— Bien, votre attention, s'il vous plaît ! dit Katie McGann, chef du service des urgences de l'hôpital de Copper Canyon.

Un peu anxieuse, elle survola du regard la poignée de collègues qui l'assisteraient en cette veille de Noël. Le médecin que l'agence d'intérim devait lui envoyer pour la période des fêtes n'était pas arrivé…

— Vous savez que c'est le début de la saison des fous ?

Les réactions fusèrent.

— Je pensais que c'était à Halloween ?

— Ou les nuits de pleine lune ?

— À la première chute de neige ?

— Hé, docteur ! Où est-il, votre remplaçant ? Bloqué par une congère ?

— Si c'est ça son problème, il ne fera pas long feu à Copper Canyon. Il lui faut des pneus à clous !

— Pff ! Un peu de bon sens suffit ! Moi, je suis les chasse-neige !

L'écho des rires envahit tout le service. L'équipe était certes de pointe, mais réduite à sa plus simple expression, alors que c'était la pire période de l'année : la ville était pleine de touristes, et la station de ski leur fournirait immanquablement quelques cas urgents trop sérieux pour être pris en charge par la petite clinique qui y était installée.

Katie soupira. L'Idaho n'était pas la Nouvelle-Angleterre, cela la changeait du Boston General, mais elle ne s'en plaignait pas. L'hôpital, de moyenne importance, disposait de tout le matériel nécessaire, mais sa taille modeste permettait à tout le monde de se connaître. Et s'ils avaient besoin d'un coup de main, ils pouvaient toujours faire appel à l'un des urgentistes de la clinique de la station. Katie ne se sentait pas encore totalement chez elle, mais cela viendrait.

— Merci de porter vos tenues rouges ou vertes, au fait. Ça vous donne l'air… festif.

Elle s'efforça de sourire à ses collègues, visiblement investis de l'esprit de Noël. Ce n'était pas leur faute si elle rêvait d'arracher toutes les décorations, bonshommes de neige et flocons brillants…

— Vous connaissez quelqu'un qui n'aime pas Noël, docteur ? demanda une infirmière couverte de paillettes.

Moi…, songea Katie.

— Bon, on se concentre ! Juste à temps pour le déjeuner, j'ai notre premier mystère radiologique de Noël !

Sous les applaudissements et les vivats, elle passa devant le groupe d'un air théâtral pour plaquer le cliché sur le tableau lumineux.

— Des idées ?

— Pourquoi aurait-on envie de se coller un truc comme ça dans le… Surtout à Noël !

— Déjà, ce n'est pas un thermomètre à dinde. On a eu ça l'année dernière, qui avait perforé l'intestin.

— Oh ! Docteur McGann, c'est trop facile !

Elle fit face au prétentieux.

— Alors c'est quoi, à votre avis ?

— Une pelle à gâteau !

— Pas mal essayé, mais c'est une fausse piste.

Elle tourna le dos à son public pour pointer du doigt le corps étranger qui se dessinait sur la radio. Il n'était pas si difficile à identifier, pourtant…

— Étoile à six branches, de celles qu'on place en haut du sapin, fit une voix derrière elle. Grand-mère Jam-Jam en avait une, c'était la préférée de ma femme.

Katie se raidit. Ses collègues étaient sans doute intrigués, mais elle-même n'avait nul besoin de se retourner pour savoir qui était grand-mère Jam-Jam, ni à quoi ressemblait le sapin chez elle : elle l'avait souvent aidée à le décorer.

Des émotions variées, presque douloureuses, déferlèrent en elle, et elle tenta en vain de maîtriser les battements accélérés de son cœur : cette voix, dont le timbre suffisait à la transformer en une adolescente timide, une fiancée rougissante, c'était celle du Dr Joshua West, son… ex-mari.

Du moins, s'il acceptait enfin de signer ces sacrés papiers !

Elle perçut le bruit de pas qui s'approchaient, et ferma un instant les yeux.

Oui, c'était bien son odeur, si particulière : il sentait… le soleil. Même au milieu de l'hiver le plus rigoureux, il apportait les chaudes journées d'été et la vie au grand air. Il suffisait à Katie d'en inspirer une bouffée pour sentir renaître en elle son côté chat sauvage. À l'intense excitation qu'elle éprouvait, l'animal était resté pas mal de temps en hibernation.

Un frisson la parcourut. Était-ce de la peur ?

Elle humecta ses lèvres sèches. Comment pouvait-il lui faire encore cet effet ? Deux ans de séparation, n'était-ce pas assez pour la rendre insensible à sa présence ?

— Content de te voir, ma Katie.

« Ma Katie » ! Sans même regarder par-dessus son épaule, elle fit un pas en arrière et claqua des mains.

— Bien, il faudrait aller s'occuper des patients, à présent !

Ce qui allait suivre pouvait se passer de témoins…

Le groupe se dispersa, seuls deux internes restèrent un instant devant la radio, à s'émerveiller de la résilience du corps humain. Quant à elle, elle luttait contre son instinct : chaque fois qu'elle posait les yeux sur Josh, elle éprouvait une bouffée de bien-être. Elle fixait toujours le cliché, mais si elle tournait la tête, elle serait à deux doigts de la perfection.

Elle déglutit. Quelle idée ! Personne n'était parfait. La vie avait une façon cruelle de le faire comprendre.

— Tu comptes te retourner un jour, Katie ?

Droit au but. Il n'avait décidément pas saisi qu'elle n'était plus vraiment sa femme, qu'elle faisait tout pour obtenir le divorce et avait besoin d'indépendance.

— Et si tu me disais ce que tu fais ici ? demanda-t-elle en pivotant sur ses talons.

Comme prévu, le choc lui coupa le souffle. Il y avait longtemps qu'elle n'avait pas été seule en présence de ces yeux bleus… Vraiment longtemps.

Elle secoua la tête dans l'espoir de contenir ses larmes, et prit une attitude nonchalante. Elle en était capable, bon sang, elle était une McGann ! Calme, pragmatique, raisonnable. Du moins, c'était ce qu'elle se disait chaque fois que ses parents partaient à un cocktail au lieu de rester avec elle, leur fille unique. L'opposé de la famille West, des irresponsables, sans aucune règle, qui ne faisaient que ce qui leur chantait !

Elle se mordit la lèvre et tenta de ne pas se laisser impressionner par le Josh qui se tenait devant elle : d'épais cheveux blond sable, un peu décoiffés sur le dessus et bouclés autour des oreilles. Pas de cravate, bien entendu.

Elle déglutit à nouveau et, pour éviter à tout prix le V de peau qui devait être visible dans l'encolure, fixa le sommet de son crâne : pas de chapeau non plus. Pourquoi se protéger, pourquoi appliquer les conseils qu'on donnait à ses patients ? Quelques flocons fondaient sur ses boucles. Elle sentit ses doigts frémir. Combien de fois avait-elle arrangé une mèche folle derrière son oreille, et cédé à l'envie de couvrir son cou de baisers ?

Non ! Mille fois non ! Pas Josh West. Plus jamais.

— Comment, l'agence ne t'a pas prévenue ?

À son ton faussement innocent, il savait pertinemment que non. Et à l'étincelle dans ses yeux, il se régalait de la voir furieuse. Typique. Il était très fort pour l'embrouiller.

Mais cette fois, elle ne se laisserait pas faire.

— Prévenue de quoi ?

— Ne grince pas des dents, ma chérie, ça te donne mal à la tête.

— La migraine, tu veux dire.

— Alors, tu as de la chance que je sois là. Ce truc-là peut te mettre complètement à plat.

Il lui fit l'un de ces clins d'œil au ralenti qui éveillaient à l'époque ses instincts les plus animaux.

Une image de Josh nu se penchant sur elle, la pénétrant… l'aveugla un instant. Ses bras musclés, sa peau hâlée, ses yeux bleus virant au gris et ses lèvres ébauchant ce sourire particulier — celui qui la faisait faiblir… Ce n'était pas le moment.

Elle ferma les paupières, les plissant très fort. Quand elle les rouvrit, ce sourire qui pouvait éclairer la pièce entière jouait pour de bon sur le visage de Josh.

— Josh, je n'ai pas de temps pour ce petit jeu. Le remplaçant ne s'est même pas donné la peine de venir, et comme tu le vois… je suis occupée. Je travaille, précisa-t-elle comme si elle s'adressait à un demeuré.

Sorti premier de sa promotion à la fac de médecine, il devait avoir une idée de ce qu'elle faisait, en blouse blanche au milieu d'un service d'urgence. Elle réprima les jurons qui lui montaient aux lèvres. Ma parole ! Mais il souriait !

— À quoi on joue, Josh ? À se torturer ? Notre dernier Noël ensemble n'a pas été assez atroce, pour toi ?

Il se rembrunit aussitôt. Elle avait dépassé les bornes. Inutile d'être cruelle. Ils avaient tous les deux eu leur lot d'un chagrin qui ne les lâcherait que lorsque leurs cœurs auraient cessé de battre. Impossible de pardonner, il fallait survivre. C'était pour cette raison que Josh devait disparaître, et tout de suite.

— Navré, Kitty-Kat. Tu ne peux pas te débarrasser de moi, je suis ton remplaçant.

Pour justifier son retard, Josh aurait pu expliquer que son 4x4, pourtant équipé de pneus spéciaux, avait dérapé sur une plaque de verglas, mais l'expression horrifiée de Katie l'arrêta. Elle avait déjà suffisamment d'informations à digérer.

— Oh ! non ! Je regrette, Josh, mais c'est impossible. Nous ne pouvons pas…

Sa voix qui s'étranglait lui serra le cœur ; il réprima son impulsion de la prendre dans ses bras. C'était là qu'était sa place quand elle souffrait, mais elle ne le souhaitait à l'évidence pas.

Et pourtant, elle était si proche qu'il sentait son parfum… La serrer contre lui ne servirait à rien, naturellement, mais il avait la réputation de ne pas reculer devant l'impossible. Comment aurait-il gagné le cœur de Katie McGann, sinon ? Comment une reine des glaces de Boston aurait-elle pu tomber amoureuse d'un type né dans un ranch du Tennessee, qui avait accepté tous les petits boulots possibles pour se payer la fac de médecine ? En posant sur elle ses mains qui tremblaient pour la première fois, il avait compris l'expression « âme sœur ».

— Docteur McGann ?

S'efforçant de ne pas broncher, il se tourna vers l'infirmière en même temps que Katie.

Ainsi, elle avait repris son nom de jeune fille… Un clou de plus dans le cercueil du grand projet qui l'animait, ou une lubie pour tenter de nier qu'ils étaient faits l'un pour l'autre ? Qu'en dépit de l'horreur de ce qui leur était arrivé, ils pouvaient survivre, et encore mieux ensemble ?

— Oui, Jorja ? répondit Katie.

L'infirmière lui tendit un dossier.

— Une hémorragie artérielle à l'index. Le patient dit que ça saigne depuis un moment. Shannon est avec lui.

— D'accord. Depuis combien de temps, exactement ? demanda-t-elle en se dirigeant vers le comptoir de la réception, les yeux fixés sur le dossier.

Josh en profita pour admirer ses longues jambes, qu'il n'avait pas vues depuis deux ans. Ce n'était pas faute d'avoir essayé, mais elle aimait visiblement jouer à cache-cache, et lui avait eu ses propres dragons à terrasser. Finalement, un éclair de génie l'avait amené à Copper Canyon, le seul endroit qu'il n'avait pas encore fouillé.

Il enfonça les mains dans les poches de son vieux blouson de snowboard, serrant et desserrant les doigts. La revoir après tout ce temps était un sacré choc. Elle avait changé. Mûri. Elle était toujours aussi belle, mais un peu… sèche. Était-ce la véritable Katie qui réapparaissait après les années passées avec lui, ou un masque de plus pour dissimuler ses déceptions et ses chagrins ?

Elle n'avait plus l'allure bon chic bon genre de la Nouvelle-Angleterre. Depuis quand sa Katie portait-elle des bottes de motarde montantes, des collants à carreaux noirs et violets, des pulls à col roulé aussi sombres ? Était-ce la mode de l'Idaho ? Pratique et chaud pour l'hiver, bien entendu, mais si loin des tenues pastel qu'elle affectionnait à Boston ! Pourtant, c'était sexy, il devait bien l'admettre.

La jalousie lui donna un coup au plexus. Impossible qu'elle… Cette éventualité ne l'avait même pas effleuré. Elle n'avait pas pu rencontrer quelqu'un d'autre ! Pas sa Katie.

Il explora du regard ses mollets bien galbés, puis remonta vers sa taille fine, hélas cachée sous la blouse blanche. Il observa ses mains en retenant son souffle ; le moment où elle avait arraché ses bagues pour les poser sur le comptoir de la cuisine était gravé dans son esprit. Le mot « Assez ! » avait résonné à ses oreilles pendant des semaines, voire des mois…

Il eut un soupir de soulagement en voyant ses doigts nus. Sans être une preuve absolue qu'elle n'avait pas d'autre homme dans sa vie, c'était un indice. Il se passa une main dans les cheveux, regrettant de ne pas être allé chez le coiffeur. Depuis deux ans, il ne se préoccupait plus de sa propre apparence. Une seule femme existait pour lui : celle qu'il avait devant les yeux, et qui faisait de son mieux pour l'ignorer.

Il scruta son expression pendant qu'elle lisait le document en écoutant l'infirmière : attentive, concentrée. Elle devait chercher la meilleure solution pour le patient et pour l'hôpital, en donnant la priorité au patient. Pour elle, la politique de l'administration passait ensuite. Il y en avait toujours une. C'était la raison pour laquelle le séjour qu'il avait effectué au Boston General n'avait pas été concluant. Une blessure d'amour-propre qu'il espérait oublier en acceptant le poste qu'on lui offrait à Paris.

Mais il n'irait nulle part avant de savoir si Katie

avait vraiment tourné la page. Il avait sept jours pour le découvrir. Au dernier coup de minuit du jour de l'an, il lui tendrait soit un billet d'avion, soit les papiers du divorce signés. Il inspira une bouffée vivifiante de son parfum, aussi suave qu'une grange pleine de foin à peine rentré.

Bien. Autant commencer tout de suite.

2

— Puis-je vous être utile, docteur McGann ? demanda Josh, qui s'approchait du comptoir de la réception en se débarrassant de son blouson.

Du coin de l'œil, Katie surprit le regard admiratif de Jorja. Josh faisait cet effet à toutes les femmes, aussi Katie avait-elle été stupéfaite qu'il la remarque à la fac. Sa timidité passait bien souvent pour de la froideur, mais il l'avait percée à jour et avait su toucher son cœur.

Son accent du Sud était devenu presque imperceptible. Encore une chose qu'il modifiait à volonté en fonction de ses interlocuteurs…

Elle lui jeta un regard circonspect, puis lui fit un signe d'assentiment. À son ébauche de sourire, elle comprit que, pour lui, l'essentiel était de pouvoir rester.

Elle n'avait guère le choix : il sortait de nulle part la veille de Noël pour remplacer le médecin qui lui manquait. Elle le congédierait plus tard, mais, pour l'instant, des patients attendaient.

— J'ai ici un jeune homme de vingt-cinq ans, entaille de l'index jusqu'à l'os.

— Il découpait la dinde ?

— Du jambon. Trop facile pour toi.

Elle pressa le dossier contre son cœur, une façon d'indiquer qu'elle se le réservait. Puis elle détailla son ex. C'était un champion en traumatologie, et toujours un apollon. Elle détourna le regard.

— Occupe-toi de celui-ci.

Elle enleva le cliché de l'écran lumineux et le lui tendit avec une grimace.

— Laisse tes affaires dans mon bureau. Les vestiaires sont au bout du couloir, et ce patient attend depuis trop longtemps.

D'un mouvement de tête, Katie désigna un box vitré proche, et Josh en profita pour l'examiner de nouveau : sa nouvelle coupe, hyper courte, très chic, lui seyait à merveille. Ce n'était plus la jeune femme timide de vingt-six ans qu'il épiait à la bibliothèque universitaire en feignant de dévorer des précis d'anatomie…

Il s'éclaircit la gorge. Inutile de s'appesantir sur ce genre de souvenirs.

— Tenue verte ou rouge, au choix, fit-elle en désignant une porte à côté de son bureau.

— Ah ? Tu m'as toujours dit que le bleu m'allait bien.

— Verte ou rouge ! Les patients adorent ça. Je te rappelle que c'est Noël.

Elle lui tendit une simple feuille et se tourna vers l'infirmière.

— Jorja, voici le Dr West, notre remplaçant pour les prochains jours. Arrangez-vous pour qu'il soit bien accueilli. Son code de sécurité expirera le 1er janvier.

— Au soir ? demanda l'infirmière, manifestement pleine d'espoir.

— À l'aube.

Puis Katie se détourna pour héler son patient.

Avec un sourire furtif, Josh fit signe à l'infirmière qu'il allait déposer son sac à dos avant de commencer. Elle lui répondit par un sourire éloquent et jeta un regard malicieux en direction de Katie.

— Ne faites pas attention, dit-elle en chuchotant. Elle est grognon parce que c'est Noël, c'est tout. Si elle voit que vous faites bien votre boulot, elle est très cool.

Il hocha la tête.

— Reçu cinq sur cinq, répondit-il, tout sourire. Cool, calme et concentrée.

— Vous effectuez deux services de suite, je vois.

— Vous voyez bien. Qui d'autre qu'un remplaçant accepterait de se taper le matin de Noël ?

Jorja rit.

— Il y a des biscuits dans la salle du personnel, en bas, si vous avez besoin d'un petit coup de fouet sucré. La cantine est fermée, et notre fournisseur a oublié de remplir les distributeurs, à minuit on va se battre pour le dernier paquet de chips !

— J'en suis ! J'adore la bagarre. Surtout si les chips sont croustillantes.

— Je vous garantis que vous passerez une super nuit… Du moins avec la majorité de l'équipe.

Elle jeta un regard furtif vers la porte pour vérifier que Katie n'était pas en vue.

— Vous ne vous connaissez pas, tous les deux, n'est-ce pas ? demanda-t-elle d'un air perplexe.

— Nous nous sommes rencontrés.

Il n'en dirait pas plus, Katie donnerait des détails si elle le souhaitait. Mais il en doutait, elle était très secrète.

Jorja eut un petit rire nerveux et rougit.

— Navrée ! Le Dr McGann est vraiment très chic. Nous l'adorons, le service tourne mieux quand elle est de garde.

Il se contenta de sourire. Il était convaincu que sa Katie était la meilleure.

Il fit un signe de remerciement en étudiant l'infirmière : un peu jeune pour avoir tant de responsabilités, peut-être. Vingt ans et des poussières… Mais enthousiaste et sympathique.

Quand il avait connu Katie, il avait perdu la tête, et aussitôt désiré qu'elle soit un jour sa femme. Cela lui avait pris du temps, mais il avait atteint son but. Ils étaient restés mariés cinq ans, deux mois et quatorze jours. Il soupira. Impossible de parler de bonheur. Pas avec ce que le sort leur avait réservé.

Il songea aux papiers du divorce pliés dans la poche de son sac. Katie n'avait qu'un moyen de le convaincre de les signer : prouver, sans l'ombre d'un doute, qu'elle s'était totalement détachée de lui. Jusque-là, rien n'indiquait que c'était le cas. Il fit un signe de victoire avec son poing.

La manière dont elle avait crispé les épaules quand elle avait entendu sa voix dans son dos l'avait renseigné tout de suite. Elle pouvait changer de nom, de coiffure et de style, il savait au fond de son âme que le temps n'avait pas modifié les sentiments qu'elle éprouvait pour lui. Même si les choses s'étaient mal passées… On ne hait pas quand on n'aime pas. Et quand leurs regards s'étaient croisés, pour la première fois depuis deux ans, il avait surpris des étincelles dans ses yeux bruns.

Réfugiée dans la réserve, Katie s'enfouit la tête dans une pile de couvertures et hurla en silence, mais de toutes ses forces. Un cri de détresse aussi douloureux que muet.

À quoi bon se leurrer ? Revoir Josh faisait resurgir tout ce dont elle se croyait débarrassée. C'était forcément une illusion, puisque les larmes avaient jailli dès qu'elle s'était enfin trouvée seule. Autant se rendre à l'évidence, aucun jour ne s'écoulerait sans que la perte de leur bébé ne menace de l'anéantir.

Que croyait-il ? Qu'il pouvait, comme avant, déambuler dans son service avec ce doux sourire nonchalant ? Les regards des infirmières ne lui avaient pas échappé, ni les petits rires de gorge de Jorja. C'était l'« effet Josh », comme elle l'avait baptisé : il suscitait les sourires, la joie, le flirt. Elle-même était tombée sous le charme. Complètement. Si elle avait su quelle profondeur de chagrin elle atteindrait, elle se serait abstenue.

Elle essuya ses larmes et se laissa choir sur le carrelage, se massant le visage pour tenter d'apaiser les émotions qui l'assaillaient : amour, souffrance, désir, chagrin… tout cela à la fois. Mais son patient l'attendait ; il fallait qu'elle se ressaisisse, malgré l'intensité du choc qu'elle venait de subir.

— Bon sang ! De tous les services d'urgence au monde, il a fallu qu'il choisisse celui-ci !

Avait-elle vraiment parlé à voix haute ? Encore une excentricité à ajouter à sa liste. Elle aurait dû garder le contact avec certaines de ses amies de Boston, pour bavarder un peu au téléphone…

— On dirait le début d'un excellent film.

Les jambes de Josh traversèrent son champ de vision.

— Plutôt la fin.

— Pour moi, c'est le commencement d'une belle amitié.

Inutile de jouer à cela avec lui, c'était perdu d'avance.

— D'accord.

Elle poussa un soupir exaspéré. Ne pouvait-elle pas être seule une minute ? Elle aurait dû monter sur le toit, où personne ne mettait les pieds l'hiver, pour admirer les illuminations de la grand-rue. Elle se passa les mains sur les joues, en vain. Elles étaient toujours aussi brûlantes.

— J'ai l'impression d'être pistée.

— Tu exagères ! Je suis venu me chercher une tenue de travail. J'ignorais que tu étais là !

Elle se retint de piquer une colère. Cela ne ferait que jeter de l'huile sur le feu, et elle n'aurait pas le dessus.

De plus, il était hors de question de laisser entendre à Josh qu'il comptait encore pour elle, elle ne lui ferait pas ce plaisir. Il avait déjà suffisamment confiance en lui. Qui était devenu accro à l'adrénaline après la mort de leur bébé, traitant par le mépris les dangers auxquels il s'exposait ? C'était toujours elle qui ramassait les morceaux, pansait les blessures, mettait de la glace sur les yeux au beurre noir, réalignait le nez cassé… En feignant de s'en amuser autant que lui, alors qu'elle n'avait qu'une envie : se terrer dans un coin pour pleurer.

N'avait-il pas compris qu'elle avait besoin de sécurité ? Que la perte de leur fille l'avait traumatisée ? Que si un jour elle était assez courageuse pour aller de l'avant — sans parler de concevoir un autre enfant —, il devrait cesser ce jeu guerrier contre la mort ?

Résistant à grand-peine à l'envie de se blottir dans ses bras, elle se releva.

— Quelle taille, ta tenue ?

Il saisit un oreiller et le passa sous sa chemise.

— Ça dépend, si tu veux que je fasse le Père Noël à minuit…

Sans lui accorder un regard, elle prit une grande taille sur une étagère. Elle n'avait pas besoin d'un Père Noël, mais mieux valait qu'il dissimule sa silhouette sous d'amples vêtements.

À leur première rencontre… Selon lui, elle avait eu lieu par hasard à la bibliothèque, mais Katie était convaincue qu'il avait tout arrangé. Le jour de la rentrée, elle l'avait remarqué dans la foule d'internes, tous sanglés dans une tenue moulante. Lorsque lui l'avait vue, ses yeux s'étaient éclairés comme si elle était Mona Lisa en personne… Ce moment était gravé à jamais dans sa mémoire.

— Verte ! Super ! Content que tu te souviennes que le rouge ne me va pas au teint.

Elle fit la moue. Elle refusait de jouer.

— Ou alors, que le vert change la couleur de mes yeux ?

En prenant la tenue, il emprisonna sa main dans la sienne, et ce simple contact réveilla chez elle des sensations qu'elle croyait domptées…

Elle croisa son regard devenu couleur de tempête. Il avait raison. Mais ses yeux redeviendraient bleus, et plus tard, ils n'auraient plus que la couleur d'une aventure à oublier. Pourtant, autrefois, elle adorait les scruter et décrire ce kaléidoscope de bleus et de gris toujours changeant… et malgré tout, toujours sincère.

L'ambiance se tendit, et Katie éprouva une sensation bizarre, comme une boule de feu au niveau du ventre. Elle retira sa main avec un bref sourire. Comment allait-elle tenir les huit prochains jours ? Il lui restait une once de pouvoir de décision, et elle allait s'en servir. Elle consulta sa montre.

— Vingt-quatre heures.

— Pardon ?

Ainsi, il n'aurait pas suivi le fil de sa pensée ? Forcément… Ils n'étaient plus sur la même longueur d'onde.

Elle s'éclaircit la voix.

— Je t'accorde vingt-quatre heures.

Il leva un sourcil et prit l'air intrigué.

— Ne joue pas les imbéciles, Josh. Tu m'as piégée, un point c'est tout. Vingt-quatre heures, c'est le délai minimum pour que l'agence m'envoie un nouveau remplaçant.

Vexé, il se redressa de toute sa hauteur. Elle ne pouvait pas… C'était un coup bas.

— Qu'est-ce qui te prend, Kitty-Kat ?

Elle secoua la tête sans le regarder en face.

— Je ne suis pas tenue d'informer l'agence de mes raisons. Tu peux même partir tout de suite, j'expliquerai que tu as eu un ennui familial.

Ainsi, elle ne voulait pas de sa présence, sans pour autant désirer ternir sa réputation. Il était bon médecin, et mauvais mari. Il la vit frémir sous son regard. Elle savait qu'il lisait en elle.

— Tu es ridicule, Katie. À Noël, il y a toujours

du travail ! Tu auras besoin de moi. Quel genre de type je serais, pour te laisser te débrouiller seule aux urgences la nuit de Noël ?

— C'est très chevaleresque de ta part, et il va me falloir un médecin, en effet. Mais un autre que toi.

Elle fixa de nouveau le cadran de sa montre, pour ne pas voir son visage. Les propos blessants n'étaient pas son genre, mais il l'y avait poussée, et elle avait un service à diriger.

— Navrée, je vais retrouver mon patient, maintenant.

Il mima le geste d'enfiler des gants avec un sourire gourmand.

— Moi aussi, je suis impatient d'examiner le mien !

Il savait faire contre mauvaise fortune bon cœur, elle devait bien le reconnaître. Lui assigner un toucher rectal en guise de cadeau de bienvenue… Mais, pour elle, découvrir que l'agence d'intérim lui avait envoyé son ex-mari en guise de remplaçant n'était pas non plus un cadeau de Noël. Bon sang, il y avait deux ans qu'elle lui avait envoyé les papiers du divorce !

— Euh… Katie, si tu me laissais passer, que je puisse aider ce pauvre homme à remettre son étoile sur le sapin ?

— Bien sûr ! Je… Euh…

Elle s'effaça, et il se retourna sur le seuil avec ce sourire qui lui pénétrait l'âme.

— Tu sais, je suis heureux de te voir, Kitty-Kat.

Elle se frotta les bras pour lutter contre la chair de poule.

— Moi aussi, murmura-t-elle une fois seule. Moi aussi.

— Bonsoir, M. Kingston ! Vous avez donc une artère sectionnée…

Devant le spectacle qui s'offrait à elle, Katie se reprocha d'avoir tant tardé : il y avait du sang partout. Ben Kingston avait baissé la main et ôté le garrot provisoire posé par l'infirmière. S'il n'avait pas été si pâle, elle l'aurait grondé, mais il semblait sur le point de…

Zut ! Elle se précipita juste à temps pour l'empêcher de tomber de la table d'examen.

— De l'aide, s'il vous plaît ! Mon patient s'est évanoui !

Elle pouvait à peine le maintenir, et sourit en entendant quelqu'un arriver à la rescousse. Encore une fois, zut ! C'était Josh !

Sans un mot, il l'aida à redresser le jeune homme, vérifia que les voies aériennes étaient libres, ouvrit le col de Ben et desserra sa ceinture de quelques crans tandis qu'elle s'efforçait d'éponger le flot de sang à l'aide d'un paquet entier de gaze stérile.

— Tu as des oreillers pour surélever les pieds ?

— Là-dedans, dit-elle en désignant le placard. Tu me passes un tourniquet, d'abord ? Autant essayer de stopper l'hémorragie pendant qu'il est inconscient.

— D'accord.

Ganté tel un chirurgien pour une opération, il scruta la pièce.

— Ah ! Ils sont dans le troisième tiroir, en bas. Mais… Attends une minute !

Ses yeux s'arrondirent. Elle fixait ses gants.

— Tu n'étais pas en train de…

Elle sentit monter la colère. C'était bien de lui ! Se

précipiter pour l'aider, sans aucun respect du protocole, ni de l'hygiène la plus élémentaire !

— J'avais terminé. Mon patient remplit les formulaires avec Jorja.

Devant ses lèvres pincées et ses sourcils froncés, il éclata de rire.

— Tu n'as tout de même pas cru… Katie West…

— McGann, je te prie.

— Bon, peu importe.

Mais son sourire disparut.

— Je mets toujours deux paires de gants lors d'un examen interne. Ceux-ci sont propres. Tu devrais me connaître mieux que ça.

Il était déçu, et elle eut honte de ses soupçons. C'était un excellent médecin, elle n'en avait jamais douté. Psychologue avec les patients, et bien plus doué qu'elle pour poser un diagnostic. Avec un sourire un peu contraint, il quitta la pièce.

Elle serra le garrot autour du doigt du blessé et prit le pouls. Ben Kingston était faible mais, une fois sa plaie suturée, un peu de repos lui suffirait pour se remettre. Pour l'injection de lidocaïne et epinéphrine, elle devait attendre qu'il revienne à lui.

— Nerveuse, toubib ? fit une grosse voix derrière elle, après quelques minutes.

— Ah, vous êtes de nouveau parmi nous !

Elle se tourna juste à temps pour empêcher Ben de s'asseoir.

— Restez allongé, d'accord ? J'ai l'impression que ce doigt saigne depuis bien plus d'une demi-heure, contrairement à ce qu'indique votre dossier, Ben.

Il la regarda d'un air contrarié.

— Je peux vous appeler Ben ? demanda-t-elle.

— Appelez-moi comme ça vous chante, du moment que vous me recousez et que vous me laissez sortir. C'est le soir de Noël, j'ai du pain sur la planche.

— Vous avez quelqu'un pour vous raccompagner ? Je ne pense pas que vous soyez en état de conduire.

— Et moi, je ne pense pas que vous soyez autorisée à me donner des ordres !

Le ton montait… Katie recula et se concentra sur les préparatifs de l'injection. En un jour pareil, les gens étaient surexcités, surtout si la fête avait été un peu trop arrosée.

Ce qui semblait le cas pour Ben… Une tierce personne ne serait peut-être pas de trop pendant qu'elle suturait l'entaille.

Elle soupira, tira le rideau et sortit la tête du box.

— Puis-je avoir de l'aide ?

Et elle rentra aussitôt, sans regarder qui allait venir. Josh ou pas, elle devait garder son sang-froid et se concentrer.

— Tout va bien, docteur McGann ?

En reconnaissant la voix de Jorja, elle se surprit à en être déçue. Elle n'espérait pourtant pas que ce soit Josh… Sa gorge se serra. Ou peut-être que si ? Elle se força à sourire.

— Oui, merci. Rien de grave, mais je vais avoir besoin d'une assistante, maintenant que M. Kingston a repris connaissance.

Josh s'efforça de se focaliser sur la voix de l'interne qui le mettait au courant des pratiques du service, mais il n'entendait que celle de Katie, et celle de Jorja en écho. Le patient avait à l'évidence eu la main lourde avec l'alcool, la prudence conseillait de se méfier de ses réactions.

Josh se tourna vers l'interne.

— Pardon, comment vous appelez-vous, déjà ?

— Michael.

— Bien. Michael, quelle est la procédure à appliquer ici face à un patient manifestement ivre ?

— Oh ! en général, Katie prévient la police. Pourquoi ?

— Simple curiosité.

Il donna une tape amicale sur l'épaule du jeune médecin, pour lui signifier la fin de leur conversation.

— Et merci pour les tuyaux !

Il tendit une oreille inquiète vers le box au rideau fermé. Ben Kingston était jeune et costaud. Même si Katie était forte, elle ne pourrait pas se défendre si jamais il s'obstinait à vouloir reprendre sa voiture. Et pas question de le laisser conduire en état d'ivresse.

— Bien, Ben, vous êtes prêt ? Je vais vous injecter un produit avant de recoudre, entendit-il.

— Qu'est-ce que c'est que ce truc ?

— Un mélange de lidocaïne et d'epinéphrine.

— Ah, non ! Pas cette saloperie !

Le ton avait encore monté.

— Je n'ai pas envie que mon doigt pourrisse, j'ai vu sur Internet que c'était dangereux !

Josh poussa un soupir. L'autodiagnostic tournait à l'épidémie… parfois plus difficile à enrayer qu'une vraie.

— Si vous lisiez des sources fiables, vous vous rendriez compte que c'est un mythe.

Josh se rengorgea. Toujours pleine de bon sens, sa Katie !

— Vous me traitez de menteur, c'est ça ?

— Non, je dis juste que vous ne risquez en aucun cas la gangrène à cause d'une injection de…

— Hors de question, compris ?

Le patient avait hurlé, cette fois, et Josh n'y tint plus. Il poussa le rideau.

— Auriez-vous besoin d'un coup de main, mesdames ?

— Non merci, marmonna Katie.

— Volontiers ! s'écria Jorja.

Le patient se tourna vers lui d'un air furieux.

— Elles essaient de me filer la gangrène !

Josh, souriant, se balança sur ses talons et se frotta les mains.

— C'est vrai ? Passionnant. Je n'ai pas vu de cas intéressant de gangrène depuis des lustres.

Il adressa un sourire à Katie.

— Tu es en train de transformer M. Kingston en Père Noël à quatre doigts, c'est ça ?

Katie leva les yeux au ciel et Jorja grogna.

— Bon, j'admets que c'est une blague douteuse mais, Ben, mon jeune ami…

Il s'avança vers le patient et, lui prenant l'épaule, se pencha vers son oreille.

— Je connais ce médecin depuis des années ; quand elle veut stabiliser la membrane neurale en inhibant les flux ioniques nécessaires à l'instigation et à la conduite des impulsions nerveuses pour stopper le geyser de sang qui jaillit de votre index, elle sait ce qu'elle fait, compris ?

Visiblement sidéré par ce jargon, Ben hocha la tête.

— Parfait !

Josh se redressa en brandissant un trousseau de clés. Katie leva un sourcil interrogateur. Elle croyait probablement qu'il avait fait les poches du patient juste pour se payer une petite montée d'adrénaline. Mais elle avait tort. Il avait vu assez de types arriver en charpie aux urgences du Boston General pour avoir conduit sous l'emprise de l'alcool.

Il s'éclaircit la voix et s'écarta de Ben pour le regarder d'un air solennel.

— À mon avis, vous devez des excuses au Dr Wes… McGann. Et pendant que vous les lui présentez, je vais confier ces clés à la sécurité jusqu'à ce que quelqu'un vienne vous chercher.

Le jeune homme ouvrit la bouche pour protester, regarda le médecin et l'infirmière, puis Josh, marmonna quelque chose au sujet du tacot de sa mère qui était encore en panne, et enfin, sortit un téléphone portable de sa poche.

— Excellent ! fit Josh.

Il lança le trousseau en l'air, le rattrapa avec panache, et, adressant un clin d'œil à Jorja, sortit.

— Eh bien… On peut dire que ce type est une bouffée d'air frais ! dit-elle avant qu'il ne s'éloigne.

En réponse, Katie murmura quelques mots qu'il ne comprit pas, ce qui n'était sans doute pas plus mal.

Souriant, il attendit que la paix règne dans le box. Katie prit le ton de reproche qu'il connaissait, qu'elle employait autrefois avec lui.

— Bien, Ben, si vous pouviez me montrer ce doigt, nous le recoudrions en un rien de temps et vous seriez libre de rentrer chez vous. Jorja, passe-moi des pansements hémostatiques, s'il te plaît.

Il retourna au comptoir de la réception en sifflotant *Douce nuit*. Mission accomplie.

— Tu as l'intention de jouer longtemps les chevaliers blancs, Josh ?

Il aurait tellement voulu répondre qu'il mettait sa lance et son destrier à son service jusqu'à ce qu'elle reprenne ses esprits et revienne vivre avec lui. Ou même plus longtemps. Qu'il la protégerait jusqu'à ce que la mort les sépare, comme il en avait fait le serment. Et que, s'il l'avait rompu en partie, il était prêt à passer le restant de ses jours à réparer son erreur. Mais ce n'était ni l'heure, ni le lieu. Les questions privées attendraient.

— Chez moi, dans le Tennessee, c'est comme cela qu'on se conduit.

Il avait repris son plus bel accent traînant, auquel il la savait sensible.

Et il atteignit son but : elle eut beau croiser les bras d'un air nonchalant, elle haussa les sourcils un bref instant et rougit.

— Quand l'un de nous a besoin, on se serre les coudes.

Il s'en voulut de cette remarque injuste, il savait bien que Katie appréciait le travail d'équipe et la solidarité. Sauf, semblait-il, lorsque l'aide venait de lui.

Elle le dévisagea et il resta raide comme la justice. Il aurait voulu l'attirer à lui, mais il devait user de prudence. Les lois du divorce n'étaient pas les mêmes dans tous les États, et il ignorait celles de l'Idaho. Si

Katie était partie au Texas, par exemple, où il faut à peine une signature pour divorcer, il se serait manifesté plus tôt. À son avis, deux ans étaient amplement suffisants pour prendre du recul et savoir ce qu'ils étaient l'un pour l'autre. Il avait assez souffert pour assimiler la leçon, il voulait en finir avec les incertitudes.

— Où comptes-tu dormir ?

Il ne s'attendait pas à cette question…

— Ici, dit-il en pointant du doigt le carrelage.

— Le salaire de remplaçant ne te permet pas de louer un appartement ?

— J'ignorais combien de temps j'allais rester.

Elle ne mordit pas à l'hameçon.

— En principe, le contrat prévoit le logement.

— Pas à cette époque de l'année. Et pour si peu de temps, à quoi bon me lancer dans la bagarre ?

Il vit sa mâchoire se serrer : elle comprenait. Les gens du coin avaient la mainmise sur toutes les propriétés, et louaient aux plus célèbres, à ceux qui possédaient le plus gros compte en banque… Vue sur les montagnes, sur le coucher de soleil, le lever de soleil, accès privé aux pistes, piscine chauffée, dix hectares minimum… Tout était possible, à condition d'en avoir les moyens. À Copper Canyon, il y avait deux sortes de personnes : les nantis, et ceux qui travaillaient pour eux.

— Et toi, tu loges chez tes parents ? Si je me souviens bien, ils avaient un chalet assez luxueux par ici, où ils venaient rarement, non ?

Une question risquée, mais pourquoi aurait-elle choisi Copper Canyon, sinon ?

Elle traversa la pièce, effaça des noms de patients du tableau et en déplaça d'autres.

— Ils vivent plutôt à Boston ou dans les îles Caïman, n'est-ce pas ?

— Jorja ? Peux-tu vérifier si tout est à jour, par rapport à ce qui est indiqué ici ? Il y a eu pas mal de modifications.

— D'accord, docteur !

Josh s'adossa au mur, pieds croisés, mains dans les poches, heureux de laisser Katie prétendre qu'il n'était pas là.

— Et soyons un peu originaux dans la musique, Jorja. De jolis cantiques !

En souriant, il sifflota les premières mesures de *Rudolf, le renne au nez rouge.*

— Ils ne s'arrêtent jamais, non ? Tes parents ?

Seul le crissement de la craie sur le tableau lui répondit. Une conversation avec un mur de brique aurait été plus animée.

— Les infatigables McGann ! Je les ai toujours connus ainsi.

Katie se borna à pincer les lèvres. Bien entendu, elle n'aimait pas parler de ses parents, la source de tous les fardeaux qu'elle avait à porter. Qui avaient finalement découvert qu'ils n'étaient pas faits pour avoir des enfants, et avaient chargé des nourrices, puis diverses pensions, de faire le travail à leur place. Des gens charmants au demeurant, mais dont le manque d'intérêt pour elle minait Katie, il le savait.

Elle fit la moue.

— Je leur laisse le chalet cette semaine, justement. Ils sont venus skier quelques jours.

Il eut un rire sarcastique, et constata avec soulagement qu'elle se joignait à lui malgré elle.

— Au moins, dit-elle, ils pourront parader en tenue de ski, avant l'heure des cocktails !

Elle se rembrunit aussitôt. Sans doute s'était-elle juré de ne pas plaisanter avec lui…

— De toute façon, je passe toujours la nuit à l'hôpital à cette période, c'est plus prudent. Je ne veux pas risquer de rester coincée dans une tempête de neige.

Eh bien ! Il avait eu droit à deux phrases de rang ! Il feignit le détachement le plus total. Elle était longue à démarrer, mais une fois les vannes ouvertes…

— Alors, où vas-tu dormir, Josh ?

Raté…

— Franchement, Kitty-Kat, je te l'ai déjà dit, ici même.

Elle écarquilla les yeux un quart de seconde et fit une nouvelle moue. Avait-elle eu la même vision que lui ? Elle et lui enlacés au lit ?

Il se redressa. Difficile de jouer les décontractés. Que n'aurait-il pas donné pour avancer de deux pas et embrasser avec passion ces lèvres de rubis !

— Je vois.

Elle se tourna abruptement vers le comptoir, où Jorja recevait un nouveau patient.

— Bien, nous ferions mieux de nous remettre au travail.

Génial ! Elle n'avait pas refusé.

Il ébaucha un sourire : d'un certain point de vue, elle avait même dit oui. Elle acceptait qu'il passe la nuit à l'hôpital. Ensemble, donc.

Ce n'était pas gagné, mais il prendrait le risque.

Alors qu'elle se tournait vers le tableau, il s'écarta du mur et fit un pas derrière elle ; naturellement, elle crispa les épaules… puis les relâcha car il laissait assez d'espace entre eux pour lui faire savoir qu'il ne tenterait rien.

Il ferma les yeux et se remémora ses gestes d'autrefois : elle étudiait quelque chose, une radio, un dossier, peu importe. Il s'approchait dans son dos, passait les bras sur sa taille, les mains sur son ventre, et posait le menton sur son épaisse chevelure châtaine, ou le laissait glisser le long de sa joue pour l'embrasser dans la nuque…

Il l'entendit soupirer en même temps que lui. Ils en étaient bien à la même page, une page qui n'avait pas été ouverte depuis un long moment.

— Hé, vous deux, vous participez au « Père Noël secret », non ?

Ils se tournèrent dans un bel ensemble : Jorja leur tendait un bonnet rouge rempli de petits papiers pliés.

— J'adore ce genre de trucs ! dit Josh. Ça consiste en quoi, exactement ?

— Vous tirez quelqu'un au sort, à qui vous devez faire un cadeau. Mais évidemment, pas question de dévoiler son nom !

Il se tourna vers Katie.

— C'est bon, ça me plaît ! s'écria-t-il en prenant un papier. Enfin, si ma chef me le permet ?

— Évidemment ! Il faut bien que tu t'adaptes à nos mœurs de la campagne !

Trois ans plus tôt, cette simple idée l'aurait fait fuir jusqu'à Manhattan. Mais après avoir quitté Boston pour New York, Chicago, et enfin Miami, il n'était resté nulle part. Sans Katie, rien ne valait la peine.

— Mais je *suis* un campagnard ! Je tiens à mes racines, et rien ne me le rappelle autant que…

Il chercha les yeux de Katie, elle connaissait la suite de sa phrase, il en était certain.

— Autant que quoi, docteur West ? demanda Jorja.

« Autant que Katie », bien entendu, mais il ne le dirait pas.

— … Qu'avoir l'occasion de m'en créer. Par exemple, en participant au Père Noël secret !

Katie le regardait d'un air curieux. Parfait. Il voulait qu'elle perçoive ce qui avait changé en lui. Peut-être pas tout : les broches dans sa jambe, les cicatrices de sa hanche et de sa colonne vertébrale pouvaient attendre. À l'évidence, elle n'était pas prête à le déshabiller de sitôt, aussi ne risquait-il rien pour l'instant. Mais il s'arrangerait pour ne pas trop marcher en sa présence ; sinon elle devinerait, et refuserait tout net de renouer avec lui.

Jorja agita le bonnet sous le nez de Katie.

— Docteur McGann ? Vous aussi ?

Katie arbora soudain un large sourire.

— Bien sûr, s'il y a quelque chose à gagner !

Elle plongea la main dans le bonnet.

— Un sou, c'est un sou ! fit-elle en croisant le regard de Josh.

Il réprima un sourire. C'était une expression qu'ils utilisaient souvent, tous les deux… Surtout au début de leur vie commune, où ils devaient rembourser leurs emprunts étudiants et se débrouiller tout seuls. Katie avait refusé le mariage en grande pompe que ses parents souhaitaient. Une église pleine de leurs associés et leurs partenaires de bridge, non merci !

Ils avaient dépensé quelques centaines de dollars pour les alliances, le voyage de noces et un énorme gâteau au chocolat dévoré en tête à tête. Puis, peu après, ils avaient commencé à économiser pour un berceau et…

Il se passa une main dans les cheveux et détourna le regard. Penser qu'ils avaient vraiment perdu leur petite fille était toujours aussi dur. Ce merveilleux bébé qui n'avait jamais eu une chance de regarder ses parents dans les yeux…

— Bien, je retourne travailler. Qui est le suivant ?

Tandis que Josh consultait le dossier de son prochain patient, Katie tenta de se ressaisir. Depuis qu'il était arrivé dans le service, un flot d'émotions anciennes l'assaillaient.

La douleur, d'abord.

Puis la peur… qu'il ne rentre pas entier de sa dernière escapade, qu'il lui fasse subir une seconde perte après celle de son bébé. Qu'il refuse de l'accompagner dans une nouvelle grossesse… Que de toute façon elle ne s'était pas sentie capable d'assumer.

Et le désir… Qui ne faisait pas bon ménage avec la douleur et la peur. Elle devait y résister, sous peine de devenir folle.

— Katie, tu m'autorises à m'occuper de la fille des photocopies ?

— Pardon ?

Elle s'efforça d'écouter les explications qu'il lui

donnait : une fête de bureau, des photocopies de fesses, la situation qui tourne mal. Du verre cassé.

Mais comment ne pas observer ses lèvres qui remuaient, ses dents ? Son incisive de travers la faisait toujours craquer : une imperfection qui le rendait plus… parfait. Elle remonta le regard vers ses yeux, bleu-gris sous cette lumière. Bleu acier, si cela existait. Avec de fines rides aux coins. Le soleil, sans doute… Ou le passage de ces deux années ?

Ce n'était pas si long, en fin de compte. D'ailleurs, il semblait ne pas en avoir souffert. Il était du genre optimiste, le verre toujours à moitié plein. Le verre… C'était cela, il avait besoin de lunettes ! Tel qu'elle le connaissait, il avait dû négliger de consulter un ophtalmo. Elle pencha la tête de côté. En fait, elles étaient sexy, ces petites rides en étoile…

En revanche, ce qu'il disait était totalement obscur. Elle le regarda dans les yeux.

— Pardon, docteur West, je n'ai pas compris grand-chose. Pouvez-vous répéter, je vous prie ?

Elle entendit rouler son rire. Il savait pertinemment ce qui l'avait distraite…

— Katie, accepterais-tu de m'embrasser, en mémoire du bon vieux temps, pendant que l'anesthésie fait son effet ?

Elle regarda par-dessus son épaule d'un air horrifié.

— Tais-toi ! Tu es fou ? Alors, tu disais qu'elle a cassé la vitre de la photocopieuse en s'asseyant dessus ? Mais quelle idée ridicule !

— Tu n'as jamais essayé de photocopier tes fesses ? Ça peut arriver, dans une fête de bureau un peu trop arrosée. Le goût du risque, que veux-tu…

La malice qu'elle lisait dans son regard l'agaça.

— Eh bien, ne te gêne pas, va la soigner ! Vous êtes faits pour vous entendre !

Aussitôt, il changea de visage, et elle regretta ses mots blessants. Il ne les méritait pas. Si seulement il n'avait pas essayé de tester ses limites, après la mort de leur bébé ! S'il avait pu se tenir tranquille un moment, ils auraient sans doute…

— Hum, d'accord.

Elle l'observa tandis qu'il se dirigeait vers le box où sa patiente attendait. Quelque chose avait changé dans sa démarche… Elle se mordit la lèvre. En fait, il avait changé. Suffisamment pour entendre ce qu'elle avait à lui dire ?

Elle perçut des gloussements derrière le rideau du box. Non, il était toujours le même ! Elle devait rester professionnelle. Pas question de rouvrir les anciennes blessures, elle avait assez souffert pour une vie entière.

Elle observa le tableau de soins, et choisit un bon vieux bras cassé des familles. Sans doute quelqu'un qui fixait des décorations au plafond… Fixer, remettre, réparer, c'était son métier.

Elle plaqua un sourire sur son visage et ouvrit le rideau.

— Monsieur Dawsen ? Alors, racontez-moi ce qui vous est arrivé.

3

— Si on me cherche, je serai dans la salle du personnel, d'accord ?

Josh posa un dossier rempli sur le comptoir de la réception et sourit aux deux infirmières aux prises avec des guirlandes lumineuses emmêlées. Celles d'un patient, ou une déco de dernière minute ? Elles ne lui répondirent même pas, et il remonta le couloir en tentant de se recentrer. Il était temps d'avouer à Katie pourquoi il était là.

C'était aujourd'hui ou jamais. En réduisant son contrat à vingt-quatre heures, elle l'avait privé de six journées, l'obligeant à mettre tous ses œufs dans le même panier. Pour une fois qu'il avait tout planifié à l'avance… Une semaine entière pour évaluer son état d'esprit, quelques moments volés pour lui faire la cour… Mais dans un délai écourté de la sorte — et elle n'avait visiblement pas l'intention de changer d'avis —, il fallait qu'il se décide vite. Dans quelques heures, il serait minuit, et le temps de Josh-Cendrillon serait écoulé. Il regarda son sac à dos posé sur une chaise, à côté du canapé où il s'était affalé pour décompresser. Il n'aurait pas été surpris que les papiers du divorce, rangés dans une poche de côté, prennent vie, ouvrent la fermeture et se mettent à danser devant lui…

Il jura entre ses dents. Autrefois, avant qu'ils ne perdent leur fille, justement à Noël, il adorait la période des fêtes et la sentimentalité qui allait avec. Il avait envie de recommencer à profiter de ce moment de l'année, avec sa femme dans ses bras. Si c'était la saison des miracles, il était candidat.

Sinon, il aurait accepté tout de suite ce poste à Paris, pour étudier la chirurgie non invasive du fœtus avec une équipe de pointe. Un bond gigantesque dans sa carrière… Il avait effectué le plus de remplacements possible en obstétrique. Il ne comprendrait jamais pourquoi son bébé était mort-né, mais à l'avenir il serait là pour d'autres femmes.

Mais sans Katie à ses côtés. Et vivre à Paris, la ville où marcher la main dans la main et s'embrasser sur les ponts n'avait aucun sens si la femme de sa vie ne l'accompagnait pas. D'autant que le Dr Cheval avait insisté sur l'implication et la concentration nécessaires : pas de distractions, ni de démons à combattre. Quand on avait offert ce poste à Josh, il avait senti que la vie le prenait par la peau du cou pour le secouer, exiger qu'il prenne ses responsabilités. Pour qu'il se demande en quoi son attitude avait fait fuir Katie. Et pourquoi, après son départ, il avait poussé les choses encore plus loin, trop loin…

Il se gratta la tête et leva les yeux à la recherche d'un indice.

Du gui ! On en revenait toujours à l'amour. Paris, la ville de l'amour, en outre réputée pour sa gastronomie… Hé ! Voilà une idée ! Katie adorait les pique-niques. Même sur un banc, sous la pluie, sans souci des regards surpris des passants, du moment qu'on avait un grand parapluie…

Il sourit. Il préparerait un repas de Noël pique-nique. Et son sourire s'effaça : la cantine était fermée, et vu la neige qui tombait, sortir de l'hôpital pour se ravitailler serait difficile, voire stupide.

Il en était là de ses cogitations lorsque la tête de Jorja apparut dans l'encadrement de la porte.

— Docteur West ? Désolée de vous déranger, mais nous avons plusieurs patients…

Sentant monter l'adrénaline, il se leva d'un bond et bouscula la jeune infirmière en sortant.

— Combien ? Y a-t-il assez de personnel ? Peut-on diriger certains patients sur un autre hôpital ?

Jorja écarquilla les yeux.

— Deux patients, docteur. Une gastro. Le Dr McGann s'en occupe déjà.

Il réprima un éclat de rire.

— Navré, je regarde trop la télé. Et j'oublie que Copper Canyon n'est pas Boston.

La pauvre infirmière paraissait mortifiée. Il lui passa un bras autour des épaules et l'attira à lui tandis qu'ils remontaient le couloir.

— Ne vous en faites pas, Jorja, j'ai des réflexes de citadin…

Il se tut. Que racontait-il, lui qui avait grandi dans une bourgade où les deux uniques carrefours n'étaient pas éclairés ? Et où il était sûr de rencontrer son prof de math, ou son père emmenant du bétail au marché ? C'était la raison de son attirance pour les grandes villes, où se fondre dans la foule était possible. Puis il avait rencontré Katie… Ou plutôt, elle l'avait trouvé, et lui avait montré l'importance des racines.

Il regarda en l'air et maudit le ciel. Elle était son phare, son fanal, bref, peu importait l'analogie. Elle était son cœur. Son âme. Et s'il n'agissait pas, il allait la perdre à jamais.

Un gloussement le tira de ses pensées.

— Docteur ? Vous voulez que…

Jorja se dégagea de son bras et se tourna vers lui, les yeux au plafond.

Bon sang… Encore du gui !

Katie les entendit avant de les voir. La nausée lui souleva l'estomac quand elle perçut le rire nerveux, le frottement des pieds sur le carrelage, puis avisa les deux mentons levés vers les boules blanches. Jorja avait pratiquement accroché un bouquet tous les deux mètres, pas étonnant que Josh trouve un moyen d'en profiter. Un flirteur, un charmeur tel que lui…

Elle se détourna aussitôt pour cacher sa douleur, les larmes qui embuaient ses yeux. Pas question que son mari embrasse la première venue devant elle !

Au moins, cela signifiait qu'il n'était pas ici pour la reconquérir. Elle sentit la colère monter en elle et tira sur le col roulé de son pull-over. Elle aurait dû se mettre en tenue de bloc. Si les deux gastros avaient été plus graves, elle n'aurait pas assisté à cette scène. Mais — et heureusement —, elles s'étaient révélées bénignes, plutôt des indigestions.

Quand on mangeait trop de chocolat… Les gens n'étaient pas assez prudents, ils ne réfléchissaient pas aux conséquences de leurs actes.

Comme Josh.

C'était insupportable, il fallait qu'elle prenne l'air… Elle passa au vestiaire enfiler son gros manteau et grimpa l'escalier qui menait sur le toit.

Revoir Josh avait été une épreuve, mais le voir embrasser une autre femme… Sa douleur était indescriptible. Le vent fouettait ses cheveux et ses yeux aveuglés par les larmes. Pourquoi était-il venu ? N'avait-il pas fait assez de mal ?

Elle se força à apaiser sa respiration et, trouvant un bonnet dans sa poche, s'en couvrit. Inutile de risquer la pneumonie.

Toujours prête, comme on lui avait appris chez les scouts. Garder sa maîtrise de soi en toutes circonstances. Comment était-ce, déjà ?

« Et sourire à la face de l'adversité. »

De nouveau, elle avait envie de piquer une colère. Pour la deuxième fois dans la même journée ? Elle aurait dû être une mauvaise fille, peut-être ses parents se seraient-ils plus intéressés à elle.

Hum… Peu vraisemblable.

Elle sortit son téléphone et passa ses correspondants en revue. Collègue, collègue, professeur…

Ah, Alice Worthing ! Elle adorait sa nourrice, qu'elle avait tenue au courant de sa rencontre et de son mariage avec Josh. À voir les étincelles briller dans les yeux de cette gentille Irlandaise chaque fois qu'elle lui parlait de Josh, Katie avait eu la certitude de ne pas se tromper. Et pourtant, comme elles avaient fait fausse route, toutes les deux !

Elle appuya sur le bouton d'appel. Après deux sonneries, elle entendit son rire.

— Allô !

— Alice, c'est moi, Katie.

— Katie ! Ma petite Katie ! Comment vas-tu ? Il y a si longtemps que je n'ai pas eu de tes nouvelles ! Alors ?

Elle donna un coup de pied dans la neige épaisse.

— Je vais bien, Alice.

— Nous savons toutes les deux que c'est un mensonge, ma petite.

Katie sourit.

— Je voulais juste te souhaiter un joyeux Noël.

— Merci, mais pourquoi ne pas me dire la raison de ton appel ?

— Oh ! Alice, on ne peut rien te cacher ! Josh, bien sûr.

— Mon Dieu, il ne lui est rien arrivé, au moins ?

— Non ! Bien sûr que non !

Elle fut surprise de s'en sentir aussi heureuse. Elle n'aurait pas supporté qu'il…

— Il a débarqué à l'hôpital, en tant que remplaçant pour les fêtes.

Un éclat de rire, cette fois.

— James ! Tu sais quoi ? Josh a enfin déniché Katie !

Un déclic. Le mari d'Alice prenait l'écouteur.

— Alors, ma petite, il t'a enfin mis la main dessus, hein ? Il nous a cuisinés, mais nous n'avons rien dit. Veux-tu que je vienne lui flanquer une rouste ?

James plaisantait, bien sûr, mais il avait toujours été protecteur avec Katie, ce qui ne lui déplaisait d'ailleurs pas.

— James, tu es fou ? s'exclama Alice. Josh est un

grand romantique. Un peu sauvage, d'accord, mais arriver pour Noël, quelle classe !

— Ils n'étaient pas spécialement en bons termes, dit James.

— Il vous a demandé où j'étais ? interrompit Katie.

— Qu'est-ce que tu crois ? Il est dingue de toi.

Alors pourquoi a-t-il essayé d'embrasser Jorja ?

Elle parla à sa nourrice durant ce qui lui sembla des heures. Elles avaient tant de choses à se raconter ! Mais il y eut soudain du remue-ménage, des aboiements de chiens, et elle sut qu'il était temps d'achever la conversation.

— Navrée, Katie, notre petite chorale vient d'arriver. Pardonne-moi, je dois te laisser. Je suis sûre que tu t'en tireras bien, comme toujours. Tiens-moi au courant.

— D'accord, Alice, à bientôt !

La tête penchée, Katie tentait de suivre les flocons qui tombaient, tout en se demandant si cet appel lui avait été bénéfique ou pas. L'hélicoptère n'avait pas été utilisé récemment, et la neige qui s'était amoncelée formait des congères au ras du toit. L'hiver avait commencé tôt ; le spectacle était magnifique.

Elle se sentit apaisée. Peut-être avait-elle trop voulu garder la maîtrise sur Josh, sur elle-même, son chagrin et son deuil. Elle avait souhaité une thérapie rapide…

Des mots de Josh résonnèrent en elle : « Ennemie du risque. Perfectionniste. Obsédée du contrôle. »

Elle relâcha ses épaules et observa de nouveau le paysage blanc.

En fait, elle ne se souvenait que des insultes, et occultait les mots tendres. « Ma merveille, mon amour, ma chérie, mon ange… »

Elle cligna des paupières pour chasser les larmes. Ils avaient été heureux, si heureux ! Il lui procurait des réserves de force inattendues, la faisait scintiller comme… comme un arbre de Noël !

Elle essuya ses larmes et tenta de chasser les souvenirs. Elle avait changé d'hôpital, repris le travail sans problème, et tout s'était bien passé jusqu'à maintenant.

Ou plutôt, il ne s'était pas passé grand-chose. Et c'était cela qui la satisfaisait ? L'absence d'événements ? Elle ferma très fort les paupières en espérant les rouvrir sur quelque chose d'agréable, qui la fasse sourire.

Les lumières de la grand-rue étincelaient. La mairie faisait toujours bien son travail. Au bout de l'avenue, là où les deux voies se séparaient, permettant de faire le tour du parc, un immense sapin brillait comme un œuf Fabergé au milieu des flocons. À sa base, elle distinguait la guirlande allumée du kiosque à musique, dont la colonne s'élevait en une spirale rouge et blanc.

Elle atteignit le bord du toit et observa la congère. Plus haute que ce qu'elle croyait. Assez pour dépasser les barrières de sécurité. Il faudrait qu'elle en avise l'administration…

En fait, elle était la seule à être assez folle pour grimper sur le toit en cette saison au milieu d'une tempête de neige.

Avec un large sourire, elle sortit ses moufles.

Ce n'était pas vraiment une tempête, un vent un peu fort, voilà tout. Des flocons assez gros pour qu'elle puisse les attraper sur sa langue. Elle regarda la terrasse qui dépassait, juste à l'étage en dessous. Celui des bureaux administratifs, en ce moment déserts…

Elle fit la moue et réfléchit. Sans la congère, cela

aurait été un saut de près de deux mètres. Mais avec, peut-être soixante centimètres de vide, et elle retomberait dans la neige moelleuse. Elle se remémora les rares séjours au chalet de ses grands-parents dans le Vermont, où sa grand-mère, Alice et elle faisaient d'innombrables anges de neige.

« Il n'y en a jamais assez pour nous protéger », disait grand-maman.

Aussi, quand Katie était contrariée et qu'elle avait de la neige sous la main… C'était une recette magique pour retrouver le moral.

Et si… Pourquoi pas ? Elle pouvait avoir du cran, autant que n'importe qui, non ?

Elle ouvrit les bras, examina le tas de neige, se tourna dos au vide et assura son équilibre sur ses talons. Il lui fallait un test, pour se prouver qu'elle pouvait vivre sans Josh en conservant son audace.

Elle inspira et sourit au monde, si beau et si pur, dans lequel elle pouvait faire un ange de neige quand elle en éprouvait le besoin.

Au moment où elle prenait appui sur la corniche et levait les bras, la porte de la cage d'escalier s'ouvrit avec fracas. Elle regarda par-dessus son épaule : le visage déformé par l'épouvante, Josh hurlait son nom.

— Kaaa-tiiie !

Elle croisa son regard, et pour la première fois y lut la souffrance qui le marquait. Soudain, elle se prit à souhaiter que ces deux ans de séparation n'aient été qu'un mauvais rêve.

Horrifié, Josh regarda Katie agiter les bras pour reprendre son équilibre en déplaçant les talons pour trouver un appui sur la neige glacée. Dans l'effort qu'elle faisait pour se stabiliser, tous ses mouvements semblaient exagérés. Il croisa son regard au moment où elle abandonnait la lutte, et la vit tomber en arrière dans le vide.

Jamais il n'avait ressenti douleur plus poignante. S'il avait cru que la perte de sa fille était la pire épreuve possible, il s'apercevait que perdre Katie le tuerait.

En trébuchant, il s'avança vers le bord du toit et l'obscurité absolue. Le hurlement qui résonnait dans son crâne était-il audible de l'extérieur ?

Lorsque son corps perdit le combat contre la gravité, Katie se mit à voir le monde autrement. Elle comprit ce que Josh entendait autrefois par « lâcher prise » : c'était grisant de tomber en arrière sans se retenir…

Elle hurla, les sensations se bousculèrent en elle, au ralenti. La bise passa sur ses joues, elle cligna des yeux pour éviter un flocon, et perdit la notion du lieu et du moment de sa chute, qui lui sembla durer éternellement. Le ciel était un étonnant tissu de nuages et de points étoilés… Il y avait si longtemps qu'elle n'avait pas contemplé la voûte céleste !

Avant d'avoir totalement réalisé ce qui lui arrivait, elle rencontra la neige molle avec un « plouf » moelleux, et se tint immobile, allongée, reprenant son souffle.

Un son étouffé parvint jusqu'à elle. Une voix mâle. Josh ! Puis le sens de ses mots lui parvint, et elle ouvrit de grands yeux.

— Katie ! Non !

Sa voix était rauque, paniquée. Pourquoi était-il si bouleversé ? Elle voulait juste faire un ange de neige, bon sang !

— Je suis tombée.

— Ça, j'ai bien compris !

Son haleine formait une buée qui sortait de sa bouche en tourbillons.

— On est bien, ici !

Elle vit les larmes briller dans ses yeux avant qu'il puisse les dissimuler. Il n'était pourtant pas du genre à pleurer… Il les essuya d'un revers de manche.

— Ça va ? Pas de mal ?

Il tentait de se maîtriser, de se comporter comme s'il voyait tous les jours son idiote de femme tomber d'un toit. Bizarre, cette réaction de sa part… Elle s'attendait à ce qu'il enjambe la corniche pour la rejoindre, l'attirer dans ses bras et ensuite, après un long baiser rassurant, façonne des anges de neige avec elle…

— Tout va bien.

Elle remua les bras, les jambes : aucune gêne, aucune douleur. Comme elle l'avait prévu, elle avait atterri sur un matelas de neige.

— Franchement, c'était plutôt… amusant.

Elle vit ses traits se crisper de nouveau.

— C'est tout ce que tu trouves à dire ? J'ai failli avoir une atta…

Il se tut brusquement, et son visage redevint impassible. Il lui jeta un long regard, ravalant visiblement les reproches qu'il avait l'intention de lui faire. Elle connaissait bien cette attitude… C'était celle qu'il avait dû souvent constater chez elle à son retour d'une expérience dangereuse.

Josh releva la tête et observa le panorama : les premières lueurs de l'aube sur les sommets accentuaient les miroitements des lumières de la grand-rue. Il pinça les lèvres et inspira lentement pour calmer les battements de son cœur.

Son soulagement cédait peu à peu place à la colère. Comment Katie osait-elle prendre un tel risque ? Ne savait-elle pas combien elle lui était précieuse ?

— Si tu me remerciais de t'avoir empêchée de te suicider, ça me ferait plaisir.

— De me suicider ? Tu plaisantes ?

Elle se redressa et lui lança un regard furieux à travers les flocons qui tourbillonnaient.

— Tu crois que si je devais faire un truc aussi stupide, je choisirais de sauter dans deux mètres de neige molle ?

— Que je ne voyais pas, depuis l'escalier. Alors je me suis trompé ?

— Évidemment ! Je voulais sauter pour faire un ange de neige.

Sa voix était douce, mais sans le moindre soupçon de repentir. Bref, elle était vivante, c'était l'essentiel.

Il pencha la tête de côté.

— Parce que tu étais contrariée, c'est ça ?

— Pas du tout ! cria-t-elle en détournant les yeux.

Elle mentait, il en était sûr. Il n'aurait sans doute pas dû surgir à Valley Hospital sans crier gare, tel un diable qui sort de sa boîte. Mais comment prévoir qu'elle se jetterait dans une congère du quatrième étage ? Il aurait mieux fait de la prévenir, de l'inviter à déjeuner… Enfin, de se comporter normalement, comme elle le suppliait de le faire depuis longtemps.

Il s'agenouilla sur le bord, souleva sa mauvaise jambe et se laissa glisser jusqu'à la couche de neige où elle s'était assise. Il tomba à côté d'elle et frissonna.

Les anciens avaient raison de dire qu'on était plus sensible au froid après de graves blessures…

Il se recueillit une minute, encore sous le choc. Il avait cru la perdre, elle, la femme de sa vie !

Il lui jeta un regard de biais, et constata qu'elle… Comment était-ce possible ? Elle souriait ! De nouveau, il sentit monter la colère, si intense qu'il aurait pu signer ces stupides papiers de divorce et les lui jeter à la figure. Après tout, qu'ils poursuivent chacun leurs vies séparées.

Il fixa le ciel, et se força à prendre une voix calme.

— Eh bien, tu avais raison, c'est confortable !

— C'est un point de vue, fit-elle.

— Se jeter des toits sans témoins, c'est une nouvelle mode en Idaho ?

— Hum.

— Tu avais réfléchi avant, ou ça t'a pris d'un coup ?

— Oui, c'est comme ça que je fonctionne. On m'appelle Katie West la folle, tu devrais le savoir !

— Tu as bien dit West ?

— Peu importe.

Il laissa les mots pénétrer en lui. Elle ne disait rien au hasard, contrairement à lui.

— Ce n'était pas très malin de ta part, dit-il.

En prononçant cette phrase, il eut l'impression d'entendre son propre père.

— Même si tu ne pouvais pas voir d'où tu étais, j'avais calculé le risque, je savais ce que je faisais. Bon sang, quel mal y a-t-il à vouloir être seule un moment pour faire un ange de neige ? Et toi qui te crois plus malin, tu devrais faire attention, avec Jorja. Elle a une réputation à entretenir, et pas mal de frères prêts à la défendre.

Il se redressa sur les coudes et prit son plus bel air ébahi.

— Jorja ? De quoi parles-tu, bon sang ?

Elle se détourna pour commencer à façonner son ange de neige.

— Oh ! tu as parfaitement compris ! Quand vous étiez sous le gui.

— Que crois-tu que j'aie fait avec elle, sous le gui ?

— Je vous ai vus ! hurla-t-elle.

— Ce n'est pas vrai ! Tu m'as peut-être vu arrêté dessous, mais, dans cet hôpital, il est aussi difficile d'éviter le gui que les patients !

— À ce propos, tu es très fort pour te débiner ! Tu as été engagé pour travailler, pas pour jouer au roi Arthur et galoper au secours des demoiselles en détresse ! Tu es médecin, non ? Tu ne pourrais pas avoir une attitude responsable, pour une fois ?

Ces mots le frappèrent avec la précision d'une arme à feu. Elle bougeait aussi vite qu'elle parlait. Il ne l'avait jamais vue ainsi, à plein régime. Quelle sorte d'ange de neige allait sortir de ses mains ?

Impossible de se taire. Lui aussi, il souffrait. Il avait souffert tout du long, mais il avait voulu faire bonne figure. Pour elle.

— C'est toi la responsable, ici ! Tu ne crois pas que tu devrais être en bas, en train de diriger tes collègues et de t'assurer que tout fonctionne bien ?

Il vit ses yeux noirs s'agrandir, mais passa outre.

— Bon sang, Katie ! Tu as toujours l'air de savoir

mieux que moi ce que je dois faire. Que me conseilles-tu, maintenant ?

— Pardon ? Comment cela ?

Elle se releva et brossa la neige de son manteau, plus gênée que furieuse, manifestement.

— Tu as des dons de coach étonnants ! dit-il d'une voix pleine de sarcasme. Comment pourrait-on atteindre son but sans que Mlle Parfaite ait mis les points sur les i et barré les t ? Alors puisque tu sais tout, comment puis-je me remettre rapidement d'avoir vu ma femme réaliser un salto arrière au bord d'un toit, au quatrième étage ?

Il hurlait à pleins poumons à présent. Avec un bel ensemble, ils se hissèrent sur le toit, puis restèrent face à face.

— Je…

Katie se tut, et s'efforça de se ressaisir. Cette dispute, Josh et elle l'avaient déjà eue des centaines de fois, inutile de recommencer. Elle l'avait terrifié, elle n'en doutait pas, mais sans la moindre intention d'être cruelle. C'était la preuve qu'il leur était impossible de rester ensemble, qu'ils ne pouvaient se faire que du mal.

— Qu'est-ce que tu es venu faire, Josh ? Qu'est-ce que tu veux, exactement ?

— Toi. Je suis venu parce que je te veux toi.

L'air devint électrique, de non-dits et de désir. Elle frissonna sous son regard.

Dans ses yeux bleus dansait à présent l'étincelle, le courant puissant qui les aimantait. Elle n'avait jamais pris conscience qu'il lui manquait tant physiquement.

Sans attendre qu'elle l'y invite, il l'attira à lui et

la serra dans ses bras. Toute pensée cohérente avait disparu, elle n'était plus que sensations. Elle sentit ses lèvres sur les siennes, pressantes et tendres à la fois. Et malgré leurs manteaux d'hiver, leurs bonnets de laine et leurs gants de cuir, son corps réagit à la sollicitation.

Quelque part dans un coin de sa tête, elle savait qu'elle aurait dû le repousser, qu'elle ne devrait pas lui rendre ses baisers passionnés. Il lui prit le visage en coupe entre ses mains et l'embrassa avec plus de fougue encore, et elle se colla contre lui avec un gémissement sourd. Tout était à la fois familier et nouveau, le lien qui les unissait paraissait… éternel.

Avait-elle eu tort de se séparer de lui ?

Deux vibrations simultanées… Leurs bipers.

Elle se dégagea aussitôt. Sa bouche était-elle aussi meurtrie que la sienne ? Sans le quitter du regard, elle fouilla dans sa poche.

Elle savait maintenant qu'il faisait partie d'elle, et que rien ne pourrait rompre ce qui les liait. Mais elle ne se sentait pas pour autant capable de revivre avec lui.

— Blessures multiples, il faut y aller, Katie.

— Pardon ? demanda-t-elle, brusquement tirée de ses pensées.

— Lis le message. Les ambulances arrivent.

— D'accord.

Elle sortit son téléphone et composa le numéro de l'accueil des urgences.

— Ici le Dr McGann. Vous préparez les salles de trauma ?

Il la regarda écouter, répondre, effacer du pouce les traces de rouge à lèvres autour de sa bouche et arranger sa mise, redevenant peu à peu le Dr McGann, cette réinvention d'elle-même. Mais ce n'était pas le bon moment pour réveiller la Katie d'autrefois…

Il déplaça son poids d'une hanche sur l'autre, s'efforçant d'oublier son désir d'elle. C'était si bon de la tenir dans ses bras… Il fallait absolument qu'il l'emmène à Paris.

Les sirènes trouèrent la nuit. S'il avait eu une demi-heure de répit, il aurait fait un bonhomme de neige pour le décapiter ensuite d'un coup de pied de kung-fu.

Il secoua la tête et suivit Katie qui fonçait déjà vers l'escalier. Au moins, le travail le distrairait pendant quelques heures… Des voitures qui avaient dérapé sur la neige ? L'insouciance de la veille de Noël, où tout le monde était plus confiant que les autres soirs de l'année ? Hum, cela risquait de ne pas être beau à voir.

4

Katie s'arrêta net. Par exemple ! La première ambulance remorquait un van, et, avec l'aide d'une petite fille en pleurs habillée en Vierge Marie, l'équipe de soignants en faisait descendre… un âne.

— Pouvez-vous vous occuper d'Eustace, s'il vous plaît ? demanda la petite fille.

— Oh ! Un âne de la crèche ! dit Jorja, qui sortait de l'hôpital en se frottant les mains et soufflant sur ses doigts.

Katie observa la fillette, qui se tenait le flanc à travers les plis de son costume.

— À mon avis, mieux vaut nous occuper de toi d'abord, répondit-elle. Comment t'appelles-tu ?

— Maddie.

— Quel joli nom ! À qui pourrais-tu confier Eustace pendant qu'on t'amène à l'intérieur ?

Sous la vive lumière de l'entrée, Katie constata que Maddie présentait également une coupure au front et une bosse en formation. Les yeux de la fillette s'agrandirent de peur.

— Mais il faut le soigner, il saigne !

— Que se passe-t-il, ici ?

La voix de Josh fit frémir Katie, et elle se toucha les lèvres par réflexe.

Soudain, elle se souvint qu'il avait eu très jeune la vocation de la médecine en aidant le vétérinaire qui venait au ranch de son père. Ce n'était pas vraiment conforme au règlement, mais… les vétérinaires de garde étaient à l'autre bout de la ville, et…

Il s'approcha de la fillette.

— Et si nous t'allongions sur un brancard, Maddie ? Ici, devant la porte ? Pendant que le Dr McGann t'examine, je pourrais recoudre… Comment as-tu dit qu'il s'appelait, déjà ?

Incroyable ! Katie n'en revenait pas, il lisait dans son esprit !

— Eustace, répondit la fillette avec un large sourire avant de grimacer de nouveau de douleur.

— J'avais un oncle Eustace, il était têtu comme une mule, dit Josh. Celui-ci est un âne ou une mule ?

— Un âne ! répondit Maddie avec un petit rire. Vous ne voyez pas la différence ?

Katie sourit malgré elle. Les rapports de Josh avec les patients, surtout les enfants, étaient toujours merveilleux. Elle-même avait plus de mal, surtout depuis le bébé…

Mais ils attendaient encore deux ou trois ambulances et il fallait se mettre au travail. Les parents de Maddie, ou les gens qui remorquaient Eustace, allaient arriver.

— Jorja, peux-tu…

— J'y vais ! cria l'infirmière.

— Hé ! fit Josh au chauffeur, pouvez-vous sortir

ce van d'ici pour que les autres véhicules aient la place d'entrer ?

Les deux internes venaient d'arriver avec un brancard chacun, et Jorja apportait le kit médical d'urgence.

— Où voulez-vous celui-ci, docteur ? demanda Michael.

Elle désigna un endroit bien éclairé près des portes coulissantes, et lui adressa un sourire. Elle avait un faible pour ce garçon calme et dévoué.

— Assurez-vous que les freins sont mis, Michael.

Puis elle se tourna vers la fillette.

— Où sont tes parents, ma chérie ?

— Attention à son licol ! s'écria Maddie.

La fillette regardait fixement Josh, qui attachait l'âne à un pilier en lui tapotant les flancs pour le calmer. Le Dr Doolittle en action !

Maddie donna des conseils à Josh, qui la rassurait sur l'état d'Eustace. Katie poussa un soupir de soulagement : autant que la petite blessée soit distraite. Elle avait peut-être des côtes fracturées, ce qui était très douloureux.

— Je vais utiliser un anesthésique léger, disait Josh. Maddie, tu penses que j'ai besoin de la permission de tes parents pour le recoudre ?

Katie le regarda, et il répondit d'un hochement de tête, il acceptait de jouer le rôle d'animateur.

— Michael, dit-elle tout bas, trouvez-moi des ciseaux, s'il vous plaît. Nous devons découper ce costume.

Impossible de dévêtir la petite en lui faisant passer la tunique par-dessus la tête : si elle avait des côtes cassées, on risquait une perforation du poumon.

— Dr McGann !

C'était Shannon Vessey, la seconde interne, qui apportait des ciseaux.

— Une autre ambulance arrive dans cinq minutes. Accident de la route. Homme, probable fracture du poignet et blessures à la jambe, et jeune adulte, nez cassé et blessures bénignes dues à l'airbag.

Katie hocha la tête tout en décousant les tuniques superposées de Maddie, dont la pâleur devenait inquiétante.

— Voulez-vous me donner un coup de main, Shannon ?

— Oui, s'il n'est pas nécessaire que j'attende à l'entrée.

Katie avait repéré chez elle une tendance à se ruer pour être la première à accueillir les blessés, et s'arrangeait donc pour les envoyer à tour de rôle, Michael et elle.

— Si vous pouviez m'aider à la dévêtir, ce serait parfait.

Devant la moue déçue de son interne, Katie comprit que les prochaines heures ne seraient pas faciles. C'était lorsqu'on n'était pas détendu que les choses se passaient mal... Dans un service d'urgence comme dans la vie.

— Aïe ! cria Maddie lorsqu'elles lui ôtèrent la dernière couche de son costume.

Katie et Shannon s'approchèrent d'un même mouvement. La fillette posa les mains sur son flanc. Le sang sourdait sous son T-shirt, et Eustace eut un doux braiement, comme pour la rassurer.

— Vous avez découpé mes robes ! sanglota Maddie.

L'âne s'agita.

— Du calme, mon garçon, reste un peu tranquille, lui dit Josh.

— Ne t'en fais pas, ma chérie, nous pourrons les recoudre sans problème.

Katie entendit Josh réclamer un rasoir électrique. Le poil épais d'hiver empêchait l'anesthésique local, appliqué en friction, de faire pleinement son effet. Mais le protocole les autorisait-il à employer de véritables antalgiques en injection ?

Une seconde, elle songea à l'arrêter. C'était risqué, et, contrairement à lui, elle ne prenait jamais de risques.

— Jorja ! fit-il sans lever la tête.

Katie broncha imperceptiblement quand l'infirmière se plaça à côté de lui. Il lui avait assuré qu'elle avait mal vu, sous le gui…

Elle reporta son attention sur Maddie, dont les yeux s'agrandissaient à la vue du sang sur son T-shirt blanc.

— N'aie pas peur, nous t'allongeons sur le brancard, ma chérie.

Michael, qui venait de la rejoindre, l'assista.

— Bien. Je vais devoir soulever ton T-shirt pour t'examiner, et il fait très froid ici. Tu ne crois pas que tu serais mieux à l'intérieur ?

— Non ! Je veux rester avec Eustace !

Elle se tordit d'un coup pour tenter de voir son compagnon à quatre pattes, et grimaça de douleur.

— J'ai mal quand je respire !

Katie vit la peur dans ses yeux.

— Rallonge-toi, ma chérie. À mon avis, tu t'es abîmé les côtes. Michael, pouvez-vous m'apporter de la gaze ?

— Tout de suite, docteur.

À son grand soulagement, il ne s'agissait que d'une plaie ouverte. Il faudrait tout de même injecter un sérum contre le tétanos.

— On dirait que tu vas devoir être recousue, comme Eustace ! dit-elle en imitant le ton léger de Josh.

La petite fille sourit aussitôt.

— C'est vrai ?

Cette tactique fonctionnait donc… Elle eut un pincement de remords en se remémorant les insultes qu'elle avait proférées contre lui quand tout allait mal. « Inconscient, insensible, blasé… » Peut-être avait-il adopté cette attitude pour la calmer, pour la consoler de son immense chagrin…

Elle déglutit et poursuivit son examen.

— Où disais-tu que tu t'étais cognée ?

— Dans le van d'Eustace.

— Tu sais que c'est interdit ? Tes parents t'autorisent à monter avec lui ?

Maddie détourna le regard sans répondre.

— Qui conduisait la voiture ?

— Mes frè…

Les larmes lui vinrent aux yeux.

— Je vais avoir des ennuis ? Mes frères risquent d'aller en prison ?

Katie tenta d'attirer l'attention de Josh, qui était totalement concentré sur sa tâche. Elle avait toujours adoré le regarder travailler. Il avait de grandes mains habiles, dont la dextérité ne cessait de la surprendre.

Elle l'imaginait aussi bien en train d'agiter un lasso que de réaliser un nœud miniature au bout du fil qui lui avait servi à suturer à points parfaitement réguliers.

— Inutile d'inclure la pneumonie dans les symptômes, Katie…

Sans lever la tête, il avait senti qu'elle le regardait. Elle se raidit. C'était rare qu'il doive la rappeler à l'ordre. En revanche, l'inverse…

— Maddie ? dit-il un ton plus haut. Eustace va bien, tu sais. Tu penses que je peux lui trouver des carottes, et le laisser se reposer dans le van ?

— Oh oui ! s'exclama la fillette en reniflant. Il a des carottes à l'intérieur.

— Michael, dit Katie, enveloppons-la dans ces couvertures, nous allons faire un sérum antitétanique avant de l'emmener à la radio. Maddie ? Michael va avoir besoin du numéro de téléphone de tes parents.

— Mes frères ne seront pas arrêtés, n'est-ce pas ? On voulait juste arriver plus tôt à la crèche…

Les larmes jaillirent de nouveau, et Katie sentit son cœur se serrer.

— Procédons par ordre. On appelle tes parents, on s'occupe de toi, et ensuite on verra.

— Dr McGann ? L'ambulance arrive ! cria Jorja.

— OK. Maddie, le Dr Rainer, Michael, va t'emmener en radiologie. Je te retrouve dans un moment.

— D'accord…, dit la fillette en tournant le visage vers Josh. Merci de vous être occupé d'Eustace.

— J'ai été heureux de le faire, répondit-il avec un large sourire.

Il lui tapota le bras avant que le chariot ne se mette en route.

Le hurlement des sirènes augmenta de volume. Katie ôta ses gants pour enfiler les nouveaux que l'infirmière lui tendait. L'aube était là, et le moment le plus critique du service était encore à venir.

— Adolescent, multiples blessures à la jambe et fracture composée du poignet.

— OK.

C'était Chris, le frère aîné de Maddie. Josh aida le secouriste à déposer le brancard à l'entrée, et étudia les traits du jeune homme en écoutant la suite du rapport : il ne devait pas se raser depuis longtemps, ni avoir une grande habitude de conduire dans une tempête de neige…

Il était sérieusement blessé : fracture composée du fémur, possible compression de la cheville, genou déboîté. Et qui savait quels muscles et ligaments déchirés ? Il ne marcherait pas pendant des mois. Il devait être opéré d'urgence, sans attendre l'autorisation parentale.

— Bon, voyons tout ça.

— Et Maddie ? demanda le garçon, les yeux emplis de panique.

— On s'occupe d'elle, elle passe des radios en ce moment, mais rien de grave. Tu t'es bien arrangé la jambe, on dirait.

— Et Nick, comment il va ? Et Eustace ?

Shannon passa devant eux en poussant un chariot.

— Hé, Chris ! s'écria l'occupant.

Il devait s'agir de son cadet… Son visage et le haut de son anorak étaient ensanglantés. Nez cassé.

— Tu ne leur as pas donné le numéro des parents, hein ? cria-t-il avant que le chariot ne disparaisse.

— Pour qui tu me prends, frangin ? Aaaaah !

Chris poussa un hurlement qui emplit le couloir, et s'effondra aussitôt après, inconscient.

— Amenons-le tout de suite au bloc, Katie, sinon il va perdre tout son sang.

— Sans passer par le triage ? D'accord. Les chirurgiens orthopédistes préparent la salle d'op.

Il se borna à faire un bref hochement de tête, mais Katie dut percevoir sa déception.

— Impossible de t'en charger, Josh, nous aurons besoin de toi en salle de trauma. Les secours viennent de désincarcérer les blessés du véhicule heurté par le chasse-neige.

— Compris.

Elle avait raison, c'était la priorité. Ils avaient toujours bien travaillé ensemble, parce qu'ils se complétaient. Bien entendu, il y avait des moments plus difficiles, mais ils finissaient toujours par s'entendre.

Il la regarda entrer dans l'un des box, où le patient était récalcitrant, à en juger par les cris de colère qui en émanaient. Il se gratta le menton.

Non, ils n'avaient pas toujours fini par s'entendre…

Il adressa un bref sourire à l'infirmière qui tenait l'autre extrémité du brancard.

— Dépêchons-nous, c'est l'heure d'affluence.

— D'accord, Dr West.

— Mme Wilson, salle de trauma 3 ; M. Wilson, salle 4 !

Katie distribuait les ordres plus vite qu'un agent de la circulation à l'heure de pointe à New York. Elle était furieuse que les Wilson, les plus gravement atteints, aient été amenés les derniers.

— Les pompiers ont eu du mal à dégager leur voiture du chasse-neige, expliqua le secouriste.

— Encore un ! cria Michael.

L'interne entrait en hâte dans le couloir, tenant l'avant d'un brancard. Il n'était plus ni silencieux ni serein, mais semblait proche de la panique. Un instant, Katie pensa qu'il était devenu fou et que le brancard était vide, jusqu'à ce qu'elle avise la menue forme inerte allongée dessus : une petite fille d'environ trois ans.

L'âge qu'aurait eu la sienne si elle avait vécu… Son cœur se serra à l'étouffer. Josh apparut, portant l'autre extrémité du brancard. Juste ce qu'il fallait à Katie. Le seul être capable d'amplifier sa peine à l'infini.

— Qu'a-t-elle ?

— Choc à l'abdomen et douleur, sang dans les urines, hémorragie interne, possible trauma du rein gauche.

Michael lui fournit des détails supplémentaires sur le chemin de la salle de trauma.

— Salle d'op 1, avec le Dr Hastings ?

— Il est occupé, une appendicite d'urgence.

La fillette ne pouvait pas attendre. Si on ne l'opérait pas immédiatement, elle mourrait. Katie regarda Josh.

— Et le Dr Hutchins ?

— Injoignable, il n'était pas de garde, marmonna Michael. On a préparé la 2 pour vous. Voulez-vous que je vous assiste ?

Katie sentit son visage se crisper, et tenta de faire bonne figure. Comment refuser de sauver cette enfant ? Elle saisit le bord du brancard, les mains tremblantes.

— Tu te charges de la néphrectomie ?

La voix de Josh, basse. Pas accusatrice, plutôt étonnée.

— Oui, et alors ? répliqua-t-elle.

Sans y être invité, il l'accompagna jusqu'à l'ascenseur qui menait au bloc, et renvoya Michael d'un sourire.

— C'est une intervention de routine, Josh, j'en ai fait une encore la semaine dernière, dit-elle.

Mais pas sur un enfant… Une petite fille. Et pas avec lui pour assistant.

Elle n'osait pas croiser son regard. À l'époque, ces yeux bleus la tranquillisaient avant une opération, mais ce temps était révolu. Son cœur battait la chamade.

Quand ils furent seuls dans la cabine avec la petite patiente, Katie ne put s'empêcher de lever la tête.

Les yeux de Josh exprimaient tout ce qu'il aurait dû lui dire après la mort de leur bébé.

« Je suis là pour toi, tu peux me faire confiance. Laisse-moi t'aider. »

— Pas de souci, je me débrouille, dit-elle en détournant le regard. Tu ferais mieux de redescendre, s'il arrive un blessé grave…

— Eh bien, dans ce cas, on nous préviendra. Je ne te quitte pas.

— Qu'est-ce que tu insinues ? Que je ne m'en sortirai pas toute seule ?

— Pas du tout. Ta journée a été longue, et tu as reçu quelques chocs. Que tu le veuilles ou non, tu as besoin de moi. Je ne resterai qu'une minute, jusqu'à ce que tu commences.

Les portes de l'ascenseur s'ouvrirent avant qu'elle puisse protester. De toute façon, il avait raison…

Depuis trois ans, elle luttait contre ses démons, se

forçant à réaliser des interventions qui lui rappelaient son bébé, la fillette qu'elle aurait pu devenir. Au début, incapable de faire face, elle avait confié les jeunes enfants à des confrères. Mais depuis l'année dernière, elle avait appris à passer outre, à se comporter quel que soit le cas en chirurgien compétent.

Maintenant, elle devait prouver à Josh qu'elle avait surmonté la mort de leur fille.

Elizabeth Rose West.

Un nom merveilleux pour leur petite chérie, qui n'était plus qu'un cas parmi d'autres dans les statistiques : aux États-Unis, chaque jour, une femme sur soixante-dix accouchait d'un enfant mort-né. C'était presque intolérable.

Elle n'avait jamais pris le temps de consulter les chiffres sur les unions qui ne résistaient pas à une telle perte…

Elle serra les dents et secoua la tête pour chasser ces pensées. La vie d'un enfant dépendait d'elle, de sa concentration.

L'anesthésiste l'accueillit à la porte de la salle.

— Néphrectomie ?

— Je crains que oui.

— Tu as fait ça comme une chef la dernière fois, il n'y a pas de raison…

— Merci, Miles. Au fait, voici Josh, euh…

— Je suis le Dr West, remplaçant.

Encore une fois, il venait à la rescousse…

— Miles Brand. Ravi de vous rencontrer. Bien, j'entre avec la patiente et je m'occupe des produits.

Avec une infirmière de bloc, Miles leur prit le brancard des mains pour le porter dans la salle.

— Je vais me préparer pendant qu'on l'installe, dit Katie.

Comme si Josh n'était pas au courant des rituels…

— Je t'accompagne.

Son sourire était encourageant, comment refuser ?

— Merci.

Ils entrèrent ensemble dans la salle de lavage, épaule contre épaule, et il s'autorisa une seconde de plaisir avant de se concentrer de nouveau.

— Quel est l'équipement, ici ?

Elle désigna les étagères contenant les calots et les masques.

— Presque le même qu'à Boston.

Leurs regards se croisèrent quand elle passa un calot bleu standard.

— Où est celui que je t'ai offert ?

Il était orné de fleurs sauvages, son parfum à elle, lui avait-il dit quand elle l'avait sorti du paquet.

— À la lessive.

Il la vit détourner les yeux : elle mentait. Il feignit de ne pas voir ses mains tremblantes alors qu'elle attachait son masque.

Puis ils s'approchèrent de l'évier, et leurs réflexes professionnels reprirent le dessus. Le ruissellement de l'eau chaude était le seul bruit audible pendant qu'ils se nettoyaient scrupuleusement les ongles, les mains, les bras.

Josh ferma le robinet du coude, Katie fit un signe de tête vers la pile de serviettes stériles.

— C'est une bonne chose que je t'assiste, tu en es certaine ?

— La médecine est la seule chose dont je sois certaine, ces temps-ci.

Deux infirmières entrèrent, tenant les blouses bleues stériles qu'elles les aideraient à passer. Il sourit, et elle se borna à un hochement de tête en réponse.

Mais peu importait. C'était comme si elle venait de lui lancer une bouée.

— Votre bras, demanda l'infirmière.

Katie le passa dans la manche et exécuta une pirouette pour s'enrouler dans la blouse. Ce faisant, elle se trouva nez à nez avec Josh, le sourcil levé.

Elle leva le sien en réponse.

— Main gauche, docteur McGann.

Sans cesser de regarder Josh, qui souriait, Katie tendit sa main à l'infirmière, qui lui enfila son gant.

— La droite.

Elle la lui donna. La seconde infirmière était, à l'évidence, heureuse de se charger de Josh.

— Merci, Marylin. Joyeux Noël.

— Joyeux Noël, docteur West !

Katie fronça les sourcils. Comment connaissait-il son prénom ?

Mais ce n'était pas le moment de poser la question. Elle avait une vie à sauver.

5

— Tu comptes procéder par laparoscopie ? demanda Josh.

— Non, j'ouvre, répondit Katie.

— C'est plutôt rare.

Pas pour elle, mais il savait que parler pendant une intervention la calmait, l'aidait à se concentrer. En outre, communiquer uniquement par gestes ou avec des regards pouvait entraîner des erreurs.

Elle cligna des yeux.

— Pas pour un traumatisme de ce genre. Il y a sans doute de gros dégâts, mieux vaut en évaluer l'étendue.

— On va enlever une côte ? demanda une infirmière pour s'assurer qu'elle aurait les bons instruments à passer.

— J'espère que non, mais l'une a pu être brisée dans le choc. Nous allons vérifier.

Katie était heureuse que les membres de l'équipe soient au diapason, et elle se doutait que Josh l'interrogeait principalement pour lui éviter de penser à la petite patiente. Lui comme elle, ils auraient pu réaliser cette procédure les yeux fermés.

— Une néphrectomie partielle pourrait conduire à une seconde intervention, dit-elle, et je ne le veux pas. Je ne saurai rien de précis avant d'avoir ouvert, mais je pense qu'il vaut mieux ôter le rein entier, dans le cas de… ?

— Casey, dit une infirmière. Casey Wilson.

Katie hocha la tête. Un nom, c'était ce qu'il lui fallait pour rester concentrée sur sa tâche.

Elle repositionna sa main sur le scalpel.

— J'incise.

D'un geste sûr, elle ouvrit l'abdomen jusqu'à la cage thoracique. Son esprit était entièrement mobilisé. Son cœur s'apaisa et sa respiration redevint régulière.

Par chance, l'autre rein semblait intact.

Katie se mit au travail, en évitant de regarder le petit visage. Elle n'avait que vaguement conscience de Josh, qui se tenait de l'autre côté de la table.

Pourtant, sa présence lui rendait son assurance, elle le savait. Elle leva la tête pour le regarder dans les yeux. Des yeux d'un bleu pur, qui ne cillaient pas. Il fit un signe avant de baisser de nouveau le regard. La cage thoracique était abîmée, sans doute par la ceinture de sécurité, mais c'était le rein qui avait reçu le choc. Katie libéra le passage vers le minuscule organe, et prit soin de clamper tous les vaisseaux sanguins avant de le retirer.

— Veux-tu que je ferme ?

La voix de Josh. C'était une simple proposition, qui ne mettait absolument pas en doute sa capacité à le faire elle-même.

Elle secoua tout de même la tête. Elle avait commencé, elle terminerait.

— Je m'en charge.

Elle se mit à recoudre à points précis et réguliers, puis leva la tête vers lui.

— Tu vois ?

Les yeux bleus étincelèrent, et aux petites rides qui se formèrent, elle devina qu'il souriait.

— Tu as réussi.

— Prêt pour le Père Noël secret, docteur West ?

Josh regarda Jorja : malgré ses seize heures de service, elle semblait aussi en forme qu'à son arrivée.

— Bien sûr !

— Rendez-vous à minuit à l'accueil, dit-elle en étouffant un bâillement.

En fin de compte, elle était humaine…

Afin d'éviter tout malentendu, il resta à bonne distance d'elle dans le couloir qui menait aux urgences.

Après avoir décidé d'aller coûte que coûte de l'avant, il avait tenté de sortir avec d'autres femmes que Katie, sans jamais pouvoir pousser les choses au-delà d'un verre au pub. Chaque fois il avait prétexté un appel d'urgence. Une ruse minable, mais il se sentait incapable d'aller plus loin.

Pour autant, il n'était pas obligé de rester muet…

— Deux services de suite, ça a dû être long, non, docteur ?

— Pas plus que pour vous, Jorja.

— Je le fais tous les ans, pour pouvoir passer Noël avec ma famille.

— Oh ? Vous êtes d'ici ?

— Hum. Née à Copper Canyon, comme mes six frères et sœurs. La dinde doit toujours être énorme, mes frangins ont commencé à la faire rôtir dehors pour que maman puisse disposer de son four.

— Pas mal !

— Voulez-vous vous joindre à nous ? Tout le monde amène un ou une amie intime.

Il prit ses distances.

— Oh ! impossible, je suis de garde. Merci quand même.

En voyant son sourire s'éteindre, il se passa une main dans les cheveux. Elle était sympathique, mais… il avait déjà une amie intime, celle de ses rêves. Et il était occupé à lui prouver à quel point il lui était indispensable.

— C'était très gentil à vous de m'inviter. C'est juste que… Navré, Jorja.

— Pas de problème.

Elle se pencha pour ramasser un morceau de cheveu d'ange qu'elle enroula autour de son doigt, et il réprima son envie de la prendre par les épaules pour la consoler.

— Je vous ai vu regarder le Dr McGann, quand nous étions sous le gui. Vous la connaissez, n'est-ce pas ?

Ah ? C'était donc si évident ?

— Depuis la fac de médecine, oui.

Elle jeta le cheveu d'ange dans une corbeille en soupirant.

— Les meilleurs sont toujours déjà pris !

Tout à coup, son sourire réapparut.

— Hé ! Qui avez-vous tiré, pour le Père Noël secret ?

— Ce n'est pas supposé être un secret, justement ?

— Si, mais ce serait drôle que vous soyez tombé sur le Dr McGann !

Il l'étudia un instant, le sourcil levé, et la vit sortir de sa poche un bout de papier froissé.

— Tenez, c'est moi qui l'ai ! Et vous ?

— Vous ne lui avez pas encore trouvé de cadeau ? demanda-t-il de son air le plus innocent.

— Oh ! juste un assortiment des biscuits de Noël de ma grand-mère.

— La mienne aussi en confectionnait de toutes sortes, dit-il d'un ton nostalgique. Le Dr McGann les aime tous, je pense.

À la mort de grand-mère Jam-Jam, il avait cru perdre un morceau de lui-même, et Katie n'était déjà plus à ses côtés…

Le cœur serré, il comprit que sa mission n'était pas si simple : au premier regard, il avait vu que sa femme l'aimait encore, que même un deuil terrible ne pouvait détruire le lien si fort qui les unissait. Au fond de son âme, il savait qu'elle lui faisait toujours confiance. Mais était-ce réciproque ? Elle l'avait abandonné à un moment où il était perdu… Pouvait-il se fier à elle à l'avenir ?

— Hé ! Docteur West !

Il sursauta. Jorja s'adressait de toute évidence à lui, mais de quoi diable parlait-elle ?

Elle leva les yeux au ciel.

— Ah, ces hommes ! Quel manque de concentration ! Je n'en trouve même pas un pour m'écouter. Pas étonnant que je n'aie pas encore de copain.

— Je vous demande pardon, je n'ai pas entendu…

— Oh ! ça, j'avais compris. Je vous demandais qui vous aviez tiré au sort, pour que nous puissions échanger. Si ça vous intéresse.

Il sortit son billet de sa poche.

— Euh… Dans ce cas, c'est le Dr Michael Rainer qui sera l'heureux bénéficiaire des biscuits de votre grand-mère.

— Michael ? fit-elle d'un air songeur. OK, Michael.

La seconde fois qu'elle prononça le nom, on aurait dit qu'elle dégustait un sucre d'orge.

Josh sourit. L'interne allait devoir se méfier en passant sous les bouquets de gui… Il glissa un bras autour des épaules de Jorja, exerçant une légère pression. Elle venait peut-être de lui fournir l'occasion qui lui manquait.

Katie sourit en regardant le tableau, où il ne restait plus aucun nom de patient à recevoir. Cela ne durerait sans doute pas, mais autant en profiter.

— Vous avez l'air satisfait. L'opération s'est bien passée ? demanda Michael en la rejoignant.

— Oui. On ne peut mieux.

Elle entendit le rire de Josh avant de le voir, et la réaction de son ventre fut éloquente. Du désir pur. Cela passerait, ce devait être l'adrénaline… Elle se tourna vers l'équipe qui se rassemblait peu à peu autour du comptoir de la réception.

— Bien ! Un petit rappel pour commencer : les cadeaux du Père Noël secret doivent être déposés dans les casiers, s'il vous plaît, pas à la réception.

Une infirmière remit un paquet dans sa poche avec un air coupable.

Katie se mordit la lèvre. Elle détestait jouer les trouble-fête, mais c'était un lieu de travail…

— Pas d'anicroches ce soir. Nous avons deux

patients en salle de réveil, mais grâce à vous tous il n'y a personne aux soins intensifs.

Une salve d'applaudissements lui répondit. L'équipe semblait aussi fatiguée que triomphante. Shannon elle-même paraissait en avoir assez vu. Michael conservait son air studieux mais, quand il ôta ses lunettes pour les nettoyer, elle lut la lassitude dans ses yeux. Presque tout le monde bâillait, en fait.

Elle aussi, elle était épuisée…

Elle croisa le regard assuré de Josh. Il savait qu'elle n'aurait peut-être pas réussi l'opération sans lui. Elle se sentait à la fois vulnérable et protégée, et le regard qu'il lui lança lui coupa la respiration. Sans aucun doute, il était plein d'amour.

Elle aurait plus de mal qu'elle ne l'aurait cru à se séparer de lui, à la fin de leur service…

Bon sang, elle avait oublié d'appeler l'agence pour demander un autre remplaçant ! Dans la région, elle ne trouverait personne qui accepte de changer ses projets à la dernière minute, de renoncer à un congé pris pour passer les fêtes en famille.

Quand ils étaient de repos, Josh et elle, ils étaient inséparables…

Elle secoua la tête. Eh bien, elle devrait le prier de rester, finalement, voilà tout.

— Où sont-ils, ces jeunes imbéciles ?

Un barbu en costume de Père Noël avec une Mère Noël aux joues rouges dans son sillage firent irruption dans le hall d'entrée, apportant une rafale de vent avec eux.

— Où sont mes enfants ? gronda l'homme.

Les esprits s'échauffaient parfois, aux urgences, et en l'occurrence le Père Noël paraissait furieux…

Comment s'appellent-ils, monsieur ? demanda Josh en s'interposant, mi-inquiet mi-menaçant.

Il était grand et avait l'assurance d'un cow-boy de rodéo, mais le barbu ne paraissait pas s'en soucier outre mesure.

— Chris, Nick et Maddie Klausen. Consultez votre liste, docteur. Et plutôt deux fois qu'une ! J'ai vu le van sur le parking, je sais qu'Eustace est dedans. C'est notre plus grosse nuit de l'année, la crèche était minable sans eux !

— Papa ?

Maddie avait surgi, un pansement au front, l'air apeuré, en se tenant les côtes.

— Maman ?

Katie s'avança vers l'enfant, prête à intervenir.

— Ma chérie !

Mme Klausen se précipita vers sa fille et la prit dans ses bras avec précaution.

— Que s'est-il passé, Maddie ? On vient de nous prévenir que vous aviez eu un accident.

Rassurée, Katie les regarda s'embrasser tendrement. M. Klausen embrassa sa fille à son tour, puis s'écarta pour la regarder dans les yeux.

— Où sont tes abrutis de frères ? Je vais leur tordre le cou !

— Docteur McGann, dit Michael. C'est moi qui ai accompagné Chris au…

Katie lui fit signe de se taire. Inutile d'exposer les détails devant tout le monde, et Chris n'était pas en état de supporter les reproches de son père.

— Voulez-vous me suivre, monsieur ? demanda-t-elle.

— Tout va bien, Katie ?

La voix de Josh lui donna des frissons. Encore le chevalier blanc... Elle pinça les lèvres, même s'il ne voyait pas son visage de là où il se trouvait. Bon sang, ne venait-elle pas de prouver en salle d'op qu'elle pouvait dompter ses démons ?

Hum. Peut-être pas sans lui à ses côtés.

— Voulez-vous me suivre, monsieur, avec votre épouse ?

Elle jeta un coup d'œil à Jorja, qui visiblement se retenait de rire. Les nerfs, probablement, mais ce n'était pas très opportun.

— Pour quoi faire ? Conduis-nous jusqu'aux garçons, Maddie.

Katie se redressa. Il fallait faire preuve d'autorité.

— Pardonnez-moi, je préfère vraiment vous parler d'abord.

Josh passa un bras protecteur autour des épaules de la fillette.

— Et si nous allions voir si nous trouvons du pain d'épices quelque part, Maddie ?

— D'accord, grommela M. Klausen en regardant Katie. Racontez-nous quelles bêtises ils ont faites.

Katie emmena les Klausen dans le salon des familles, espace confortable aménagé par l'hôpital pour annoncer les mauvaises nouvelles. On les avait conduits, Josh et elle, dans une salle similaire à la mort de leur petite fille. Elle se souvenait des mots exacts.

« Nous n'avons décelé aucune preuve qu'un problème quelconque existait. Juste un de ces accidents... »

Ils s'étaient gravés dans son cœur. Si l'on avait

découvert une cause, elle aurait pu faire quelque chose. Réparer. Elle n'aurait pas ressenti cette terreur croissante, incontrôlable, de ce qui pourrait arriver s'ils recommençaient.

— Alors, qu'ont fait ces garnements ? Et comment va Eustace ?

— Votre âne est tiré d'affaire, monsieur.

Bizarre, comme priorité, mais on ne connaissait jamais l'histoire des gens… Ni leur réaction en cas de stress extrême.

— L'un de nos chirurgiens lui a fait quelques points de suture…

— Il a été blessé ? cria Mme Klausen, visiblement horrifiée. Eustace ! Nous l'avons eu avant les garçons, c'est notre premier bébé !

Katie comprenait mieux…

— Votre fils, Chris, est le plus grièvement atteint. Peut-être pourrions-nous nous asseoir une minute, avant que je vous emmène en salle de réveil.

— Quoi ? Que voulez-vous dire ?

À l'évidence, M. Klausen n'avait pas envisagé ce cas.

— Il a fallu l'opérer ? cria Mme Klausen en éclatant en sanglots.

— Oui, répondit Katie d'un ton radouci. Pourquoi ne pas vous installer pour m'écouter un instant ? Ensuite, nous irons leur rendre visite à tous les deux, puisque Nick est avec lui. Cela leur fera du bien de vous voir.

Espérant n'être vue de personne, elle croisa les doigts derrière son dos.

Josh, après un dernier coup d'œil par-dessus son épaule pour vérifier qu'il était seul, ouvrit le casier de Katie. Il n'avait pas prévu ce subterfuge dans son plan d'attaque, mais puisque l'occasion s'était présentée… Il lui suffisait de trouver la bonne poche pour glisser son cadeau dedans.

Il aspira une bouffée de son parfum : elle sentait le lin frais, avec un soupçon de vanille. Paupières closes, il s'accorda un instant pour remonter le fil de ses souvenirs…

Un bruit au bout du couloir l'interrompit dans sa rêverie. Action, vite ! La poche de son blouson fourré, ou… Mais… Qu'est-ce que c'était ? Au fin fond du casier bien rangé, derrière des blouses et ses manteaux pendus sur des cintres, une image en noir et blanc le frappa au plexus : la dernière échographie de leur petite fille. Si embrasser Katie sur le toit avait ravivé de bons souvenirs, ce cliché fit resurgir les pires en foule.

— Qu'est-ce que tu fais ?

Zut, Katie ! Il se retourna brusquement, et une sorte de coup de poignard le frappa à la hanche : un rappel de ses excès passés… Il réprima un cri de douleur et posa la main sur l'endroit douloureux.

Elle fixa sa main avant de croiser son regard. Ses yeux d'un brun profond étaient pleins d'interrogations. Elle battit des cils, et il comprit qu'elle s'abstiendrait.

— Que fais-tu à fouiner dans mon casier ?

Sa voix tremblait légèrement, mais elle avait son air des mauvais jours.

— Même quand tu es en colère, tu es la plus belle femme que j'aie jamais vue.

Elle recula d'un pas, visiblement déconcertée, et

il l'observa, fasciné : ses traits étaient encore étonnamment jeunes, ses lèvres pleines. Un mignon petit écart entre les deux incisives du haut lui donnait un sourire qui éclairait le monde autour d'elle. Mais pour l'instant, elle n'était pas près de sourire…

— Josh… Tu veux bien m'expliquer ?

— Euh…

Il regarda à nouveau le casier, son cadeau toujours dans la main. Pouvait-il lui exposer la raison de cette infraction, ou devait-il mentir ?

Il choisit la sincérité, et brandit le petit paquet.

— Bien sûr, c'était censé être secret, mais… puisque j'ai été pris la main dans le sac : joyeux Noël !

Il vit l'émotion passer sur son visage, et ses yeux devinrent presque noirs.

— Mais… Je n'ai pas de cadeau pour toi.

— En fait, j'ai eu la chance de tomber sur ton nom, au jeu du Père Noël.

Pourvu que ce mensonge ne revienne pas le hanter…

Il rit doucement.

— Pour toi, c'est différent, tu ne pouvais pas savoir que je serais ici ce soir !

Son expression s'adoucit, et elle tendit la main.

— Tu vas lâcher ce paquet, ou tu veux que je devine ce qu'il contient ?

Il posa la petite boîte dans sa paume, et regarda Katie la prendre. Le papier était froissé, passé, même. Il avait emballé sa bague et son alliance le jour où elle les avait posées sur le comptoir de la cuisine en lui disant qu'elle en avait assez. Depuis, il attendait son heure.

Il toussota pendant qu'elle défaisait l'emballage,

ému d'être enfin arrivé à ce moment qu'il avait imaginé d'innombrables fois ; la réaction de Katie serait décisive, et pouvait le rendre le plus heureux des hommes, ou lui briser le cœur.

Elle ne tarderait pas à comprendre : il avait gardé l'écrin de la bijouterie où ils avaient acheté l'ensemble, en riant, avec les derniers sous qu'il leur restait.

Il ne l'avait vue que deux autres fois avec un aussi large sourire : le jour de leur mariage, et quand elle avait su qu'elle était enceinte.

Mais aujourd'hui, son visage resta indéchiffrable. Quelle douleur. En principe, il pouvait deviner son humeur avant même qu'elle n'entre dans la pièce. Des âmes sœurs…

— Oh ! Josh !

Les larmes perlèrent à ses cils tandis qu'elle tenait l'écrin ouvert, les yeux fixés sur ce qu'il contenait.

— Je ne peux pas, là, tout de suite. Je ne peux pas.

Elle pivota sur ses talons et sortit, renversant presque Michael qui entrait.

— Tout va bien ? demanda l'interne en ôtant ses lunettes pour se frotter les yeux.

— Pas de problème ! Elle a dû recevoir un appel urgent.

— Oui, certainement…

Que Michael le croie sans qu'il ait besoin d'en rajouter était un vrai soulagement. D'un coup, la fatigue s'abattit sur lui.

— Docteur West… Que diriez-vous de prendre un café avec moi, un peu plus tard ?

— Quand ? Ce soir ?

— Non, non, avant votre départ…

— Une sorte de débriefing ?

— Euh… Si on veut, oui.

— Pas de problème. Attrapez-moi au vol la prochaine fois que vous avez un moment.

Il lui donna une tape dans le dos en poussant la porte pour sortir. Il ne manquait plus que cela, boire un verre avec l'interne ! Lui qui escomptait que Katie repasse les bagues à ses doigts…

Il se retint de donner un coup de poing dans le mur. Bien fait pour lui ! Cette idée de cadeau était stupide. Et voilà que Michael lui demandait une interview pour avoir ses impressions… Fantastique !

Il regarda en l'air. Du gui, encore… Joyeux Noël à tout le monde !

6

— Docteur McGann, voudriez-vous signer ces… Mais… Vous allez bien ?

Jorja, bouche bée, s'arrêta net pour regarder Katie.

— Évidemment ! Que puis-je faire pour toi ?

— Je voudrais votre signature sur ces autorisations de sortie pour M. et Mme Wilson.

— Les parents de Casey ? La fillette que j'ai opérée ?

— Oui. Ils n'avaient que quelques contusions, et ils voudraient aller voir leur fille en pédiatrie. Au fait…

L'infirmière sourit.

— Il paraît que c'est vous qui avez sauvé ce bébé !

Katie sentit son cœur chavirer, mais sourit en retour. Josh avait raison, elle n'était plus bloquée par son deuil. Elle pouvait tourner la page. Regarder vers l'avenir, plutôt que vers le passé.

Elle signa les formulaires et indiqua à Jorja où se trouvait Casey. Ces gens devaient être impatients de voir leur petite fille, de tenir ses petites mains, d'embrasser ses joues à la peau douce…

Elle serra les doigts sur le paquet qu'elle avait fourré dans sa poche.

— Je vais tâcher de dormir un peu. Tu t'en vas ?

— Oui, je retrouve mes nombreux proches à la

messe de minuit. Avec leurs époux, leurs fiancés. Je serai un peu en retard, comme d'habitude, et seule…

Émue, Katie lui serra légèrement le bras.

— Tu as tout le temps, Jorja.

La jeune infirmière était jolie, vive, un jour ou l'autre un homme la choisirait, ou elle choisirait un homme. Selon la rumeur, ses frères s'occupaient de lui trouver un petit ami…

— Amuse-toi bien.

— Vous aussi ! Oh ! navrée, je veux dire… Continuez à faire du bon travail, comme toujours !

L'infirmière eut une grimace d'excuse, et l'attira dans ses bras.

— Joyeux Noël, docteur.

Puis Jorja se précipita vers la sortie, le bout de son écharpe à paillettes flottant derrière elle, tel un boa rouge.

Katie la suivit du regard, un peu envieuse, non de sa jeunesse mais d'un avenir qui serait — et heureusement — différent du sien.

Elle entra dans la chambre de garde, soulagée de constater que les deux lits étaient libres, et s'affala sur l'un d'eux en soupirant. Deux services de suite, ce n'était jamais une partie de plaisir, mais ceux du jour avaient été particulièrement éprouvants. Avoir revu Josh était en prime. Surtout un soir de Noël, le soir où ils avaient perdu leur bébé…

Elle retourna la petite boîte entre ses doigts avant d'oser l'ouvrir à nouveau. La nuit où elle lui avait rendu ses bagues… Elle avait eu le cœur déchiré.

Elle fouilla dans son autre poche pour en sortir

son téléphone. À cette heure-ci, cela ne se faisait pas, mais elle savait qu'Alice serait contente de l'entendre.

— Bonsoir, mon ange…, dit une voix ensommeillée.

— Désolée. Je sais qu'il est très tard, mais…

— Pas de problème, je regardais les braises s'éteindre dans l'âtre. Alors, qu'a encore fait notre diablotin ?

— Il m'a rendu mes bagues.

— Quoi ? Pour de bon ?

— Euh… Je suppose, oui.

Elle n'en était pas arrivée si loin dans ses réflexions… Elle était si contrariée de le voir devant son casier qu'elle n'avait pas envisagé qu'il pût avoir un projet.

— À genoux ? Ou pour rendre la rupture définitive ?

— Eh bien… Ni l'un ni l'autre, je pense.

— Que vas-tu faire, alors ?

— Je ne veux pas les lui redonner, dit-elle d'un trait.

— C'est-à-dire ?

Elle se contenta de rire.

— Tu sais, ma chérie, reprit Alice, j'étais navrée de devoir raccrocher, tout à l'heure.

— Pas de problème, tu as ta vie…

— Tu veux dire que, toi, tu n'en as pas ?

— Non.

— Bon sang, Katie McGann, tu es adulte, à présent ! Tu voudrais me faire croire que tu te caches au fin fond de la montagne en te croyant la seule au monde à avoir vécu une tragédie ?

Katie regarda ses bagues, qu'elle avait inconsciemment glissées à son annulaire gauche en parlant.

— Alors ?

— Je ne me cache pas, Alice. Je pense.

— À quoi ? À rester cachée toute ta vie, ou à continuer ?

— À lâcher prise, plutôt.

— À te débarrasser de quoi, exactement ?

— De ma peur ?

— C'est un bon moyen de commencer la nouvelle année, ma chérie. Mais ne te jette pas d'un sommet !

Katie rit de nouveau.

— Pas de danger !

— Je te reconnais bien là. Maintenant, laisse-moi dormir, et je te reparle bientôt, d'accord ? Je t'aime, Katie.

— Moi aussi, je t'aime. Joyeux Noël, Alice.

— Joyeux Noël à toi aussi, et donne le bonjour au chenapan, d'accord ?

Katie acquiesça, et raccrocha. Elle roula sur le côté et contempla sa main gauche.

Toute l'émotion qu'elle avait contenue dans la journée se déversa soudain en elle. Si elle se débarrassait de sa peur, elle devrait également oublier son chagrin… De ne pas avoir de famille, d'avoir perdu son unique enfant, et le mari qu'elle aimait tant qu'elle ne supportait pas l'idée de le perdre également.

Elle ne remarqua pas que la porte s'ouvrait. Soudain, des bras l'entourèrent pour la consoler. Josh, bien sûr. Il savait qu'elle aurait besoin de lui… Il était là, enfin.

Il se glissa dans le lit derrière elle et l'attira à lui pour qu'elle se blottisse en chien de fusil, les bras enlacés aux siens, les doigts accrochés à son épaule comme si sa vie en dépendait.

Il la laissa pleurer sans rien dire. Comment aurait-il pu lui garantir que l'avenir serait radieux ? Il n'en savait pas plus qu'elle à ce sujet. Quand enfin les larmes se tarirent, il s'écarta un peu, sans la lâcher. Elle songea un instant à le repousser, mais la fatigue la fit renoncer. Elle était si bien… Elle sentait le sommeil la gagner. Autant rester dans ses bras, juste une fois.

C'était Noël.

Elle se cala contre lui, entendit son souffle, les battements de son cœur, et sentit cet effluve chaud et épicé qu'elle connaissait si bien. La chaleur l'envahit, une sensation de confort familière.

Juste une nuit… Il n'y avait pas de mal à cela. Juste une nuit, avant qu'ils se disent adieu à jamais.

Il lui caressa la joue, puis descendit le long de son bras pour entremêler leurs doigts. C'était ce dont elle avait besoin. Sans espoir, ni prétentions. Être en paix, dormir. Dans les bras de son mari.

À moitié éveillé, Josh passa la main sur une douce courbe. Mais… Ce n'était pas l'oreiller, c'était Katie ! Et ce doux parfum n'était pas celui de l'hôpital… Mais son effluve, son essence.

Il fourra le visage dans sa nuque et lui embrassa l'épaule. Après tout, c'était Noël, et elle dormait. Mmm… C'était exactement comme dans son souvenir : de la soie et du miel.

Elle se tourna pour lui faire face, les yeux fermés, et lui enlaça la taille. Faisait-elle semblant de dormir ? Il n'aurait pu le dire.

Elle laissa échapper un léger soupir, et il ne résista pas au désir de poser les lèvres sur les siennes.

Elle réagit. Paresseusement au début, mais de plus

en plus passionnément tandis que leurs jambes se mêlaient.

Il la sentit glisser la main sur sa hanche, sous sa tenue de bloc. Le baiser se fit plus profond. C'était si bon de sentir ses mains sur sa peau nue ! Et aussi, réalisa-t-il avec un sourire, le métal des bagues qu'elle portait à l'annulaire…

Elle remonta dans son dos, et il sursauta quand elle toucha les cicatrices. Elle ne devait pas savoir, pas encore.

— Josh ? Qu'est-ce que…

— Rien du tout.

— Ce n'est pas ce que j'ai senti.

Elle ouvrit les paupières et cligna des yeux pour bien le regarder.

— Joyeux No… Oh ! bon sang, je vous demande pardon !

La voix de Michael… Un rai de lumière éclaira la chambre, et Katie, inexplicablement, bondit du lit.

— Je… Je vous laisse, alors.

— Joyeux Noël, Michael. Vous êtes debout aux aurores ! fit Katie en défroissant sa tenue.

Soudain, Josh prit conscience que personne ici ne savait qu'ils étaient mariés, que le Dr McGann était Katie West. Sa Katie.

— Pas vraiment, docteur, il est 9 heures.

— Pardon ? demanda-t-elle en jetant un regard horrifié à Josh.

Il se borna à sourire. Depuis quand n'avait-il pas dormi jusqu'à 9 heures ?

— Mais je commençais à 7 heures ! Pourquoi ne m'avez-vous pas appelée ?

— Oh… Jorja disait que vous aviez réellement l'air épuisée, hier soir. Alors j'ai laissé un mot à l'équipe de jour pour vous laisser dormir.

Michael, les yeux tournés vers la fenêtre, dansait d'un pied sur l'autre.

— D'accord, je vois. Alors allons-y.

Elle se dirigea vers la porte, et l'interne lui emboîta le pas.

— Joyeux Noël, Michael ! fit Josh d'un ton jovial.

En réalité, le jeune médecin lui avait sauvé la mise sans le savoir, en lui évitant d'en dire davantage à Katie sur ses cicatrices…

Michael marmonna un « Joyeux Noël » presque inaudible avant de suivre Katie, qui sortit sans un regard en arrière.

Josh s'affala sur le lit et se passa la main sur la joue : sa barbe naissante piquait. Il y avait longtemps qu'il n'avait plus réfléchi à la situation. Comment en étaient-ils arrivés là, Katie et lui ? Le choc les avait anéantis. Cela, au moins, c'était normal. Il avait commencé à prendre des risques, à tester ses limites, à tenter de les repousser au maximum. Pour montrer à sa femme que la vie valait encore la peine d'être vécue. Il n'avait réussi qu'à l'épouvanter.

Apparemment, elle était toujours dans le déni… Tant qu'il n'était pas là, elle pouvait garder son secret enfermé à clé au fond de son casier.

Il souffrait pour elle, et avait envie de hurler de colère contre ce passé qui l'empêchait d'avancer.

La colère pouvait être un dérivatif.

Il avait essayé quelques fois, sans grands résultats. La dépression ? Ce n'était pas son genre. Il y avait trop de choses agréables dans l'existence pour se complaire dans son malheur. Sinon, à quoi bon continuer ?

Mais, s'il parvenait à regagner le cœur de Katie, il retrouverait la plénitude de sa vie. Comme ces dernières heures, merveilleuses, où il l'avait tenue dans ses bras. Il avait bien dormi pour la première fois depuis qu'ils s'étaient séparés. Et il avait vraiment cru qu'ils pourraient renouer.

En réalité, ils n'en étaient pas là... Inutile de tirer des plans sur la comète.

— Ah, docteur West ! C'est gentil de nous rejoindre enfin ! dit Katie à Josh avec sa vivacité coutumière. Box 4, une mémé bibendum vous attend.

Elle lui tendit la fiche sans le regarder. Pourtant, elle n'était jamais grossière, et était généralement peinée pour les personnes âgées qu'on amenait aux urgences le jour de Noël pour s'en débarrasser. En ville, c'était plus fréquent qu'on ne le croyait, mais, ici, ce devait être plutôt rare...

Il la regarda classer quelques dossiers, les sourcils froncés. Elle était tout à fait consciente de l'effet de ses paroles, elle qui savait l'amour qu'il portait à sa grand-mère. Il serra les dents. Sans doute avait-elle changé et refusait-il de voir la vérité. Ils étaient différents, à présent.

Il secoua la tête. Difficile à croire. Mais elle aurait au moins pu lui dire à quel état ce « bibendum » faisait référence...

Il consulta la fiche.

Œdème périphérique, chevilles et pieds enflés. Cela pouvait être n'importe quoi. Entorse, obésité, mauvaise circulation, la liste était longue, jusqu'à la crise cardiaque congestive. Il fallait être dur pour l'abandonner aux urgences.

— Et toi, Katie, de qui t'occupes-tu, en ce joli matin de Noël ?

— D'une jeune mariée atteinte d'une crise de panique. Elle s'est aperçue qu'elle avait placé ses espoirs trop haut.

Sans répondre, il se dirigea vers le box 4 tandis qu'elle se rendait dans le 3. Elle était vraiment de mauvaise humeur… C'était peut-être sa façon de lui signifier qu'il devait, lui aussi, faire une croix sur ses espoirs ?

Il s'arrêta avant d'entrer et se retourna pour jeter un coup d'œil à sa main gauche. Elle portait toujours les bagues ! Il avait donc mal interprété sa phrase.

Il sourit. Peut-être ce jour de Noël serait-il heureux, en fin de compte.

— Alors, Mme Hitchins ? Je suis le Dr West. Vous n'êtes pas en grande forme, paraît-il ?

— Aucun résultat !

La jeune femme assise sur la table d'examen écarta le sac en papier dans lequel elle respirait.

— Elle va s'en sortir ? C'est un infarctus ? demanda un jeune homme anxieux, debout près d'elle, sans doute le mari.

Katie sortit son stéthoscope avec un sourire rassurant.

— Si j'ai bien compris, Mme Davis, vos beaux-parents sont chez vous pour les fêtes ?

— Oui, répondit son mari. Ma femme venait de mettre le rôti au four, et ma mère, qui prépare toujours le repas de Noël à la maison, a voulu savoir ce qu'on mangeait dans sa famille à cette occasion. Et Emily s'est mise à suffoquer, à se plaindre de ne plus rien voir… Quand maman s'est proposée pour prendre les choses en main, elle s'est évanouie. Vous croyez que ça va passer ?

Katie mesura les constantes tout en encourageant sa patiente à respirer dans le sac, et en assurant à son mari qu'elle ferait son possible pour comprendre la cause du problème.

Elle entendait Josh bavarder d'un ton jovial de l'autre côté de la cloison, et rire avec la vieille dame. Pas étonnant, il adorait les grands-mères. Pourquoi avait-elle été si méchante ? Il ne le méritait pas… Sa seule faute était de s'être montré gentil avec elle.

Elle se secoua et regarda M. Davis.

— Rassurez-vous, ce n'est rien de grave.

— Bien, alors je téléphone à ma mère pour lui dire de s'occuper de la cuisine. Son repas de Noël est toujours *parfait*, n'est-ce pas, Ems ?

Le souffle de la patiente s'accéléra et ses yeux s'agrandirent, passant de son mari à Katie.

— Respirez profondément, et tenez bien le sac. M. Davis, me permettez-vous de rester un instant seule avec votre épouse ?

— Vous êtes sûre que ce n'est pas…

— Absolument. Si vous voulez bien vous asseoir en salle d'attente, je ne serai pas longue.

Dès qu'il fut sorti, la respiration d'Emily se modifia. Katie lui passa la main dans le dos comme elle l'aurait fait à un enfant, en répétant comme un mantra.

— Respirez lentement, profondément. Comptez jusqu'à trois…

C'était ce qui l'avait sauvée des quelques crises de panique qu'elle avait traversées juste après avoir quitté Josh. Elle en était toujours étonnée, d'ailleurs. Cela lui ressemblait si peu ! Une fois, elle avait pris une chambre d'hôtel simplement parce que sa voiture était en panne d'essence, et était restée à trembler sur le lit…

Elle se secoua. Pour l'instant, elle s'occupait d'Emily, et d'une belle-mère dont son mari avait visiblement du mal à quitter les jupes.

— C'est la première fois qu'ils viennent fêter Noël chez vous ? demanda-t-elle.

La jeune femme hocha la tête, et les larmes jaillirent de ses yeux.

Elle sortit un mouchoir en papier de la poche de sa blouse et le lui tendit.

— Je me trompe en disant que vous n'aviez jamais eu ces symptômes avant ?

La patiente acquiesça en reniflant.

Katie tapota le coin de la table d'examen.

— Je peux m'asseoir ?

Emily fit signe que oui, et Katie s'installa, les jambes croisées.

— Je me souviens d'avoir préparé, une fois, le repas de Noël pour mes beaux-parents. Un échec total !

Elle rit à ce souvenir.

— La famille de mon mari tenait à ses traditions, et sa grand-mère cuisinait à la perfection. Moi, j'avais tout acheté chez le traiteur.

Elle rit de nouveau, satisfaite d'entendre le souffle de sa patiente retrouver de la régularité.

— C'était l'habitude, chez moi. Mais ils ont commencé à m'envoyer des e-mails pour m'expliquer que la dinde devait être assez grosse pour qu'ils puissent emporter des sandwichs pour la semaine. Ou me donner la recette de la sauce à la canneberge, avec du zeste d'orange seulement, et surtout pas la pulpe ; et celle de la purée cuite dans une gamelle à riz, ce qui n'a aucun sens, avec beaucoup de beurre salé. Et… Et moi, je n'avais jamais épluché une pomme de terre de ma vie !

— Au moins, c'était un repas traditionnel ! répondit Emily. Les parents de David sont très originaux : ils veulent du bœuf à la place de la dinde, parce que celle de Thanksgiving suffit, selon eux, et des pommes de terre sautées au lieu de purée, quelle hérésie !

Elle tendit les mains ouvertes devant elle.

— Pour moi, un Noël sans dinde farcie, ce n'est pas un vrai Noël ! C'est comme un signe que je n'aurais pas dû me marier.

— Emily, voyons ! Le mariage implique un tas de désagréments auxquels on ne réfléchit pas en prononçant ses vœux. Mais ce n'est pas si grave ! Pensez à votre mari. Peut-être a-t-il regretté son rôti de bœuf chaque fois qu'il a passé Noël avec vous ? Accepter les changements, c'est une occasion d'apprendre.

Elle prit les mains de sa patiente dans les siennes en hochant la tête.

— Et si, après le départ de vos beaux-parents, vous vous cuisiniez une dinde farcie pour le jour de l'an ? Juste pour vous deux, avec de la purée.

Emily renifla, essuya ses larmes et une ébauche de sourire apparut sur son visage.

— Inventez vos propres traditions ! Nous le faisions avec mon mari : des crêpes le mardi après un double service, des sandwichs grillés au fromage avec des pickles et de la soupe de tomate pour la Saint-Valentin…

Elle sentit ses joues rougir de plaisir à l'évocation de ces rituels ; se souvenant qu'elle parlait à une patiente, elle modéra son enthousiasme.

— Vous savez quoi, Emily ? Si votre belle-mère a tant envie de préparer le repas, laissez-la faire ! Asseyez-vous en attendant l'heure de vous mettre à table. Je parie que vous décorez et rangez la maison depuis des jours ?

— C'est vrai, je suis épuisée.

— Bon ! Jouez la malade, faites une réussite en appréciant les fumets qui sortent de la cuisine. Et dès qu'ils seront partis, mettez votre tablier et faites exactement ce que vous aviez envie de faire. Vous avez de la chance de savoir cuisiner ! Moi, je ne suis pas douée.

— Vous savez faire les sandwichs grillés au fromage, dit Emily en souriant.

— Brûlés dans les coins, mous au milieu. Ma spécialité.

Elle sourit aussi. La vie de famille pouvait être rude, surtout pendant les fêtes.

— À mon avis, vous exagérez, docteur McGann !

Elle sursauta en voyant passer Josh, qui poussait le fauteuil de Mme Hitchins. La vieille dame le regardait avec adoration.

— Je suis sûr que votre mari se régale, fit-il avec un clin d'œil, avant de conduire sa patiente vers la réception.

— Il est sympa ! dit Emily. Si votre mari lui ressemble…

Katie sauta au bas de la table.

Non, son mari ne ressemblait pas du tout au Josh qu'elles venaient de voir. Celui-ci était constant, de confiance… présent. Il n'aurait pas escaladé des falaises gigantesques, sauté à l'élastique ou traversé le Grand Canyon sur un fil. Il était là pour elle quand elle avait besoin de lui. Le Josh d'aujourd'hui avait lui des cicatrices dont elle ne connaissait pas l'origine…

— Bien, dit-elle en prenant les papiers de sa patiente. Je vous fais une ordonnance, vous souffrez d'hyperventilation. En réalité, il s'agit d'une crise de panique, provoquée par l'arrivée de vos beaux-parents, mais je ne l'écrirai pas. Vous pourrez prétendre que c'est de l'épuisement. Suivez mon conseil, d'accord ?

— Prendre du recul, et me rappeler que j'ai épousé l'homme que j'aime ?

Ces mots crevèrent le cœur de Katie. Elle-même n'avait jamais pris de recul. Le deuil, le chagrin… Elle s'était bornée à chasser Josh de sa vie, et à mettre une chaîne de montagnes entre eux.

Comment pouvait-on se cacher de ce qui vivait en soi ? Surtout si c'était l'amour ? Était-il enfin temps de mettre les choses en perspective ? Si c'était le cas, quelle chance !

— Exactement, Emily. Vous avez épousé l'homme que vous aimez. Rentrez vite chez vous vous asseoir dans votre salon !

La jeune femme la serra dans ses bras et sortit retrouver son mari, et Katie attendit quelques minutes pour organiser ses idées.

Avait-elle été affolée par les risques que prenait Josh au point d'oublier tout le reste ? De ne plus le regarder ? Il avait eu autant de peine qu'elle. Peut-être était-ce par désespoir qu'il s'était jeté dans des aventures dangereuses… Avait-elle perdu le sens de ce qui était important ?

Le goût du sang dans sa bouche la ramena à la réalité. Elle s'était mordu la lèvre, qui allait gonfler… Le look parfait, le jour de Noël, pour ses patients, pour Josh…

Elle avait besoin d'un biscuit de Noël. Si elle se dépêchait, elle trouverait peut-être un de ceux de la grand-mère de Jorja dans la salle du personnel.

7

— On dirait que vous avez faim !

— Salut, Michael, bredouilla Katie.

Elle essuya les miettes de sa bouche et avala la dernière jambe du bonhomme de pain d'épices. Le reste était déjà bien au chaud dans son estomac.

— Navrée, je voulais...

« Noyer mes chagrins dans les sucreries » ? Pas vraiment l'explication qu'on attendait de sa patronne.

— Ne vous excusez pas, j'en ai mangé une bonne douzaine, dit-il avec un sourire malicieux.

Elle lui sourit en retour. Elle avait un faible pour son interne, ses cheveux en bataille, les taches d'encre sur ses joues. Il était plus âgé que la plupart de ses collègues, parce qu'il était parti un an faire du bénévolat en Amérique du Sud. Un garçon méthodique et sérieux, mais pas au point d'être dénué d'humour. Comme c'était agréable de le voir sourire.

— Vous avez de la chance que Jorja vous ait tiré au sort ! dit-elle.

— Ah, oui ! Ces biscuits ont été une bonne surprise. Et c'était très généreux de sa part.

Elle leva la tête et constata avec étonnement qu'il

rougissait. Se pouvait-il que… Jorja ? Qui avait une si grande famille et de l'énergie à revendre ?

Et pourquoi pas ? Josh l'avait bien tirée à la fois de ses bouquins à l'université et de sa coquille…

Son biper vibra.

— Code bleu, arrêt cardiaque suspecté.

Elle n'attendit pas la réaction de Michael pour se précipiter : le patient était son père.

— À qui faut-il s'adresser pour avoir un cappuccino, dans cet hôpital ?

Josh connaissait cette voix, l'allure impeccable et le chignon blond qui allaient avec.

— Sheree ?

— Josh !

La mère de Katie pivota sur ses talons avec autant de classe qu'une star des années cinquante et lui planta un baiser sur la joue. Rien n'avait changé, de ce côté-là. Elle n'était même pas étonnée de le voir.

— Que faites-vous ici, Mme McGann ? demanda-t-il.

— Oh ! Josh…

Elle lui posa sa main manucurée sur le bras.

— C'est Randall. Il a eu une attaque d'angine de poitrine et il n'avait plus de pilules. Josh, je tuerais pour un cappuccino. Vous qui êtes dans la place, vous pourriez me trouver ça ?

Elle lui lança un clin d'œil complice, mais, avant qu'il ait pu répondre, Katie arriva, hors d'haleine.

— Maman ! Tout va bien ? Où est papa ?

— Katie, ma chérie ! Tu ne nous avais pas dit que Josh était là ! Vilaine fille ! Je comprends pourquoi tu as refusé de rester au chalet pendant notre séjour ! Bon, comment fait-on pour avoir un café italien, ici ?

— Je devrais pouvoir vous trouver ça, Sheree, dit Josh.

Katie sentit son sang se glacer, puis bouillir.

C'était un cauchemar ! Et pourtant non, ils étaient bien là tous les deux, en train de bavarder comme si le temps n'avait pas passé depuis leur dernière rencontre. À l'enterrement d'Elizabeth.

— Oh ! Josh ! C'est si bon de vous revoir ! Je n'arrête pas de supplier Katie de cesser de vous cacher, et de vous demander de nous rejoindre ici. Alors comme ça, elle a réussi à vous attirer dans notre petit refuge montagnard ?

— Maman !

Elle ignora le regard étonné de Josh. Non, elle n'avait pas dit à ses parents qu'ils étaient séparés, et alors ? Elle n'avait jamais été proche d'eux. Et surtout, sa mère n'aurait-elle pas dû être plus inquiète si son père faisait un infarctus ?

— Où est papa ?

Elle regarda Josh.

— Est-ce que tu... Est-ce que quelqu'un s'occupe de mon père ? Je viens d'avoir un message.

— C'était moi, ma chérie. Je suis tellement pressée de rentrer à la maison...

Sa mère se recula pour la toiser.

— Oh ! mon Dieu ! Tu n'aurais pas pu faire un petit effort vestimentaire ? C'est Noël !

Katie ne se donna pas la peine de répondre. C'était une réaction typique : ignorer le problème réel et se focaliser sur des détails superficiels.

Bien. Inutile de compter sur sa mère qui, d'après son haleine, était déjà passée au bar. Katie consulta la pendule : 11 h 30.

Parfait… C'était Noël.

— Comment va papa ?

— Oh ! ma chérie, il est ici mais il n'a pas eu d'infarctus. Il s'est juste goinfré de foie gras hier soir, et il n'a plus de, comment est-ce déjà… nitro… quelque chose.

— Nitroglycérine ? Tu ne m'as pas dit qu'il était sous traitement !

Sa mère haussa les épaules.

— Vous vous souvenez comme il est glouton, Josh ? Vous savez, nous parlions justement de vous, et je disais…

— Pourquoi n'allons-nous pas le voir tous ensemble ? dit-il. Je crois avoir entendu le Dr Vessey dire qu'elle faisait des tests préliminaires dans le box 2.

Pour décider sa belle-mère, il dut lui promettre au moins un espresso dans un futur proche.

— Oh ! ce Dr Vessey ne va pas lui plaire ! dit-elle en se tournant vers sa fille. C'est pour ça que nous avons supplié la réceptionniste de t'envoyer le code bleu. Tu connais ton père, pas de chaise roulante, droit dans ses bottes, insistant pour voir sa petite fille adorée. Il ne laissera personne d'autre le soigner, Katie. Tu as toujours été sa préférée.

— Je suis fille unique, maman.

Le sourire de Josh s'élargit. Il se délectait de chaque seconde de cet échange. Cerise sur le gâteau, Katie ne leur avait pas dit qu'ils n'étaient plus ensemble…

— Bon, on y va ? dit Katie, visiblement furieuse de l'initiative qu'il venait de prendre.

Il glissa la main de sa belle-mère au creux de son bras tandis que Katie ouvrait le chemin.

— Quel caractère ! murmura Sheree.

Le dos de Katie se raidit, mais elle ne se retourna pas. Josh souriait. Peut-être que son rêve de courir main dans la main avec elle au lever du soleil n'était pas si fou, en fin de compte…

En arrivant, elle lui jeta un regard meurtrier et tira d'un coup le rideau du box.

— Ah, ma chérie, enfin ! Veux-tu dire à cette gamine de cesser ses tests ? Je me tue à lui répéter que ma fille et mon gendre vont s'occuper de moi. Je veux le meilleur.

— Je suis médecin diplômée…, dit Shannon.

Il l'interrompit d'une tape sur la main.

— Ils sont là, maintenant, ma chère. Merci de votre dévouement. Je suis certain que vous ferez une brillante carrière.

Il lui adressa un clin d'œil digne d'une vedette de feuilleton.

Katie regarda Shannon d'un air d'excuse, et lui indiqua qu'elle pouvait disposer. Elle tenta de faire passer le même message à Josh, en un peu plus appuyé.

— Oh ! je t'en prie, reste, mon fils ! dit son père d'une voix suppliante en levant la main. Nous étions étonnés que vous ne nous ayez pas encore rendu visite au chalet. Où te cachait-elle ? Il y a des années que je ne t'ai vu ! Sheree, quand l'avons-nous vu pour la dernière fois ?

— Papa ! coupa Katie. Tu peux te taire deux minutes ? Je voudrais écouter ton cœur.

Évitant le regard de Josh, elle posa le stéthoscope sur la poitrine de son père.

Josh était aux anges : elle ne leur avait vraiment rien dit !

— Ma chérie, je pense que ton père a juste besoin d'une ordonnance pour ses pilules, dit Sheree. Cet incident a eu lieu alors que nous étions en train de… Enfin…

Randall McGann gloussa.

Katie chassa l'image mentale qui se construisait dans son esprit.

— Maman, peux-tu t'en tenir aux faits, s'il te plaît ?

— Eh bien, nous étions en train de faire l'amour. Comme Josh et toi, tu comprends ? Comme tous les couples amoureux.

Katie regarda Josh et poussa un soupir.

— Papa, peux-tu me décrire ce que tu as éprouvé, et ce que tu éprouves ?

— Eh bien, ta mère était au beau milieu d'une nouvelle position qu'elle a découverte en lisant un magazine, et j'étais sur le point de…

— Arrêtons les détails ! C'est ton cœur qui m'intéresse. Les douleurs au cœur, et autour.

— Je n'ai pas ressenti la douleur au bras qu'on doit paraît-il éprouver quand on fait un infarctus, si c'est ce que tu as envie d'entendre.

— Sois un peu sérieux, papa ! As-tu eu des difficultés à respirer ? As-tu transpiré ? Perdu connaissance ?

— Katie…, fit Josh en réprimant un sourire. Veux-tu que je l'examine ? À mon avis, tu es trop proche du patient. On dirait un peu à un interrogatoire de la Gestapo.

— Je demande des renseignements ! Et je suis parfaitement capable de diagnostiquer un infarctus, merci !

— Ma chérie ! Est-ce une façon de parler à ton mari, un jour de Noël ?

— Maman, ce n'est pas…

Elle se tut. Josh leva un sourcil. Cela devenait intéressant. Les parents de Katie, pour une fois, restaient muets. Que faire ? Leur annoncer la mauvaise nouvelle un jour comme aujourd'hui, ou voler au secours de sa femme ? Celle qu'il voulait réellement tenir dans ses bras ?

Il leva les mains en l'air, comme pour se rendre.

— C'est le moment de passer aux aveux ! Je ne devrais pas être ici.

— Toujours aussi blagueur, je vois ! Tu es juste venu garantir un Noël sexy à notre fille ?

— Papa ! fit Katie d'un air horrifié.

Josh éclata de rire. C'était peut-être le meilleur Noël de sa vie, mais il aurait parié que, pour elle, c'était le pire.

Il se rembrunit. Non, aucun ne pouvait être pire que celui de trois ans plus tôt.

— Vous aussi, Randall, vous êtes blagueur ! Je voulais dire que je suis de service, et que ma patronne, dit-il en désignant Katie de la tête, souhaite certainement que je gère d'autres patients. Ravi de vous avoir revus, tous les deux.

Lorsque Josh sortit de la pièce, Katie poussa un soupir de soulagement.

— Bon. Papa, peux-tu te taire un moment, que je poursuive mon auscultation ?

— Si tu me promets d'amener Josh ce soir à dîner.

— Impossible, je travaille.

— Pour Noël ? s'étonna sa mère.

— Maman, les gens ne choisissent pas leur jour pour avoir des problèmes de santé !

— Moins fort, Katie ! Ta mère a eu une rude matinée. Demain, alors ? Ou pour le réveillon du jour de l'an ? Ce serait fabuleux, de voir arriver la nouvelle année en famille…

Katie lui jeta un regard intrigué. Depuis quand s'était-il aperçu qu'il avait une famille ?

— L'hôpital ne te fait pas travailler douze heures de rang, tout de même ! insista sa mère.

Son père croisa les bras.

— Sheree, si elle accepte, promets-moi de ne pas cuisiner.

— Nous nous ferons livrer, chéri, il y a un excellent traiteur coréen en ville, il fait un porc au gingembre délicieux.

— D'accord ! dit Katie. J'amènerai Josh et nous mangerons ensemble. Mais si vous pouviez vous taire, pour que je vérifie que tes artères ne sont pas bouchées…

Son père se posa un doigt sur les lèvres et hocha la tête.

— Tu peux effacer l'empoisonnement au gui et les doigts brûlés, dit Josh.

— Déjà, les deux ? s'étonna Katie en s'exécutant.

L'avait-il surprise en arrivant brusquement dans

la pièce, ou doutait-elle qu'il ait vu deux patients pendant qu'elle en voyait un ? Il n'aurait pas su le dire.

— Hum. L'intoxiqué a fini par rendre ses boules.

— Charbon ?

— Pas tout à fait celui du Père Noël, mais oui. Échographie, analyses d'urine et de sang, tout va bien, même s'il a découvert que les effets hallucinogènes du gui n'étaient pas un mythe. Michael signe l'autorisation de sortie.

— Et la petite fille qui s'est brûlé les doigts ?

— Premier degré, mais tous les doigts. Ses cousins ados faisaient un concours à qui pouvait éteindre le plus de bougies en même temps. Elle a gagné.

— Super, les vacances en famille ! dit Katie sans le regarder.

— À propos, ton père va mieux ?

Autant tester l'ambiance avant de se jeter à l'eau. Avant de l'inviter à Paris et de la prier de renouveler leurs vœux.

— Si me faire du chantage pour que je passe le réveillon du jour de l'an chez eux, c'est aller mieux, alors oui, il va mieux.

— Tu vas bien t'amuser !

— Oh ! inutile de prendre cet air goguenard ! Tu viens aussi, je te signale.

— Ah.

Son cœur bondit de joie. Elle n'avait donc pas demandé de remplaçant.

— Que signifie ce « ah » ? Tu es content, ou pas ?

Il jeta un coup d'œil à sa main gauche. Gagné, les bagues étaient toujours là ! Il croisa son regard.

— Ce n'est pas ta mère qui cuisine, au moins ?

— Quelle idée ! s'écria-t-elle, l'air horrifié. Je pense que papa ne lui permet même plus de réchauffer ses plats. Il a failli s'empoisonner avec un truc qu'elle avait laissé toute la journée au four en oubliant de l'allumer. Pour ne pas l'avouer, elle a mis le gril à fond à la dernière minute.

— Elle fait venir le repas d'un restaurant d'ici ?

— De chez un traiteur coréen. Elle est dans les ingrédients asiatiques, en ce moment.

— Des aphrodisiaques, sans doute.

— Joshua…

Sa voix était chargée de menace. Il feignit l'affolement.

— Quand tu m'appelles Joshua, j'ai intérêt à me méfier ! Qu'est-ce que j'ai fait ?

Son visage resta impassible, mais elle haussa le ton d'un cran.

— Ne t'amuse pas à ce genre de trucs.

— Qu'est-ce que tu entends par « ce genre de trucs » ? C'est gênant que tes parents continuent à coucher ensemble, et qu'ils aient l'air d'être tes enfants ? Ou bien tu veux parler du fait, très intéressant pour moi, qu'ils ignorent encore que nous sommes séparés et que tu demandes le divorce depuis deux ans ?

— Ça alors ! Vous êtes mariés, tous les deux ?

Michael, rougissant, émergea de derrière le comptoir de la réception.

— Non ! cria Katie.

— Oui, mais nous ne le disons à personne, n'est-ce pas, Kitty-Kat ?

— Euh… Eh bien… Je vous laisse, dans ce cas, dit Michael. Pardon.

Il fila vers la salle du personnel.

Katie se tourna vers Josh, l'air furieux.

— Tu te rends compte de ce que tu as fait !

— Moi ? Je n'ai dit que la vérité.

La conversation ne prenait pas la bonne tournure…

— Pas totalement ! dit-elle en effaçant avec rage le nom de son père du tableau. Je n'attends plus qu'une signature pour que ça ne soit plus vrai.

Il sentit ses entrailles frémir. À quoi bon lui confier qu'il avait failli mourir, ou qu'on lui offrait un poste à Paris, si elle voyait les choses ainsi ?

Il prit une profonde inspiration avant de répliquer. Mais au moment où il prononçait les premiers mots, il savait déjà qu'il les regretterait.

— C'est ce que tu veux ? Tu veux réellement que je signe ces papiers ? Ou bien tu me les brandis sous le nez pour me persuader que c'est moi qui t'ai abandonnée, après la mort d'Elizabeth ?

Horrifié par ses propres paroles, il vit le visage de Katie se chiffonner et ses yeux s'embuer, malgré ses efforts manifestes pour retenir ses larmes.

Comment pouvait-il être aussi cruel ? Et comment se rattraper, à présent ?

Elle ne lui en laissa pas le temps. Elle se précipita vers la sortie sans se retourner.

Il savait ce qu'il lui restait à faire : signer ces fichus papiers sans plus attendre, et partir seul à Paris. Tout son corps lui faisait mal, mais sa décision était prise.

8

Même un ange de neige n'aurait pas aidé Katie à décolérer. Chose rare chez elle, elle avait hâte de terminer son service. Que faire pour dépenser son excès d'énergie ? Peut-être le tour de l'hôpital en n'omettant aucun passage, aucun couloir… Elle parcourut le premier étage au pas de gymnastique et consulta sa montre. Le temps se traînait…

Elle jeta par la fenêtre un coup d'œil au paysage : un splendide Noël blanc. Si elle avait pu être déjà à ce soir !

Elle accéléra encore l'allure. En comptant les escaliers, elle pouvait marcher au moins cinq kilomètres. Si son biper ne vibrait pas.

Pourtant, ce fut ce qui se passa, elle se précipita vers la salle de réveil, d'où venait l'appel. Était-ce la fillette de la veille, la petite Casey Wilson ? Pourvu que non. L'intervention avait parfaitement réussi. Grâce, sans doute, à un garçon aux cheveux de sable et aux yeux bleus…

Elle essuya les larmes qui ruisselaient sur ses joues. Elle ne devait plus penser à lui, il fallait qu'elle le chasse de son existence pour de bon.

Elle allait y être obligée, de toute façon… Des vies

dépendaient d'elle, elle ne pouvait pas se permettre de souffrir.

Lui aussi souffrait. Comment s'était-il fait ces cicatrices ?

Peu importait, elle devait accomplir sa tâche. Elle arriva dans l'aile des opérés hors d'haleine, morte de peur, en fait. Si Casey avait un problème…

— Ah, docteur ! dit une infirmière en la voyant. Désolée de vous avoir appelée sur votre biper, mais personne ne savait où vous étiez. Les Wilson tiennent à vous parler, pour vous remercier d'avoir sauvé leur petite fille.

— Oh ! vous avez bien fait ! Pas de problème.

À travers la paroi vitrée de la chambre toute proche, elle aperçut les visages heureux des parents de la fillette. Les pauvres… Ils auraient été bien mieux chez eux, en train de rire autour du sapin décoré, devant un feu dans l'âtre et des tonnes de paquets-cadeaux, comme de nombreuses autres familles…

— Pouvez-vous leur dire que je suis venue, que j'ai eu leur message, mais que j'étais très pressée ? Présentez-leur toutes mes excuses.

— Ils sont juste à côté ! dit l'infirmière avec un regard perplexe.

— Navrée, je ne peux vraiment pas m'attarder ! répondit-elle par-dessus son épaule en reprenant sa marche rapide.

Rien de tel que l'exercice pour oublier ses souvenirs et sa douleur…

Elle compta les jours qu'il lui restait à passer avec Josh. Trop, de toute façon. Elle traversa la salle pour ressortir de l'autre côté, espérant découvrir de nouveaux territoires où brûler sa rage avant de retourner aux urgences.

— Joyeux Noël, docteur !

Une femme aux joues rouges la saisit par le coude.

— Mme Klausen ! Tout va bien ? Mais... Que se passe-t-il, dans cette chambre ?

Une petite table de poker avait été dressée près du lit de Chris, et Maddie et Nick accrochaient des bas de laine à la tringle à rideau. M. Klausen, assis, découpait une énorme dinde.

— Nous ne pouvions pas laisser Chris tout seul, aujourd'hui !

Katie considéra la famille souriante, le délicieux fumet de la dinde lui parvint aux narines. Visiblement, la mauvaise humeur de la veille était oubliée, tout le monde était heureux.

— Venez manger un morceau !

— Ça doit être triste, de travailler le jour de Noël !

— Eustace vous embrasse !

— Prenez au moins un sandwich !

Ils étaient si gentils, tous... Soudain, elle eut honte de la façon dont elle avait traité ses parents. Et Josh. De quel droit ?

Tous les trois étaient des battants, des optimistes, qui apportaient l'amour. Si elle voulait établir la liste de ce qu'elle aurait pu faire pour mieux affronter son deuil... Pourquoi malmener son père et sa mère sous prétexte qu'ils n'étaient pas des parents classiques ?

Et son mari ?

— Docteur McGann ? demanda Maddie, l'interrompant dans ses pensées. Vous avez l'air bizarre, vous allez bien ?

— Oui, Maddie, mais je dois vraiment vous laisser, à présent. Euh... Ça vous ennuierait que j'emporte ce sandwich à la dinde ?

— On fait une trêve ? demanda Katie.

En la voyant approcher, Josh, assis sur un chariot qu'il avait poussé dans un coin, s'efforça de rester impavide.

— Josh, tu m'as entendue ?

Il se retint de répondre qu'il ignorait qu'ils étaient en guerre. Mais vu ses cicatrices des trois dernières années, peut-être était-ce le cas... Katie aussi avait eu des blessures à soigner, et ces derniers jours, manifestement, les avaient rouvertes.

Il se poussa quand elle se hissa à côté de lui.

— Tu en veux ?

Il considéra le sandwich qu'elle lui mettait devant les yeux. Vu la façon dont il lui avait parlé à l'accueil, il aurait compris qu'elle l'ait truffé de strychnine...

Elle lui en présenta la moitié sur sa paume ouverte.

— C'est une offre de paix. Allons, partage avec moi. Je prendrai une bouchée d'abord, pour te prouver que je ne l'ai pas assaisonné à la sauce au gui !

Il sourit malgré lui. Elle avait toujours su lire dans son esprit...

Il pencha la tête pour l'observer. Quand elle était arrivée, il avait résolu de ne pas lui adresser la parole, mais maintenant, avec cette offre inattendue...

Elle mordit dans sa part et se mit à mâcher avec un « Mmm ! » satisfait.

Il expira lentement. Pas de doute, elle lui coupait toujours le souffle. Autrefois, il l'aurait embrassée sur la joue, aurait glissé la main de son épaule à sa taille, l'aurait chatouillée, et ils auraient ri. Bon sang, que son rire lui manquait !

— D'accord, on fait une trêve, dit-il en tendant la main.

Elle posa la moitié de sandwich sur sa paume.

— De la part du Père Noël. Tu te souviens des Klausen ?

Il se retint de mordre dans son morceau.

— Ceux qui voulaient tordre le cou à leurs fils ?

— Hum, ils font la fête dans la chambre de Chris. Une dinde farcie plus grosse qu'un émeu, purée, patates douces, des bas accrochés aux tringles à rideaux, tout le tralala !

Elle prit une seconde bouchée en souriant, puis lécha un peu de sauce sur sa lèvre.

Autrefois, il l'aurait léchée lui-même, et se serait attardé pour un baiser... Un peu gêné, il se poussa encore davantage pour s'éloigner d'elle. Elle était tellement sexy !

En repensant à leur petite aventure du matin avec ses parents, il ne put s'empêcher de rire. Les McGann étaient peut-être bizarres, mais ils formaient un couple étonnant. Ils avaient mis au monde une fille d'une beauté sensationnelle... qui ne les tenait pas au courant des événements importants de sa vie.

— Je suppose que tu ne m'expliqueras pas pourquoi tu n'as pas annoncé notre séparation à tes parents ?

— Hum, gagné.

Elle se fourra le reste de sa part dans la bouche.

— Tu ne le manges pas ? demanda-t-elle en montrant la moitié qu'il n'avait pas touchée.

— Si, bien sûr !

Il mordit dedans à pleines dents, et mâcha en souriant, les yeux fixés sur elle. Un moment merveilleux. Il entrelaça ses doigts aux siens en regardant tomber la neige, sans rien dire, de peur de rompre le charme. C'était mieux que ce qu'il avait espéré : il dégustait un sandwich à la dinde avec elle le jour de Noël.

Il sentit une légère pression sur ses doigts, et du coin de l'œil, la vit appuyer sa tête au mur et fermer les yeux, un doux sourire aux lèvres. Il caressa son annulaire du pouce, et son sourire s'élargit. Toujours là !

Il prit une autre bouchée. Ce sandwich était béni. Alléluia.

— Si on a besoin de moi, appelle sur mon biper, dit Katie. Et le numéro de Maisie's est sur…

— Allez-y ! coupa Jorja, le doigt pointé vers la sortie.

Elle obéit.

Au moment où elle passait la porte de l'entrée des ambulances, son pas se fit plus léger. Elle pencha la tête en arrière et attrapa un gros flocon qui fondit sur sa langue.

Il y avait quatre jours qu'elle n'était pas sortie de l'hôpital… Bizarrement, l'air glacé lui donna un coup de fouet. Elle devait remettre ses idées en ordre avant le réveillon du nouvel an.

La trêve qu'ils avaient observée, Josh et elle, lui avait permis de se ressaisir. Et le flot ininterrompu des patients leur avait évité d'avoir à parler. Parfois, c'était appréciable.

Elle fit une pause pour écouter le silence de l'hiver à Copper Canyon.

Pas vraiment le silence… Peut-être plutôt la paix ? Elle scruta la colline : les maisons et les arbres des jardins clignotaient de toutes leurs lumières. Le vent n'était pas fort, mais les sommets des sapins frémissaient en penchant d'avant en arrière, à la cadence d'une berceuse.

Elle poussa un soupir et reprit sa marche vers la grand-rue. L'envie d'un sandwich grillé au fromage de chez Maisie's était trop forte pour qu'elle y résiste. Puisqu'elle avait quelques heures de liberté, autant en profiter…

Après les événements de ces derniers jours, elle voyait la ville avec d'autres yeux. Elle avait toujours été citadine, et son installation ici, plutôt qu'un choix, avait été une fuite, un moyen de mettre de la distance entre Josh et elle.

Tout à coup, elle réalisait avec surprise qu'elle n'avait rien vu de Copper Canyon. Le chalet de ses parents, Maisie's… Deux ou trois autres restaurants qu'elle avait essayés, et peut-être aussi la pâtisserie Rooney, réputée pour son excellent gâteau au chocolat, voilà en gros ce qu'elle en connaissait. Comment sa mère, qui ne venait pourtant pas souvent, avait-elle entendu parler de ce restaurant coréen qui livrait à domicile ? Mystère. Elle-même ne devait pas être assez curieuse, ou bien elle avait besoin de facilité, de confort…

Certainement la seconde solution. Son deuil l'avait rendue incapable de vivre dans une grande ville, où on était si occupé qu'on avait à peine le temps de réfléchir à son existence. Mais à présent, elle commençait à aller mieux, à pouvoir supporter un peu de remue-ménage.

Pour autant, était-elle prête à revivre avec Josh ?

Elle marqua un arrêt et ouvrit grands les bras, comme pour demander la réponse à la petite bourgade. Pouvait-elle l'envisager ? Ou les événements de ces derniers jours étaient-ils un simple coup de pouce du destin pour rendre leur séparation plus acceptable ?

Elle se remit en route d'un pas résolu. En quelques minutes, elle atteignit son but, et se demanda si elle devait se réjouir ou se mettre en colère : dans son box favori était assis… Josh West. Elle ne voyait que l'arrière de sa tête, il avait l'air de se concentrer. Sur le menu ? C'était peu probable. En principe, en entrant dans un restaurant, il avait déjà choisi ce qu'il voulait.

Peut-être avait-il changé…

Elle s'avança vers la porte, hésita. C'était… magique, de le retrouver là. Un peu trop fort, même. Si elle faisait le tour du pâté de maisons ? Avec un peu de chance, il serait parti quand elle reviendrait. Et sinon ?

Eh bien, elle entrerait, voilà tout.

Josh soupira : rien qu'à parcourir la demande de divorce, ce qu'il n'avait pas eu la curiosité de faire auparavant, il regretta d'avoir mangé.

Sentant monter la nausée, il vida son verre d'eau glacée et secoua la tête. Voir leurs deux noms sur ces papiers… Ce document ne méritait que d'être jeté au feu.

N'importe, il avait apprécié de travailler ces quelques jours avec Katie, même si elle était très peu sortie de son rôle professionnel. À présent, le stress commençait à se faire sentir en lui : dans deux jours, il devait confirmer sa réponse à l'hôpital de Paris. Il songea aux deux billets d'avion qu'il gardait dans son sac…

— Un peu plus d'eau ?

La serveuse réapparut avec une cruche pleine, et il fourra les papiers dans la poche intérieure de son manteau.

— Je peux m'asseoir ?

— Katie ! Qu'est-ce que tu fais ici ?

Elle se glissa dans le box.

— La même chose que toi. Je vois que tu as découvert le meilleur gril de Copper Canyon pour les sandwichs au fromage.

— Pourquoi, d'autres restaurants en proposent ?

— Oui, mais sans les pickles. Et je n'imagine pas à quoi peut ressembler la version coréenne.

Ils rirent, puis le silence s'installa. Il la regarda dans les yeux.

— Tu me pistes ?

Elle prit l'air consterné.

— Pas du tout ! Comment aurais-je pu deviner que tu étais là ? J'ai juste eu envie d'un sandwich au fromage, à…

Elle consulta sa montre.

— À 7 h 30 du soir, un 30 décembre.

Il but une gorgée d'eau glacée.

— Tu ne craignais donc pas que je quitte la ville sans avoir signé ces satanés papiers ?

Elle lui jeta un regard suppliant.

— Oh ! Josh ! Sommes-nous vraiment obligés de parler de ça ?

Il sentit une fatigue soudaine s'abattre sur lui. Oui, ils le devaient. Il ne la lâcha pas des yeux.

— Qu'est-ce que tu entends par « ça » ? La façon dont tu es partie il y a deux ans, et la raison pour laquelle ton seul contact avec moi s'est fait par l'intermédiaire d'un avocat ? Eh bien oui, nous allons en parler, Katie ! Tu me dois une explication. C'est ainsi qu'agissent les adultes qui s'aiment.

Elle prit sa respiration comme pour protester, et, après un instant de pause, eut un sourire triste.

— Pas dans ma famille.

— Je ne suis pas tes parents, je suis ton mari. Et à la seconde où tu as accepté de me prendre pour époux, je suis devenu ta famille. Ça ne compte pas, pour toi ?

— Bien sûr que si ! Simplement…

Elle secoua la tête et détourna les yeux.

— J'ai pensé que c'était mieux de redevenir celle que j'étais avant de te rencontrer.

Il se raidit d'indignation.

— Ce qui veut dire ?

— Avant, j'étais habituée à n'avoir personne sur qui compter. J'étais autonome.

— Parce que tes parents n'étaient jamais là ?

Il s'en voulut aussitôt de cette question idiote. C'était tellement évident…

— Ils ne sont toujours pas là, et ne seront jamais là, dit-elle en déchirant sa serviette en carrés de plus en plus petits.

— Et pourquoi as-tu décidé de ne plus compter sur moi ?

— Eh bien, parce que tu n'étais jamais là…

— Qu'est-ce que tu racontes ?

— Tu étais en train de faire de l'escalade, du cyclisme de vitesse, de la moto au-dessus de Boston ou dans le Maine pour trouver des routes en lacets…

Il leva les mains.

— OK, j'ai compris.

Quel imbécile il faisait…

Il tendit la main et lui caressa la joue.

— Et je pense… que j'avais peur que si…

Sa voix s'étrangla, et il lui prit la main qu'il caressa du pouce. C'était une torture de la voir ainsi.

— De quoi avais-tu peur ?

Elle prit l'air désespéré.

— Pour un médecin, tu es vraiment lourd, quelquefois. Tu ne vois pas ? J'avais peur d'être à nouveau enceinte, parce que si perdre un enfant avait ce résultat sur toi, que se passerait-il si j'en perdais un second ? Ou si je te perdais toi, qui prenais tous ces risques ? C'est parce que je ne supportais pas cette idée que j'ai préféré m'en aller.

Il fut incapable de répliquer. Il n'avait jamais vu les choses sous cet angle…

Il lui passa la main sur la joue et la regarda dans les yeux.

— Tu sais quoi, Kitty-Kat ? Je ne suis pas seulement « lourd », comme tu dis, je suis le dernier des abrutis.

Il avait pris son plus bel accent sudiste. Il sentit son menton trembler sous sa paume. Les larmes, ou un rire réprimé ?

— Tu as beau prendre ton accent charmant, ça n'aide pas.

Il toucha son genou du sien sous la table.

— Tu me trouves donc charmant ?

— Peut-être un tout petit peu.

— Vraiment ? Peux-tu être plus précise ?

Elle emprisonna quelques millimètres d'air entre son pouce et son index.

— Plus ou moins ça.

— Ce n'est pas si mal. Ma mère disait que j'étais son prince, mais elle n'a jamais ajouté de qualificatif… Je suis toujours resté dans le doute.

Il écarta ses deux doigts d'un centimètre.

— Loin de moi l'idée de te forcer, mais ne pourrais-tu pas aller jusque-là ?

Elle lui lança un regard de biais, puis éclata de rire. Il se joignit à elle, et lorsqu'ils cessèrent enfin, elle s'aperçut que tout le monde riait dans la salle.

— Qu'est-ce qu'on fait ici, Katie ?

— On reconstitue le puzzle ?

Il secoua la tête au moment où elle haussait les épaules à sa propre suggestion.

— On éclaircit les choses ? proposa-t-il.

— On rétablit les faits, déclara-t-elle sur un ton sans réplique.

— Bonsoir, docteur McGann. Comme d'habitude ? demanda la serveuse.

— S'il vous plaît, Eileen.

— Nous avons un spécial brie sauce canneberge pour les fêtes.

— Non, merci.

Josh avait répondu en même temps qu'elle, et Eileen rit.

— C'est drôle, vous êtes les deux seules personnes ici à vouloir à tout prix des pickles avec leur sandwich au fromage.

Sur ce, elle tourna les talons.

Les joues de Katie s'empourprèrent.

— Tu as déjà mangé ?

— Hum. Tu m'as déjà vu laisser passer l'occasion de te voler un peu de ton dîner ?

Elle secoua la tête en souriant, et il sentit son cœur se gonfler de joie. Il restait, et il allait lui montrer qu'il avait changé.

— Parfait. Prépare-toi à défendre tes pickles !

— Docteur West…

Michael rattrapa Josh sur le seuil juste avant qu'il ne sorte préparer Bessie, son 4x4 adoré, pour la soirée.

— Vous êtes toujours d'accord, pour ce café ?

— Naturellement !

Il ferma son blouson et poussa la porte.

— C'est un sujet dont on ne peut pas parler dans l'hôpital ?

— Il ne vaut mieux pas, répondit l'interne en regardant par-dessus son épaule du côté de la réception, où Jorja riait avec ses collègues.

Un problème de femme, donc. Josh leva le poing en signe de solidarité, mais Michael ne parut pas saisir l'allusion.

— Bon. Ce soir, c'est impossible, je suis invité pour le réveillon ; nous trouverons un moment demain, sans doute ?

— Parfait ! répondit l'interne, dont le sourire s'élargit.

À la surprise de Josh, il leva à son tour le bras et serra le poing en un geste pseudo-révolutionnaire.

— Vous êtes très chic, merci, docteur !

— À demain, donc ! répondit Josh en sortant.

Dehors, le froid était saisissant. Il lui faudrait

quelques minutes pour mettre la voiture en état, par ce temps. Il voulait qu'elle brille, qu'elle soit belle.

— Prêt à affronter un repas chez mes parents ? demanda Katie en refermant la portière.

— Absolument.

Elle lui jeta un regard en biais tandis qu'il baissait la radio.

— Il y a eu plus de travail que je ne l'aurais cru, aujourd'hui.

— C'est le réveillon du nouvel an ! répondit-il. Nous avons eu tous les petits bobos qu'on n'a pas voulu remarquer à Noël, ni le lendemain ni le surlendemain, et qui empirent au point de n'être plus supportables.

— C'est tout à fait ça. Nos conseils de modération ne servent à rien…

Sauf sur un front, à la réflexion.

Car pour la première fois depuis deux ans, patient après patient, cas après cas, elle avait eu la sensation d'être à nouveau entière. Et elle savait pourquoi : au contraire de ce qu'elle pensait, revoir Josh n'avait pas rouvert des plaies qu'elle croyait guéries ; elle avait pris conscience que ses blessures n'étaient pas fermées, mais dissimulées dans un coin reculé de son être, auquel elle avait difficilement accès. Et qu'abandonner son mari ne ferait pas revenir Elizabeth, ni sa vie d'autrefois.

Au contraire de ce qu'elle supposait, la présence de Josh l'avait soignée.

Elle ne put s'empêcher de promener les doigts sur le tableau de bord.

— Toujours aussi élégante, cette Bessie !

— Hum, j'attends qu'un producteur de films m'en

propose un million de dollars pour un tournage, mais ça n'arrive pas vite.

Elle eut un ricanement à peine déguisé. Ce 4x4 était la seule chose dont Josh prenait grand soin. En fait, ce n'était pas juste. Il avait pris soin d'elle aussi autrefois, mais plus après la mort de leur fille. Ou alors, d'une manière qu'elle n'avait pas comprise…

Ces derniers jours, elle était revenue sur sa conviction qu'il ne cherchait qu'à se mettre en danger. Cela pouvait être un moyen de faire son deuil… Et aussi de tenter de l'aider à sortir du noir, à voir la lumière au bout du tunnel.

Elle réprima les larmes qui lui montaient aux yeux et passa les doigts sur le cuir rouge de son siège.

— Tu te rappelles ce que tu m'as dit lors de notre premier rendez-vous ?

Quelle question ! Bien entendu qu'il se souvenait… Il tapota le siège.

— Viens plus près de moi.

— Nous n'avions même pas encore bu un soda ensemble.

Il s'esclaffa.

— Un soda ? Nous n'avions pas douze ans, Kitty-Kat !

Pourtant, c'était l'impression qu'elle avait eue, en se lançant dans l'inconnu la peur au ventre. Quand il l'avait regardée, elle avait éprouvé des sensations inconnues, des frissons, de la chaleur…

Lorsqu'ils avaient découvert qu'ils étaient tous les deux libres le lendemain, il lui avait proposé de l'emmener à la campagne, et il lui avait fallu du courage pour accepter.

Mais il était tout ce qu'elle admirait chez un homme,

et chez un médecin. Il venait de finir son internat, alors qu'elle le commençait. Il avait de l'assurance, un rire contagieux, un excellent contact avec ses patients… Et un accent du Sud qui la faisait fondre.

Il éclata de rire.

— Qu'est-ce qui t'amuse ?

— Quand je t'ai tenu la portière ouverte, tu m'as à peine regardé. J'essayais d'être galant, gentleman à fond, et toi, tu te taisais, les yeux fixés sur la route, les couleurs d'automne des arbres après la sortie de Boston. Je me suis dit que je ne te plaisais pas…

Il tourna la tête pour la voir sourire, et lui tapota la jambe.

— Mais trois jours plus tard, tu ne cessais plus de parler, hein ?

Elle hocha la tête. Et elle ne voyait plus que lui.

Elle regarda ses mains posées sur le volant. Il semblait assez détendu, mais elle savait qu'il réfléchissait autant qu'elle. Pensait-il à ses parents à elle ? Ou aux bagues qu'elle n'avait pas ôtées de son doigt ?

À quel point ces deux années l'avaient-elles changé ? Elle n'avait pas encore eu le courage de l'interroger sur ses cicatrices.

Il répondrait sans doute que cela ne changeait rien…

Mais elle savait à présent qu'elle, au moins, elle n'était plus la même.

Elle plaqua son front contre la vitre froide. Il soutiendrait sans doute que c'était faux, qu'elle était simplement redevenue l'introvertie qu'il avait sortie de sa coquille…

— Tu te tiens une conversation privée ?

Elle éclata de rire.

— Gagné !

Elle se surprit à être émue. C'était rassurant d'être avec quelqu'un qui vous devinait, qui vous connaissait si bien…

— Tu te souviens des…

Elle se tut, de peur que cela ne les entraîne trop loin.

— Des pommes ?

Elle le regarda, ébahie. Comment faisait-il pour lire dans ses pensées ?

— Hum. Les deux ou trois seaux que nous avons apportés à ta grand-mère pour la conserve ?

— Plutôt cinq, à mon avis. Tu cueillais si vite, sans te soucier de mes tentatives pour t'embrasser, que je me suis mis à faire la course pour en ramasser plus que toi.

— Quoi, tu voulais m'embrasser ? Je ne m'en suis même pas aperçue !

— Bien sûr que si, mais tu crevais de peur de tomber dans mes filets.

En effet, elle était terrifiée. Elle qui maîtrisait tout depuis toujours… Si elle tombait amoureuse de lui, elle n'aurait plus aucun contrôle sur son cœur. Et à en juger par son rythme cardiaque endiablé, en ce moment, c'était toujours valable…

Elle observa son profil, et son ventre s'enflamma ; presque aussitôt, elle eut une sensation qui ressemblait à… du regret. D'être partie si loin sans laisser ses coordonnées ni un mot d'explication, de l'avoir laissé surmonter son chagrin tout seul.

Elle fit tourner ses bagues, qu'elle n'avait pas réussi à remettre dans leur écrin. Et qu'elle avait acceptées, au départ, en promettant de l'aimer jusqu'à son dernier souffle.

— Je n'avais jamais vu grand-mère Jam-Jam aussi ébahie que lorsqu'elle nous a vus arriver devant chez elle.

— Quoi ? Tu m'avais dit que tu l'avais prévenue !

— Et tu m'as cru ?

— Évidemment !

— Rappelle-toi bien, tu verras !

Elle revit les détails de cette journée, et peu à peu la lumière se fit dans son esprit.

— Elle m'a envoyée dans la grange, peler et nettoyer toutes ces pommes, en prétextant qu'elle devait aller en ville avec toi pour que tu signes un papier à la banque. Et… C'était un dimanche !

Il éclata de rire.

— Nous n'avons pas pensé une minute que tu tomberais dans le panneau, maligne comme tu l'étais…

— C'était toi le malin !

Il négocia un virage en épingle à cheveux, puis lui posa brièvement la main sur la cuisse.

— En fait, tu étais trop fascinée par ma beauté pour te poser des questions.

Elle prit l'air choqué.

— Qu'est-ce que tu racontes ?

— Ne me prends pas pour un imbécile, Kitty-Kat.

Il retira sa main, et elle posa la sienne aussitôt à la place pour en conserver la chaleur.

— D'accord, ce n'est peut-être pas faux. Mais toi, tu n'as pas honte, d'avoir marché dans son histoire ?

— On ne discutait pas avec grand-mère Jam-Jam ! C'était…

Sa voix s'étrangla, et il poussa un profond soupir.

— Josh… Je suis vraiment navrée qu'elle nous ait quittés.

— Oui, eh bien…

Il y eut un silence, puis son rire résonna de nouveau.

— Pendant que tu préparais ces pommes, j'ai raflé tout ce que j'ai pu sur les étagères, des cafetières, des pots, des moules à gâteau, bref, des trucs très importants pour elle, pour lui prouver qu'avec toi, c'était sérieux.

— Et elle t'a tout donné ? Ça ne m'étonne pas d'elle.

— D'elle ? Ou de moi ?

— De vous deux. OK, de toi. Bien sûr, c'est toi qui as pris cette initiative.

Son portable sonna.

— C'est ma mère, désolée. Maman ? Que se passe-t-il ?

Il ne réussit pas à entendre ce que disait Sheree, mais peu importait : Katie l'aimait encore, cela lui suffisait.

Cela voulait-il forcément dire qu'elle accepterait de reprendre la vie commune ? Même dans le cas contraire, il s'en trouverait mieux. Ils pourraient retourner chacun à leurs existences séparées, mais avec davantage de sérénité.

— Quoi ? Mais maman, vous avez insisté pour nous avoir pour le réveillon, tu as oublié ?

Elle écouta en silence, puis lança un « Au revoir ! » sec et raccrocha.

— Typique ! Ils ne sont pas chez eux ce soir, ils sont invités ailleurs.

— Ils ont trouvé mieux ?

— Hum, ça y ressemble.

— En ville ?

— Non, chez des voisins. « Tu comprends, ma chérie, nous ne pouvions pas refuser », dit-elle en imitant l'accent snob de sa mère.

Puis elle poussa un soupir exaspéré.

— Je me demande pourquoi ça me touche. J'aurais dû m'y attendre, depuis trente et un ans que je les fréquente !

— C'est ainsi que tu les vois ?

— C'est ainsi qu'ils sont ! Chaque fois que j'ai eu besoin d'eux, ils avaient toujours une excuse. Un truc qu'ils ne pouvaient pas refuser…

Il prit soudain conscience que, après la mort de leur fille, il aurait dû accepter la phase où elle se promenait en pyjama pendant que la vaisselle sale s'empilait dans l'évier. Mais il souffrait tant de la voir dans cet état qu'il s'était forcé à devenir une parodie de lui-même pour lui redonner courage.

Elle aussi l'avait abandonné quand il avait le plus besoin d'elle, mais c'était un comportement qui lui venait de sa famille, apparemment…

Elle n'avait même pas dû faire le rapprochement, à ce moment-là. Comment savoir ? Ils se parlaient à peine, le deuil les avait isolés tous les deux…

Il tourna la tête pour la regarder et reposa la main sur sa cuisse.

Soudain il sentit les roues avant glisser. Pourquoi avait-il détourné les yeux de la route ? Du verglas. Il se retint de freiner, contre-braqua, tenta un dérapage contrôlé…

— Josh !

Peine perdue. Le 4x4 fonçait vers le bas-côté. Il

entoura Katie de son bras pour la protéger. Une minute plus tard, Bessie percuta la congère qui bordait la route.

— Rien de cassé ?

— Non, et toi ?

Ils avaient parlé ensemble, ce qui les fit rire.

Leur haleine s'exhalait sous forme de buée dans l'air froid de l'habitacle.

Josh défit sa ceinture et celle de Katie, l'attira dans ses bras et la serra à l'étouffer. Il sentit ses bras se nouer autour de sa taille et l'attirer à elle. En dépit des couches de vêtements d'hiver, il perçut la chaleur qui circulait entre eux, resserrant le lien qu'il avait cru abîmé.

— J'ai eu un peu peur, murmura-t-elle, la bouche dans son cou.

— Moi aussi.

Il passa sa main dans les cheveux soyeux, cédant à l'envie de les coiffer de ses doigts.

— Tout va bien, Katie.

Il la serra un peu plus fort, déconcerté. Étaient-ils séparés ou ensemble ? En train de se dire adieu pour de bon, ou de recommencer une histoire ?

De toute façon, il serait toujours reconnaissant d'avoir pu la tenir dans ses bras en ce moment, et qu'elle ne le repousse pas. L'accident avait été un choc, ils avaient besoin d'un certain temps pour récupérer.

Il constata avec surprise que ses doigts, comme animés d'une vie propre, s'étaient glissés sous l'écharpe en cachemire qu'il portait et lui massaient la nuque pour effacer le stress et le souci. Le désir monta en lui et son souffle s'accéléra.

Sous la caresse de Josh, le pouls de Katie battit plus

vite. Elle n'éprouva bientôt plus qu'un violent désir, leva le menton, et après une seconde d'hésitation, posa les lèvres sur les siennes.

Ce fut une explosion de sensations. Chaleur, parfum, goût... Tout était multiplié, accentué. Elle avait de la peine à respirer, et son corps tout entier était tendu vers lui...

Un plaisir à la fois familier et lointain, qu'elle n'avait pas éprouvé depuis si longtemps ! Elle avait l'impression que son corps renaissait, et peu à peu, son épuisement et sa tristesse cédèrent la place à une énergie insoupçonnée.

Elle s'agrippa aux épaules de Josh pour approfondir le baiser, mais brusquement, il s'écarta. Elle plongea les yeux dans les siens, étoilés de petites rides, et il eut un sourire en coin.

— On s'embrasse comme un couple d'étudiants !

Sa voix était légère, mais ses mots étaient lourds de sens. Le passé, le présent, l'avenir... C'était trop compliqué.

Tout à coup, elle manqua d'air.

— Josh, nous ferions mieux de voir comment dégager Bessie, au cas où il arriverait quelqu'un. Inutile de risquer un autre accident...

Elle voulut ouvrir la portière, qui résista.

— Tu es coincée. Sors de mon côté, nous allons regarder ça.

Sans allumer la lampe du plafonnier, il se pencha pour ouvrir la boîte à gants à tâtons, et frôla sa cuisse. Elle se recula, surprise que ce contact soit si vite devenu une chose à éviter. Son cerveau avait repris le dessus... Elle le traitait maintenant comme s'il lui était nuisible. Ce n'était pas juste, ni pour lui ni pour elle.

Il brandit une torche, qu'il fit clignoter en s'adossant à son siège.

— Parfait. Action !

Aucune trace de déception dans sa voix. N'avait-il pas remarqué son mouvement de recul, ou l'ignorait-il volontairement ?

— Pourrions-nous sortir d'ici, Josh ? J'ai l'impression d'être une cible sur laquelle on va foncer.

— Entendu.

Il s'écarta pour la laisser passer, et après une bonne goulée d'air froid, elle se sentit mieux et respira profondément.

— Tu vas bien, Kitty-Kat ?

Le ton était sincèrement inquiet, même si Josh était concentré sur le 4x4, à moitié enfoui sous la congère, comme s'il avait été stationné là avant que la neige ne commence à tomber.

— Oui, oui, fit-elle.

Étonnée d'y voir si clair sans lumière, elle se frotta les bras pour se réchauffer, tout en observant la route silencieuse. C'était si paisible !

En d'autres circonstances, la situation aurait pu être romantique… Puis elle prit conscience que c'était idiot : comme si un peu plus tôt leurs baisers n'avaient pas été romantiques, voire passionnés…

Un grattement contre la carrosserie l'interrompit dans sa rêverie : Josh tentait de dégager l'avant.

— Alors ?

— Je ne crois pas que Bessie soit abîmée mais, à moins que tu n'aies envie de déblayer deux mètres de neige, nous ne sortirons pas d'ici sans l'aide d'une remorqueuse.

— Tu es sérieux ?

Il haussa les épaules.

— Navré, Katie.

— Je me demande comment tu fais. Ta Bessie chérie est ensevelie, et tu restes philosophe.

— Que veux-tu, ce sont des choses qui arrivent… La vie continue.

Il était tellement flegmatique ! C'était l'une des raisons pour lesquelles elle l'avait épousé. Un vrai cow-boy, qui ne s'énervait jamais…

Pour l'instant, il donnait des coups de pied dans les pneus.

— Tu crois que ça sert à quelque chose ?

— Oui ! cria-t-il en shootant une dernière fois pour faire bonne mesure.

Elle ne put s'empêcher d'éclater de rire. Il croisa son regard, et leur complicité lui parut si évidente qu'elle en fut bouleversée.

Mais aussitôt, elle reprit son sérieux : il était temps de cesser de jouer, et de prendre une décision.

— Qu'est-ce que tu es venu faire à Copper Canyon, Josh ?

— Je pourrais te retourner la question.

Il s'adossa à l'arrière du véhicule, croisa les jambes, l'air décontracté.

— Moi, j'y habite.

— Menteuse. Tu te caches dans le chalet de tes parents, où je parierais que tu n'es pas vraiment installée. Tu t'es probablement contentée de défaire tes valises et d'occuper une chambre.

Elle pinça les lèvres. Ainsi, c'était une séance de psychanalyse ?

— Tu te planques derrière ton travail, comme tu l'as toujours fait.

— C'est faux !

— Calme-toi, Katie, je n'ai pas envie de me battre.

— Moi non plus ! hurla-t-elle.

Ou alors, peut-être… Et pourquoi pas ? Ils étaient devant cette congère géante, et… Elle façonna une boule de neige, la lança, et il la reçut sur le torse. Le choc sourd qu'elle perçut était très satisfaisant.

— Tu te sens mieux ?

— Un peu.

Elle renifla, pensa utiliser sa manche pour s'essuyer, y renonça. D'habitude, c'était elle qui faisait l'adulte. Pourquoi les rôles étaient-ils inversés ?

— On appelle une dépanneuse ?

— Je m'en charge. Sur quelle route sommes-nous, déjà ?

— Tu vas rire.

— Ça m'étonnerait.

— Devine.

— Non.

— Bon sang, Katie ! Essaie, au moins !

Son accent traînant fit paraître son nom interminable, et lui envoya des frissons dans tout le dos.

— Je donne ma langue au chat.

— L'allée de Noël.

— Impossible !

— Et pourtant, je t'assure…

Il scruta l'écran de son iPhone, où il avait repéré l'endroit exact où ils se trouvaient.

— Si j'interprète bien ce que je vois, un peu plus haut, à environ un kilomètre, il y a la Ferme de Noël. Naturellement, ils vendent des sapins de Noël.

Il tourna l'écran vers elle. Une petite bulle au-dessus de l'image-satellite disait « Ferme des arbres de Noël », et indiquait les heures d'ouverture.

Une vision d'un formulaire d'admission surgit dans l'esprit de Katie.

— C'est là qu'habitent les Klausen ! Je pensais qu'ils avaient inventé cette adresse…

— Comment, tu as douté d'eux ?

— Oui. Je ne suis pas très charitable.

— Tu exagères, ma Katie. Au contraire…

Elle ne répliqua pas. Il savait tout d'elle, il la connaissait mieux que personne.

— Oh ! on dirait qu'il y a une chapelle, à quelques centaines de mètres en descendant. Si nous allions nous y abriter ? Nous serions mieux que dans ce froid… Tu as appelé la dépanneuse ?

— Laisse-moi juste prendre ma carte pour les urgences automobiles dans mon sac.

— Rien ne peut te prendre au dépourvu, je vois !

— Qu'est-ce que tu insinues ?

Ce n'était pas sa faute si elle avait dû acquérir des réflexes d'adulte pendant son enfance ! Et encore plus quand son mari était redevenu adolescent, après la mort de leur fille…

— Rien de précis, Kitty-Kat, répondit-il d'un ton las. On commence à marcher doucement pendant que tu appelles ? La pneumonie nous guette si nous restons immobiles par ce temps.

Elle téléphona, et s'efforça de ne pas se montrer

impatiente quand on lui expliqua que la compagnie manquait de personnel, et qu'on ne viendrait pas les dépanner avant un bon moment. Tout le monde avait ses mauvais jours…

Ils avancèrent en silence, Josh indiquant vaguement le chemin avec sa torche, qui éclairait de temps à autre un sapin d'où tombaient des stalactites, une mare couverte de neige, les flocons qui tombaient dru. Le silence de la nuit commença à se refermer sur Katie. Ou plus précisément, le silence entre eux.

Sans prévenir, elle grimpa au sommet de la congère qui bordait la route et se mit à l'œuvre à toute allure : elle avait besoin d'un ange de neige, et vite.

Josh, absorbé dans ses pensées, fit encore quelques pas avant de s'apercevoir qu'elle n'était plus à côté de lui. Il se retourna et éclata de rire. C'était bien d'elle de se démener de cette manière ! Cet ange serait plutôt un démon…

Elle s'immobilisa brusquement, les yeux fixés sur lui. Il ouvrit la bouche, et la referma sans rien dire.

Elle tendit la main.

— Tu viens m'aider ?

— Pourquoi pas…

Il se mit en devoir d'escalader le tas de neige. Mais sa botte glissa, et il tomba sur sa mauvaise hanche.

Il ne put contenir un cri de douleur, et elle se précipita vers lui, l'anxiété peinte sur le visage.

— Josh, rien de cassé ? Allonge-toi, respire calmement.

Elle promena un doigt à hauteur de ses yeux.

— Combien vois-tu de doigts ?

Il repoussa sa main.

— Inutile, je vais bien.

— C'est ma faute, dit-elle en lui caressant la joue. Je t'ai fait souffrir sans le vouloir.

— Pas du tout…

Il se palpa la hanche, puis le genou, pour s'assurer que tout était en place.

— Tu m'aides à me relever ?

— Bien sûr !

Elle s'agenouilla et passa une épaule sous la sienne.

— Que t'est-il arrivé ?

— J'ai perdu l'équil…

Il se tut. Il était temps de dire la vérité.

— J'ai eu un accident.

Il la sentait tendue, mais elle se contenta d'un « Hum, hum… » et attendit qu'il poursuive. Était-elle furieuse, ou inquiète ? Sans doute les deux.

Dès qu'ils furent debout, il se dégagea et procéda à une petite inspection : tout semblait fonctionner normalement.

Il désigna la chapelle de la tête.

— Si on allait au chaud ?

— Je t'aide à marcher ?

— Inutile, merci. Je me débrouille.

Ils repartirent, et le silence se réinstalla. Il se concentrait sur sa mauvaise jambe tandis que Katie se retenait visiblement de poser les questions qui devaient lui brûler les lèvres. Elle l'avait tant supplié d'être prudent, de ne pas se blesser…

— Alors, cet accident ? C'était grave ? demanda-t-elle au bout d'un long moment.

— Assez, oui. Je te raconterai tout, mais j'ai besoin de m'asseoir une minute avant, d'accord ?

À la sortie d'une courbe, la chapelle apparut, un bâtiment coquet, aussi blanc que la neige, avec une bordure verte, lui sembla-t-il, bien que la couleur fût difficile à distinguer dans l'obscurité. Des guirlandes lumineuses avaient été disposées dans les deux sapins qui flanquaient la porte, et, à la neige épaisse qui couvrait les marches du perron, personne n'y était entré récemment. Une énorme étoile au dessin compliqué brillait au sommet du clocher, qui devait être visible de toute la vallée.

Katie s'arrêta sur le seuil, poussa la porte, et sourit en constatant qu'elle s'ouvrait sans difficulté.

— Pas de système de sécurité.

— Grand-mère Jam-Jam n'a jamais possédé de clé, je crois.

— Elle avait des voisins, c'est la même chose. Étais-tu…

Elle hésita à poursuivre.

— Non, je n'étais pas avec elle, et je le regrette amèrement.

— Je suis navrée, dit-elle d'un ton plein de compassion. Je sais combien tu l'aimais.

— Hum… Je reçois des leçons de tous les côtés, ces temps-ci.

Elle se tenait face à lui, dans le silence de la chapelle, et son regard, de même que le sien, exprimait l'amour, la douleur, le regret. Maintenant, il ne lui restait plus qu'à lui montrer qu'il les avait assimilées, ces leçons.

— Si on allumait quelques cierges ? demanda-t-il.

— Pardon ?

— Regarde, ils sont là, dans le coin. Pour ma

grand-mère et pour Elizabeth. Nous ne l'avons jamais fait ensemble.

Elle secoua la tête, et il lui caressa les cheveux.

— Allons, ma chérie. N'est-il pas temps d'envoyer un peu de lumière à notre petite fille, une bénédiction pour Noël ?

— Je ne veux pas lui dire adieu !

Ce cri résonna dans la petite église.

Il l'attira dans ses bras et la serra contre lui.

— Je n'ai pas parlé d'adieu, Katie.

Il lui posa un baiser sur le front, puis l'écarta de lui pour la regarder dans les yeux.

— Imagine plutôt que son papa et sa maman lui font un petit coucou. Pour lui assurer qu'ils l'aimeront toujours.

Elle hocha lentement la tête. Elle ne serait jamais capable de dire adieu à Elizabeth, mais « coucou », et souvent, pourquoi pas ? Sans Josh, elle n'avait pas pu le faire. Et à présent, cette chose qu'elle jugeait la plus difficile du monde, grâce à lui, devenait simple et belle.

Main dans la main, ils s'approchèrent de la petite table. Josh alluma un cierge pour sa grand-mère, puis ils allumèrent ensemble celui qu'ils destinaient à leur fille. Lorsque la flamme s'éleva, Katie se sentit soulagée du poids qui l'oppressait, et éprouva une légèreté d'esprit qu'elle n'aurait pas crue possible.

Le moment se prolongea, les absorbant tous les deux. Elle posa sa tête sur l'épaule de Josh. Ils avaient subi ce deuil ensemble, et ils étaient ensemble pour faire ce geste de consolation.

En contemplant la flamme vacillante du cierge

allumé par Josh, elle imaginait grand-mère Jam-Jam au ciel — quoi que soit ce que l'on désignait par ce nom —, en train de montrer à Elizabeth comment confectionner une tarte aux pommes. En essuyant ses larmes, elle se rendit compte qu'elle souriait.

Si c'était ça, être avec Josh… Qui d'ailleurs ne lui avait toujours pas expliqué pourquoi il avait hurlé tout à l'heure, en tombant dans la neige.

Elle claqua dans ses mains.

— Bien ! On s'assoit et tu me racontes ?

Le cœur de Josh se serra lorsqu'il entendit ce ton léger. Elle essayait de détendre l'atmosphère…

Il choisit un banc et tapota la place d'à côté.

Elle s'installa près de lui, mais garda les yeux fixés sur l'abside. Des guirlandes y étaient accrochées, et un arbre de Noël à la décoration sobre clignotait dans la pénombre.

— C'était un accident de moto.

Elle déglutit, crispa la mâchoire et se détourna, et il fut certain qu'elle pleurait.

Il lui prit la main, et sentit avec soulagement une petite pression sur ses doigts. Elle l'aimait. Peut-être ne l'aimait-elle pas beaucoup en ce moment, mais elle l'aimait.

— C'était un samedi matin. Nous étions une petite bande à partir en balade dans les montagnes au nord de Boston, avant le gros de la circulation.

— Mais ?

— Mais ça s'est transformé assez vite en compétition entre nous, et les routes ne sont pas faciles, par là-bas.

Il la sentit tressaillir. Elle connaissait ces endroits,

ils allaient s'y promener tous les deux quand leur emploi du temps chargé le leur permettait.

— Nous montions les lacets à la plus grande vitesse possible, quand un camion a surgi en sens inverse, au beau milieu de la route. Impossible de l'éviter sans…

Inutile de préciser. Sans sortir de la route. Et il était sorti.

— Personne d'autre n'a été blessé. Heureusement, il y avait un chirurgien urgentiste parmi mes copains motards, il a fait en sorte que je garde ma…

— Ta quoi ?

Cette fois, elle s'était tournée, et il vit les larmes ruisseler sur ses joues. Il les essuya du pouce.

— Ma jambe gauche. Mais ce type est doué, elle fonctionne. J'ai dû faire pas mal de rééducation, ça n'a pas été simple. Et bien sûr, quand je passe le contrôle dans les aéroports, j'ai toujours des problèmes à cause de tout le métal que je transporte. Mais je vais bien, Kitty-Kat, je suis là.

— Combien de temps es-tu resté à l'hôpital ?

— Près de sept mois, peut-être huit.

— Aux soins intensifs ?

— Assez longtemps, oui.

— Des blessures internes, aussi ?

— Hum, quelques-unes.

Sentant monter la nausée, elle se couvrit le visage de ses mains. Il aurait pu mourir, et elle ne l'aurait pas su. Elle n'avait pas laissé d'adresse, aucun indice qui permette de la retrouver. Elle avait interdit à Alice et James de le renseigner.

— Et quand tu es sorti ?

— J'ai squatté chez les uns ou chez les autres. Assez

longtemps pour comprendre que j'avais été idiot de te laisser partir.

— Et ta moto ?

Elle regretta aussitôt cette question triviale, mais elle avait besoin de détails.

Il haussa les épaules.

— J'ai raccroché mon casque, vendu le jet-ski et mon snow-board. J'ai compris que la vie avait un peu plus de valeur que celle que j'avais vécue après ton départ.

Il rit.

— Et… Je suis sûr que tu vas adorer ça.

Les yeux de Katie s'arrondirent.

— Je me suis mis au yoga.

Il vit son visage s'éclairer.

— Tu suis un cours ?

Elle avait visiblement de la peine à le croire, et pourtant…

— Trois fois par semaine, parfois quatre.

— Pas loin de la maison ?

Il s'éclaircit la voix.

— Non, Kitty-Kat.

— Qu'est-ce que tu me caches ? Où habites-tu ?

— À droite, à gauche, chez des collègues quand par hasard je suis à Boston, mais avec les remplacements, je n'y suis pas souvent.

— Qu'as-tu fait de notre… la villa ?

— Je l'ai louée.

— Mais pourquoi ?

— Tu ne comprends pas ? Je ne pouvais pas y vivre sans toi. Rester assis dans une pièce où je savais que tu n'entrerais plus ? Impossible, Katherine.

« Katherine » ? Son estomac se serra, ses mains tremblaient. Pourquoi ce ton solennel ? Qu'était-il en train de lui dire ? Était-ce une rupture définitive ? Il lui caressa les cheveux, puis la joue.

— Ma vie était avec toi, Kitty-Kat, et tu m'as laissé tout seul. Que voulais-tu que je fasse ?

« Kitty-Kat » ! Elle leva les yeux et le fixa. Son cœur s'emballa : en le quittant, elle avait voulu sauver sa peau, sans penser une seconde qu'elle détruisait Josh du même coup… Elle contempla son beau visage, la ligne forte de ses épaules, le torse qui lui avait si souvent servi d'oreiller.

Les battements de son cœur l'assourdissaient au point qu'elle n'entende plus ce qu'il disait. Pourquoi était-elle aussi bouleversée par cette nouvelle ?

Elle le revit, debout sous le porche, le jour de son départ, et soudain, elle comprit : si elle était partie si facilement, c'était parce qu'elle était certaine qu'il resterait à la maison. Dans leur jolie villa, avec le jardin à l'arrière où leur fille aurait pu faire de la balançoire si…

— Mais tu y retournes de temps en temps, au moins ?

9

Josh prit la main de Katie entre les siennes, l'attira plus près et la serra contre lui. Allaient-ils vraiment se réconcilier ? Il le souhaitait de toute son âme. Ce soir de réveillon du nouvel an serait mémorable.

Lorsqu'il sentit vibrer son biper dans sa poche, ils échangèrent un regard de détresse. Katie extirpa l'appareil de sous ses nombreuses couches de vêtements, consulta l'écran, composa le numéro des urgences et termina l'appel au bout de quelques secondes.

— Il faut y aller.

— La dépanneuse ne devrait plus tarder.

Elle secoua la tête.

— C'est urgent, un hélicoptère vient nous prendre. As-tu remarqué ce champ, près du 4x4 ? Nous devons y être dans cinq minutes. Nous allons aider une femme à accoucher dans une gondole.

— Quoi ? On va à Venise ?

Elle referma son blouson en haussant les épaules.

— Quel citadin tu fais ! Les gondoles qui descendent de la station de ski jusqu'à la grand-rue. Le téléphérique, si tu préfères, mais on dit « gondole » par ici. Un arbre est tombé sur les câbles électriques, tout le système est immobilisé. Dans l'une des cabines, il y a une femme en travail, que son mari amenait justement à la maternité de l'hôpital. Tu vas l'assister.

— Moi ?

— Oui, toi. Tu sais bien que je ne le fais plus... Ils essaient de monter un générateur, mais ça va prendre des heures.

— Attends un peu ! Tu veux dire que je vais devoir grimper dans un de ces trucs qui se balancent au-dessus du vide ?

— Tu seras hélitreuillé pour descendre jusqu'à elle.

— Quoi ? Pas question ! D'ailleurs, j'en suis incapable, avec les broches que j'ai dans les os !

— Tu es le seul dans cet hôpital à avoir effectué un stage en maternité, Josh. Et à être entraîné à ce genre d'exercice. Je ne vois pas qui d'autre...

— Toi. Tu es plus en forme que moi.

— Mais... Je n'ai plus pu accoucher une femme depuis...

Inutile qu'elle termine, il avait compris.

Il lui prit la main et fonça vers la porte ; l'hélicoptère arrivait.

— Parfait. Aujourd'hui, ce sera le jour du changement.

Dix minutes plus tard, Katie regarda le sol disparaître en dessous d'elle. Avec l'aide de Josh, elle passa en revue les ressources du petit appareil de secours : aucun matériel, et personne qui puisse les remplacer en cas de besoin. Pour la première fois depuis deux ans, elle se sentait dépassée.

— Docteur McGann, nous arrivons dans quatre minutes. Vos écouteurs marchent bien ?

— Je vous entends, Jason.

Elle connaissait le pilote, autant que l'hélicoptère. Tout lui était familier, hormis le fait d'aller assister une parturiente dans une gondole en panne suspendue au-dessus du vide.

— Docteur West ?

— Aussi, 5 sur 5, pas de problème.

— Jason, demanda-t-elle, que disent les employés du téléphérique ? Une chance d'y accéder par la voie normale ?

— Aucune, docteur. C'est à mi-chemin entre la station et la vallée, juste au-dessus du canyon. À peu près… à trois cents mètres du sol.

— Seulement ? fit Josh, les yeux étincelants. Ce n'est pas si haut…

Elle l'observa : rien à voir avec l'adepte du yoga qu'il prétendait être devenu. Il était fait pour ce genre de sauvetage. Pendant leur spécialisation, il était toujours le premier sur le toit quand un hélicoptère de secours venait chercher de l'aide.

Elle écouta sa conversation avec le pilote.

— Jason, comment voyez-vous la chose ?

— À mon avis, le premier problème, c'est l'ouverture des portes. Elles sont bloquées, bien sûr…

Si Josh voulait la rassurer, c'était raté… Mais inutile d'envisager le pire.

— Depuis combien de temps le travail a-t-il commencé ? intervint-elle.

— D'après le couple, trois ou quatre heures. On les sent très stressés au téléphone, bien qu'ils soient en contact avec l'hôpital.

— Dilatation ? demanda-t-elle.

— Aucune idée. Nous sommes dans le noir, docteur. Au fait, nous avons deux lampes frontales, mieux vaut les emporter si vous devez accoucher cette femme sur place.

— Pardon ? s'écria-t-elle. Nous n'allons pas la remonter et l'emmener tout droit à la maternité ?

— Tout dépend de ce que tu trouveras là-bas, mon amour, dit Josh en la fixant, les mains tendues, paumes ouvertes.

Après un instant d'hésitation, elle posa les siennes dessus, et sentit ses doigts s'entrelacer aux siens. Soudain, elle comprit qu'elle l'aimait vraiment. Ces quelques jours le lui avaient prouvé. Quant à lui accorder de nouveau sa confiance…

— Regardez, là en haut, à droite, c'est cette gondole-ci, dit Jason.

— Qui est en contact avec eux ?

— Une infirmière, je pense. Voulez-vous suivre ce qu'ils se disent ? Je vous connecte, si vous voulez.

Elle approuva de la tête. Josh, qui s'était levé, inspectait les crochets du treuil.

— Que fais-tu ?

— Je vais te préparer à descendre, répondit-il avec un clin d'œil d'encouragement. Rien ne t'empêche de t'attacher en écoutant la conversation.

En effet, tandis qu'elle accrochait son kit de secours et le brancard, elle entendait un homme décrire les contractions de sa femme à… Jorja ? Oui, c'était bien Jorja à l'autre bout de la ligne. Parfait.

— Je vois quelque chose, disait-il, mais je ne pense pas que ce soit la tête. C'est normal ?

— C'est peut-être un accouchement par le siège, monsieur Penton, dit l'infirmière.

La voix de Jason résonna dans l'oreillette de Katie.

— On y est, docteur McGann. Prête ?

Elle croisa le regard de Josh. Que voyait-il dans ses yeux ? Huit années d'histoire partagée, ou trois ans de souffrance ? L'émotion lui embua la vue une seconde.

— Docteur, j'ai du carburant pour un quart d'heure. Si vous estimez être plus longue, prévenez-moi le plus tôt possible, je repartirai faire le plein.

— Entendu.

Elle déglutit et résuma mentalement : quinze minutes, une naissance par le siège, dans une cabine arrêtée qui se balançait au-dessus d'un canyon au cœur de l'hiver. Pas de problème.

Elle observa la gondole au-dessus de laquelle ils étaient en vol stationnaire, assez proche pour qu'ils voient que la porte s'entrouvrait lentement, comme sous l'effet d'un gros effort. Il fallait qu'elle descende, et vite. Si le vent poussait la gondole…

— Josh, j'y vais !

Il actionna le treuil.

Suspendue à ses crochets, le froid mordant ses joues, elle était à la fois dans un rêve et une hyperréalité où le moindre détail était perceptible : la forme de la montagne, les flocons, sa propre haleine qui se condensait sur le bord de son blouson. Son rythme cardiaque, curieusement, ralentit.

Elle entendit Jorja rassurer M. Penton, tandis que sa femme hurlait sous l'effet d'une nouvelle contraction.

Ses réflexes revinrent. Elle connaissait son travail : peu importait qu'elle ait été incapable de procéder à un accouchement trois ans plus tôt. Elle était médecin, bon sang ! Et cet épisode deviendrait légendaire : le jour où Katie West avait mis un bébé au monde dans une gondole !

Ses écouteurs crachotèrent. Josh lui indiquait qu'elle était sur le point d'arriver. Elle eut une soudaine envie de grimper le long du câble pour se blottir dans ses bras et le supplier de la remplacer. Il était brillant en obstétrique. Elle installerait la parturiente sur le brancard, la remonterait, et il se chargerait de la délivrance.

Un nouveau hurlement se fit entendre. Impossible de reculer. Elle regarda en dessous. N'avait-elle pas fait le souhait de se débarrasser de ses peurs ? L'heure était venue.

Le câble la descendait toujours, et elle se retrouva face à la porte. Il lui suffisait de se détacher et…

Elle enfonça son pied botté dans la mince ouverture que M. Penton avait ménagée entre les deux battants de la porte vitrée, alluma sa frontale et éclaira l'intérieur.

— Tout va bien ?

— Pas exactement ! hurla la femme allongée sur le sol, la main sur la cheville de son mari. Mike, reste avec moi !

L'homme, qui maintenait toujours la porte ouverte, arborait l'expression douloureuse qu'elle avait souvent observée chez les pères lors d'accouchements. Elle saisit la poignée extérieure et s'y cramponna.

— Madame Penton ? Je suis le Dr McGann, Katie si vous préférez. Je vous emprunte votre mari encore quelques secondes, pour qu'il m'aide à agrandir l'ouverture. Il faut que j'entre avec mon matériel. Si vous pouviez vous reculer le plus possible…

Elle regarda Mike dans les yeux.

— À trois, je pousse avec mon pied, et vous poussez l'autre côté, d'accord ?

Elle eut à peine le temps de se faufiler avec son kit et le brancard pliable avant que les deux battants ne reprennent leur place, en se refermant sur le câble auquel elle était attachée… Elle était immobilisée à environ vingt-cinq centimètres de la porte. Ses oreilles bourdonnaient, des points blancs passèrent devant ses yeux. La gondole se balança, et elle fut projetée avec violence contre la vitre.

Elle saignait du nez, à présent… Par chance, sa frontale semblait intacte. Bon sang, et les crochets étaient restés à l'extérieur !

— Je suppose qu'il y a un imprévu, dit Mike d'une voix sereine. Lisa, ma chérie, pousse un peu plus fort.

— Non ! Qu'elle arrête, surtout, jusqu'à ce que je l'examine ! Tâchez de rester calmes !

— Tout va bien, là en bas ?

La voix de Josh…

— Plus ou moins… Pas terrible.

Mike lui jeta un regard suppliant.

— Mais ça va bien se passer, n'est-ce pas ?

Elle regarda la jeune femme.

— Désolée, Lisa, ça va être un peu plus long que prévu.

— Katie ? Qu'est-ce qui ne va pas ? demanda Josh dans ses écouteurs.

— Mike, désolée, j'ai encore besoin de votre aide.

Le câble qui me relie à l'hélico est coincé dans les portes, il faudrait les écarter à nouveau…

— Katie ? cria Josh. Le vent forcit, nous avons du mal à stabiliser l'appareil. Détache-toi dès que tu peux !

— Merci du conseil, grommela-t-elle.

— Katie, mon amour, tu vas réussir. Je ne bouge pas d'ici !

— Mike, vite, s'il vous plaît ! Je dois me détacher pour pouvoir assister votre femme. S'il faut utiliser le brancard ou arracher un fauteuil pour empêcher les portes de se refermer, n'hésitez pas.

— Katie ? Demande-lui de t'arrimer d'abord à un siège, ordonna Josh.

— Prenez les cordes dans mon kit et attachez-nous tous les deux, Mike.

Mike obtempéra.

— Il nous reste du carburant pour environ dix minutes, Katie.

— OK, vous devriez récupérer le câble d'ici peu.

— Combien de temps pour l'installer sur le brancard ?

— Quelques minutes.

— Il faut que je pousse !

— Attendez, Lisa ! Aaaah !

Une bouffée d'air glacé la fouetta au visage lorsque Mike, qui avait pris de l'élan, pesa sur les deux battants de toutes ses forces. Si elle n'avait pas été attachée au siège, elle aurait été expulsée. Merci, Josh !

— Parfait !

Elle ôta en hâte les crochets, se libérant du câble, et s'avança dans la cabine tandis que les portes se refermaient.

— Lisa, vous permettez ?

La pauvre femme hocha la tête.

— Alors, Katie ? demanda Josh. Plus que huit minutes de carburant.

— Vous voyez mon bébé ? geignit Lisa, que Katie sentait au bord de la panique.

— Attendez, je regarde.

Hum. C'était bien ce qu'elle craignait : elle vit apparaître… un minuscule fessier. À l'hôpital, on aurait pratiqué une césarienne, mais ici…

— Il n'est pas dans la meilleure position pour une naissance naturelle.

— Mais mon bébé ira bien, n'est-ce pas ?

Katie se glaça. Elle avait elle-même prononcé ces mots quand les médecins lui avaient annoncé qu'ils n'entendaient pas battre le cœur de sa fille.

— Ne promets rien, Katie ! dit Josh dans ses écouteurs. Dis-leur que tu vas faire ton possible.

Comme on le leur avait assuré à eux…

— Josh, c'est un siège. Nous allons essayer de le retourner.

— Parfait.

— Il faut que je pousse !

— Retenez-vous, Lisa, le plus fort possible, ordonna-t-elle en enfilant des gants stériles.

— Katie ? Plus de carburant, nous devons y aller, dit Jason.

— Je ne crois pas pouvoir tenir longtemps, gémit Lisa.

— De toute façon, on me prévient que l'hélico doit repartir faire le plein. Vous allez donc accoucher ici, et nous vous emmènerons à l'hôpital après, vous et le bébé. Je vous en prie, restez calme. Mike, pouvez-vous étendre ces couvertures chaudes sur le sol ?

— On revient dès que possible, Kitty-Kat. On t'appelle sur ton portable si on perd le contact. Je t'aime, tu vas t'en tirer comme un chef !

Ces derniers mots lui réchauffèrent le cœur. Inutile de réfléchir aux complications possibles, il fallait se battre.

— Je vais vous masser le ventre, pour essayer de retourner l'enfant.

— Katie ? Je suis toujours là. Je te guide.

Dopée par les encouragements de Josh, elle mesura la tension et le rythme cardiaque de la mère et du bébé.

— Tu as une perfusion de Fentanyl dans ton kit ?

— Oui. Je vais demander à Lisa de se mettre à quatre pattes, pour tenter de tourner le bébé.

— Excellente idée.

— Mike, pouvez-vous aider votre femme à se placer à croupetons, s'il vous plaît ? Appuyée sur les avant-bras, pour que le bassin soit plus haut que le cœur.

Le jeune couple obéit.

— Fais un toucher, et vérifie le rythme cardiaque, dit Josh.

— Attends, on dirait que ça a fonctionné ! s'écria-t-elle.

— Super ! Nous atterrissons dans une seconde, je ne pourrai plus te parler du sol. Je te rappelle dès que possible.

— Pas de problème, je pense que ça ira tout seul, maintenant.

Elle ôta son casque et se concentra sur la mère et l'enfant. Peu importait que Josh ait coupé le contact, ces derniers jours lui avaient prouvé qu'il était là pour elle. Et maintenant, elle savait qu'elle voulait retourner vivre avec lui. Elle sourit.

Lisa hurla, sentant venir une nouvelle contraction.

— Parfait. Mike, frottez le dos de votre femme, il est temps de pousser.

Très vite, ils virent une touffe de cheveux roux apparaître, et soudain, l'enfant fut dans les mains de Katie. Splendide, entier, parfait.

— C'est fini, Lisa, dit-elle en nettoyant les voies respiratoires du nouveau-né pour lui permettre de crier. Attention en vous tournant, il est toujours relié au cordon.

Elle enveloppa l'enfant dans une serviette stérile et une couverture chaude, puis coupa le cordon ombilical.

Ensuite, luttant contre son envie de l'embrasser sur le front, elle le tendit à sa mère, et ses yeux s'embuèrent devant l'expression ravie du jeune couple.

Elle laissa couler ses larmes, et s'aperçut avec surprise qu'elle pleurait de bonheur. Elle était sincèrement heureuse pour eux.

Peut-être était-elle prête à mettre un second bébé en route ? En aurait-elle la force ? Josh le voudrait-il lui aussi ?

Soudain, les lumières s'allumèrent dans la cabine, et elle entendit un bourdonnement. Mais… Était-ce possible ?

Une secousse qui faillit la déstabiliser confirma ce qu'elle supposait : le système fonctionnait ! La gondole se remettait en marche.

— Prêts pour la descente ? dit-elle avec un large sourire.

10

— Cessez donc de tourner comme un lion en cage, docteur West ! dit Jorja.

— Moi ? Mais pas du tout !

Ayant appris que le générateur avait réussi à faire repartir le téléphérique, Josh était resté au sol. À présent, il rongeait son frein en attendant Katie. Il était temps qu'il prenne une décision : signer les papiers de divorce et se débrouiller d'une façon ou d'une autre pour tourner la page, ou recommencer à vivre avec elle, à condition qu'elle le souhaite aussi.

— L'ambulance ne devrait pas tarder, docteur.

— Katie est dedans ?

L'infirmière eut un sourire en coin.

— Jorja, Michael vous a dit quelque chose, n'est-ce pas ? demanda-t-il.

— Oh ! forcément, puisque je travaille avec lui ! Navrée, rien ne reste secret bien longtemps dans une petite ville. Ceci dit, ce sont vos affaires.

S'il n'avait pas été si stressé, il aurait éclaté de rire. Il ne fallait pas qu'il oublie d'aller prendre ce café avec l'interne, pour parler de son problème de femme. Soudain, la lumière jaillit dans son esprit.

— Jorja ? Euh… Est-ce que Michael et vous… ?

— Je ne comprends pas votre question, docteur West. Et je vous signale que mes frères sont plus forts que vous. Je refuse qu'on traîne mon nom dans la boue.

— Dommage, je vous aurais bien vus ensemble, vous formeriez un beau couple.

— C'est vrai ? Je n'y avais jamais pensé.

Hum… Pas sûr. Il se souvint du ton gourmand sur lequel elle avait prononcé le prénom de l'interne, le soir où ils avaient échangé leurs billets du tirage au sort.

— Pourquoi ne l'invitez-vous pas à boire un café ?

Tout à coup, les portes s'ouvrirent et les secouristes se ruèrent à l'intérieur, amenant Lisa et son bébé. Le mari marchait, ou plutôt courait, à côté du chariot.

Michael apparut, et Jorja, les joues empourprées, s'avança pour proposer son aide.

Josh, qui scrutait l'entrée, éprouva un pincement douloureux au cœur : pas de Katie. Il passa dans la salle d'attente, où la télévision montrait des célébrations du nouvel an un peu partout dans le monde. Paris. Londres. Il consulta sa montre. New York fêterait l'événement dans quelques heures. Il s'était promis de prendre sa décision avant minuit, en espérant que Katie accepte sa pantoufle de vair.

Katie entra au vestiaire, contente de n'y trouver personne, et s'affala sur le banc. Après avoir confié les Penton aux bons soins de l'équipe, elle avait effectué une marche rapide dans l'hôpital, pour se recentrer avant de revoir Josh.

Elle avait l'impression d'émerger d'un séisme. Toutes ses certitudes de ces deux dernières années s'étaient effondrées : elle avait pris conscience qu'elle se cachait, non de son mari, mais de la vie.

Elle passa la main droite sur son annulaire, et ce fut un réel bonheur d'y sentir ses bagues. Ces symboles de promesses qu'elle avait accusé Josh d'avoir rompues, alors que c'était elle qui l'avait abandonné…

Il avait changé, elle en était certaine à présent. Mais quel avenir lui offrait-il ? Dans quel but était-il venu la retrouver ici ? Une seconde chance ? Un autre enfant ?

Elle ouvrit les bras, sentit le poids du nouveau-né qu'elle avait mis au monde, et les larmes jaillirent. En aurait-elle le courage ? Ces deux ans avaient-ils suffi à la guérir ? En tout cas, à modifier son angle de vue, c'était sûr.

Elle consulta sa montre : plus que trois heures avant le compte à rebours. Que lui réservait cette année nouvelle ?

Elle dénoua l'écharpe que Josh lui avait passée autour du cou avant sa descente, puis se leva et ouvrit le casier de celui-ci pour la lui rendre. Elle la plia, voulut la glisser dans la poche intérieure de son manteau, mais l'étoffe ne rentrait pas. Elle la ressortit, entraînant quelques documents qui tombèrent sur le sol. Une lettre, un billet d'avion, et… Elle reconnut les papiers du divorce, les déplia. Ils étaient signés.

Au bord de la nausée, elle ramassa le tout de ses mains tremblantes, et lut.

Le billet d'avion était pour Roissy, et la lettre contenait une offre de poste dans un hôpital parisien. Comment avait-elle pu croire qu'il était venu pour regagner son cœur ? Il partait travailler en France, et il avait voulu lui remettre les documents qu'elle lui réclamait avant de quitter les États-Unis.

Elle se rallongea sur le banc, la joue pressée contre les lattes de bois, indifférente à tout. Elle allait devoir tenter de tourner la page. Quand elle se relèverait, une nouvelle vie commencerait pour elle. Sans le bébé qui avait disparu, sans la famille qu'elle avait rêvé d'avoir. Et sans Josh, qui lui avait enseigné le monde.

Soudain, elle sursauta sous l'effet de la colère, du chagrin et de l'indignation. Josh ne l'aimait pas, et elle s'était préparée peu à peu à accepter de renouer avec lui, chose qu'il ne lui demanderait jamais…

Elle secoua la tête. Il suffisait de l'oublier de nouveau. Et pour de bon, cette fois.

Elle regarda sa montre : il était presque minuit.

Elle avait besoin d'air, d'espace, de froid, pour se rappeler qu'elle existait. Qu'elle pouvait survivre, encore, à cette déception.

Emmitouflé dans son blouson, les doigts gelés, Josh enfonça avec appréhension la prise dans la rallonge. Le moment était crucial. Il tourna la tête pour apprécier son travail. Il faisait froid sur ce toit, mais le vent se calmait et le silence ajoutait une impression d'un autre monde aux guirlandes clignotantes auxquelles il avait attaché des cœurs, des sapins et des étoiles, le tout dérobé dans la salle des infirmières.

Parfait. Il n'était pas très doué, mais l'effet était assez réussi.

Il se retourna d'un bloc en entendant la porte de l'escalier s'ouvrir.

Katie s'arrêta net en le voyant, et écarquilla les yeux.

— Bon sang ! On ne peut être tranquille nulle part ? Qu'est-ce que c'est que ce truc ?

— Oh ! juste un peu de déco…

— Je venais faire un ange de neige, pour me prouver que le monde est agréable et qu'on peut en attendre de bons moments, et qui je trouve ici ?

Elle n'attendit pas la réponse pour poursuivre.

— Toi ! Le seul être que j'aime, et qui va m'abandonner à nouveau. Juste quand je commençais à croire que les choses s'arrangeaient entre nous.

Il s'avança vers elle, les mains ouvertes.

— Pardon ? De quoi parles-tu, Kitty-Kat ?

— Oh ! cesse de me donner des surnoms ridicules !

Elle semblait si furieuse qu'il faillit reculer. Il se redressa de toute sa hauteur. Il ne restait pas une heure avant minuit, et il allait se battre.

— Et pourquoi donc ? Qu'est-ce que tu racontes ?

— Je parle des papiers du divorce.

— Tu veux dire ceux que tu n'as cessé de m'envoyer en recommandé depuis deux ans ?

— Non, ceux que tu as signés, dans la poche de ton manteau.

En dépit de son air bravache, il lisait la douleur dans ses yeux. Quelle idée, d'avoir signé ces documents sur un coup de colère ! Il avait bien pensé par la suite à effacer son paraphe, mais la trace, de toute façon, aurait été indélébile.

— Je pensais que c'était ce que tu souhaitais…

— Moi aussi. Mais maintenant, ça m'est bien égal.

— Ah ?

Elle fit la moue et détourna les yeux.

— Avec, il y avait une lettre, et un billet d'avion pour Paris. Un aller simple.

Réprimant un sourire, il fit un pas vers elle, mais elle leva le bras pour l'arrêter.

— On dirait que tu as réussi là où j'ai échoué : tu as tourné la page et surmonté les épreuves que nous avons traversées.

Elle le regarda enfin, visiblement au bord des larmes.

— Katie, en fouinant dans mes affaires…

— Je ne fouinais pas !

Elle se mordit la lèvre.

— Alors qu'est-ce que tu faisais ?

Les yeux dans ceux de Josh, elle faisait son possible pour ne pas éclater en sanglots. L'étincelle qu'elle vit briller dans son regard la troubla. C'était gênant de l'admettre en ces circonstances mais, en ce moment précis, elle avait envie de faire l'amour avec lui…

Cela lui passerait-il un jour ? Comment pourrait-elle l'oublier, si elle le désirait toujours ?

Elle dansait d'un pied sur l'autre, en s'efforçant d'ignorer les frissons qui traversaient son corps. Elle avait vraiment besoin de faire un ange de neige !

— Bien, je reprends : en *regardant* dans mes affaires, aurais-tu par hasard vu le second billet d'avion, sous le premier ?

— Comment cela ?

Il s'avança et lui prit les deux mains. Sur fond de lumières clignotantes, ses yeux bleus éclairaient comme un soleil.

— Katherine McGann, je suis venu ici dans un seul but.

Il avait pris son plus bel accent traînant. Était-ce un adieu ? Elle sentit une grosse boule dans sa gorge.

— Te demander de redevenir Katherine West.

— Hum.

Un petit sillon se forma au-dessus des yeux bleus.

— Tu m'as entendu, Katie ?

— Oui, répondit-elle d'une voix chevrotante.

— Alors, voudrais-tu me donner ton avis ?

— Laquelle ? Ton poste à Paris ? Oh ! ça a l'air passionnant. Des techniques chirurgicales innovantes, et du champagne, qui ne doit rien coûter là-bas, je suppose. Et la tour Eiffel au lieu de la grand-rue et chez Maisie's…

Il se balança sur ses talons, l'air songeur.

— C'est l'unique chance de ma vie de travailler avec le meilleur chirurgien prénatal. Et j'adore leurs *baguettes*, croustillantes à l'extérieur et moelleuses au milieu. Sans parler de leurs fromages…

— Tu y es déjà allé ?

— Bien sûr, pour rencontrer le Pr Cheval, comment crois-tu qu'on m'a fait cette proposition ? Mais avant de partir, je devais choisir : signer ces papiers de divorce, ou tenter de regagner ton cœur.

Elle chassa les flocons qui lui tombaient sur le nez.

— Tu as signé les papiers, et tu as pris un billet pour Paris.

— Je le répète, tu n'as pas bien fouillé : il y avait *deux* billets pour Paris dans ma poche de manteau.

Ce qui signifiait que… Elle crut que son cœur allait exploser : il voulait l'emmener en France !

Avait-il réellement bien réfléchi ?

Elle ferma les paupières.

— Josh… Es-tu prêt à réessayer d'avoir un enfant, même si c'est la chose la plus effrayante qui puisse exister ?

Il posa son front contre le sien, et leurs haleines se mêlèrent.

— Je le souhaite plus que tout au monde.

Il l'embrassa.

— Et je te promets de rester à tes côtés à chaque seconde.

— Ici ?

— Où tu voudras. Mais j'ai bien deux billets pour la France, tu peux vérifier.

Elle rouvrit les yeux et lui jeta un regard moqueur.

— Joshua West, tu as peur d'aller à Paris tout seul, n'est-ce pas ?

— Ne me fais pas rire ! Mais ce sera bien plus facile si ma courageuse épouse, chirurgienne compétente de surcroît, m'accompagne. Si elle est prête à échanger son poste ici contre un à Paris…

— Oh ! je ne sais pas. La patronne des urgences de Valley Hospital a un cœur de pierre.

— Je me suis laissé dire qu'au contraire elle avait un cœur d'or.

Il se pencha pour l'embrasser, la poitrine gonflée de joie, de la satisfaction d'un homme qui vient de retrouver un sens à sa vie. Elle lui rendit son baiser avec passion. Soudain, il entendit sonner le premier coup de minuit.

Katie était éperdue de bonheur. Tout allait s'arranger, à présent. Elle commençait à guérir, et la nouvelle année ne pouvait pas mieux commencer qu'ici, dans les bras de son mari.

Épilogue

— Tu viens de la *boulangerie* ?

Katie avait employé le mot français. Josh se pencha pour lui poser un baiser sur le front.

— Pardonne-moi, ma chérie, mais à mon avis tu voulais dire la *pâtisserie*.

Elle ne put s'empêcher de rire de son accent. Entre celui du Tennessee et celui de Paris, la combinaison était intéressante. Mais après tout, peut-être que le sien, à elle, n'était pas plus réussi… Elle n'avait pas mis trop de temps à assimiler le vocabulaire médical, même si cela n'avait pas été facile. Pourtant, leurs nouveaux collègues semblaient impressionnés. Bien entendu, Josh et Katie ne pouvaient pas cacher qu'ils étaient américains mais, au bout d'un an à Paris, ils ne se débrouillaient pas trop mal.

— J'ai pensé que, puisque nous sommes en vacances, il fallait changer nos habitudes.

— C'est l'anniversaire d'Emmy, aussi !

Ils se tournèrent ensemble pour sourire à leur fille, dont le visage était maculé de sauce tomate. Avec ses cheveux noirs bouclés et ses yeux bleus, elle était le reflet de son père et de sa mère à la fois.

— Alors, qu'as-tu pris à la pâtisserie ?

Il sortit un carton de derrière son dos. Trop petit pour contenir un gâteau d'anniversaire.

— Qu'est-ce que c'est ?

— Tu es déçue ? Tu voulais autre chose ?

Elle se retint de faire la moue.

— Euh… Ça dépend de ce qui est à l'intérieur.

— Ah, ah ! dit-il en lui balançant la petite boîte sous le nez.

Il s'amusait. Mais de toute façon, il souriait presque en permanence depuis un an. Une longue lune de miel, sa femme revenue, leur fille, les techniques époustouflantes qu'il apprenait à l'hôpital, tout le ravissait.

— Tu ne regardes pas ?

— Si, tout de suite ! J'adore les sucreries.

Il lui tendit la boîte et l'observa pendant qu'elle l'ouvrait avec une joie de fillette de cinq ans : les expressions variées qui passèrent sur son visage le réjouirent.

— Mais… C'est une serviette en papier de chez Rooney ?

Il la regarda dans les yeux.

— Exact. Qui fait le meilleur gâteau au chocolat de Copper Canyon.

— Euh… Désolée, mais je ne vois rien qui ressemble à ça, là-dedans.

— Soulève donc la serviette.

— Oh ! mon Dieu ! Ne me dis pas que…

Elle rosit en découvrant les billets d'avion.

— À mon avis, le meilleur endroit pour qu'Emmy apprenne à faire les anges de neige, c'est Copper Canyon. Qu'en penses-tu ?

Elle se haussa sur la pointe des pieds et l'embrassa avec fougue.

— Je suis bien d'accord ! Noël à Paris, et le jour de l'an en Idaho. On ne peut pas rêver mieux, n'est-ce pas ?

Il lui rendit son baiser en adressant un clin d'œil à sa fille.

— Du moment que je vous ai toutes les deux, ça me suffit. Mais je suis certain qu'Emmy va adorer le gâteau au chocolat de chez Rooney.

Composé et édité par HarperCollins France.

Achevé d'imprimer en septembre 2020.

CPi
BLACK PRINT

Barcelone

Dépôt légal : octobre 2020.

FSC
www.fsc.org
MIXTE
Papier issu de sources responsables
FSC® C108412

Pour limiter l'empreinte environnementale de ses livres, HarperCollins France s'engage à n'utiliser que du papier fabriqué à partir de bois provenant de forêts gérées durablement et de manière responsable.

Imprimé en Espagne.